© 2021 Claus Beese
Herausgegeben von: Elvea Verlag Michael Bär
(www.elveaverlag.de)

Satz & Layout: Uwe Köhl

Verlag: Elvea Verlag

ISBN: 9783946751601

Druck und Distribution im Auftrag des Verlags:
Elvea Verlag, Am Silberbach 22, 09123 Chemnitz

Das Werk, einschließlich seiner Teile, ist urheberrechtlich geschützt. Für die Inhalte ist der Verlag verantwortlich. Jede Verwertung ist ohne die Zustimmung des Verlags unzulässig.
Die Publikation und Verbreitung erfolgen im Auftrag des Verlags, zu erreichen unter:
tredition GmbH, Abteilung "Impressumservice", Halenreie 40-44, 22359 Hamburg, Deutschland.

Projektleitung
BOOKUNIT
www.bookunit.de

MeerZeit

Geschichten und Gedichte
von Küste und See

Claus Beese

ELVEA

Inhaltsverzeichnis

Auf der Weser	7
Gedankenblasen	11
Seeglas	14
Große Fahrt	17
Weihnachten der Schiffe	20
Kein Raps	26
Die Brücke	30
Ein Kutter voller Narren	38
Der Leuchtturm	48
Drachenjäger	65
Éna nisí ellinikó – eine griechische Insel	76
Splitter	82
Kein Wasser	86
Rungholt	91
Der fliegende Leutturm	99
Dem Verschwörer auf der Spur	105
Kamarim – Mein Stolz	118
Das Mädchen mit den blonden Haaren	130
Njörd	137
Poesie der Meere	144
Der Ring	154
Erst wenn es Eier regnet	163

Nachtangeln – wie öde	170
Die Wundertüte	175
Der Pirat von Sønderborg	181
Träume	189
Strandkorb-Kobolde	196
Der Wikinger und das Einhorn	209
Dem Käpten seine Hühner	225
Santa Nikolaus	227
Noch mehr Splitter	231
Das Zeitfenster	235
Die Möwe	246
Abschied	252
Das Drachenschiff	257
Der Auftrag	264
Dem Meer getrotzt	270
Hafen des Grauens	279
Der König ruft	286
Die Weihnachtshummer	291
Haithabu	300
Ein Bombenjob	309
Ich bin ein wenig spät	312
Weihnachten unter Palmen	325
Setz dich	331

Auf der Weser

Lange bevor ich meinen Fuß auf etwas setzen durfte, das auf den Wassern der Weser schwamm, war ich schon Bootsbesitzer. Wir waren gerade nach Bremen gezogen und ich sollte eingeschult werden. Mir war nicht ganz klar, wozu das gut sein sollte, denn es stand für mich fest, dass ich Kapitän werden wollte. Oder Fischer ... oder Pirat. Jedenfalls musste es mit Wasser zu tun haben. Die Weser in Bremen zog mich magisch an, und wir Kinder liebten es, an ihren Ufern herumzuklettern. Nicht weit vom damaligen Liegeplatz des Segelschulschiffes Deutschland, fast mitten in der Stadt Bremen, fand ich eines Tages ein Boot. Oder zumindest das, was die Zeit davon übriggelassen hatte. Ein altes hölzernes Schiffchen mit einer Kajüte, ohne Motor und mit vielen Löchern im Rumpf. Doch hielt mich das nicht davon ab mit ihm die Weltmeere zu bereisen. Es ging auf Kabeljau- und Heringsfang in der Nordsee, als ›Claus von Bremen‹ stand ich dem berüchtigten Piraten Klaus Störtebeker auf seinen abenteuerlichen Kaperfahrten bei und als der Luxusdampfer ›Bremen‹ am stadtnahen Weserbahnhof anlegte, wurde ich Kreuzfahrtkapitän.

Erst ein paar Jahre später segelte ich mit einem Bekannten auf seinem Schiff mit, und es hatte so gar nichts mit dem gemütlichen Dahintreiben zu tun, wie ich es mir vorgestellt hatte. Ich wohnte nun im Bremer Norden, dort, wo eine Schiffswerft neben der anderen lag, wo einfache, aber nette Menschen wohnten und arbeiteten, die sich in ihrer Freizeit ihre Segelboote noch selber bauten und wo es keine Brücken mehr über den Fluss gab. Wer an das andere Ufer wollte, musste entweder schwimmen oder eine der Fähren benutzen. Über die Angelei war ich zu den Wassersportlern gekommen, die bei uns in Blumenthal einen Bootshafen hatten. Ich besaß bald ein eigenes kleines Ruderboot mit einem Außenbordmotor, und die Fische in der Weser schreckten zusammen und erblassten, wenn ich ihn startete. Es bedeutete regelmäßig das Ende für einige ihrer Artgenossen. Doch gab es kein Ende für mich, denn ich wusste, dass es weiter flussabwärts zwar ein Ende des Flusses gab, dafür aber dort das weite Meer begann. Mein Freund Kuddel konnte gut mit meinen Eltern und überredete sie, mich mit ihm auf Kaperfahrt gehen zu lassen. In Wirklichkeit wollte er am Wochenende einen Törn nach Bremerhaven machen, um einige Dinge zu testen, die er an seiner Takelage und den Segeln verbessert hatte.

Ich will nicht prahlen, mit einem Motorboot umgehen konnte ich, auf der Ostsee hatte ich auch schon einen Angelkutter ein ganzes Stück weit steuern dürfen, aber vom Segeln verstand ich nichts. Und schon gar nicht, wie man mit der Kraft des Windes zwischen den ganzen Dampfern und Schleppern hindurch manövrieren sollte. Kuddel war ein guter Segellehrer. Ein raumer Südwestwind trieb uns zusammen mit dem ablaufenden Wasser bei schneller Fahrt nach Norden, dem Meer entgegen. Bis zur Mündung der Hunte, die aus dem Oldenburgischen kam, kannte ich den Fluss wie meine Westentasche, doch als die alte Schifferstadt Brake in Sicht kam und ich die wirklich großen Seeschiffe sah, wurde mir doch mulmig. Die sonnigen Strände am Weserufer endeten, und die Hafenstadt zwischen Bremen und der Wesermündung zeigte ihr industriell geprägtes Gesicht mit Kaianlagen und Umschlagplätzen. Schlepper und eine Fähre wuselten hin und her, bahnten sich einen Weg durch die vielen Binnenschiffe, die den Strom hinauf und hinunter fuhren. Und wir unter Segel mittendrin.

Große Frachter lagen an der Midgardpier, einer unglaublich großen Umschlagsanlage in Nordenham. Riesige Tanker lagen ein Stück weiter weserabwärts in Blexen und löschten ihre Ladung in die ebenfalls riesigen Lagertanks an Land. Die Weser wurde breiter und breiter, und kurz vor Bremerhaven ankerten die Seeschiffe mitten im Fluss, die noch nicht an den Kais abgefertigt werden konnten. Sie lagen auf Blexen-Reede, einem Parkplatz für Schiffe. Dann passierten wir den Ochsenhals, eine berühmte Kurve im Fluss. Hier sprangen die Ufer weit auseinander, das Wasser schmeckte bereits sehr salzig und das Geschrei der unzähligen Möwen klang heiserer als bei uns. Der Wind fasste nun voll in die Segel und trieb uns trotz auflaufender Flut weiter hinaus, vorbei an den Hafenanlagen und der Columbuskaje, dem Bahnhof am Meer.

»Ab hier regieren Neptun und der Klabautermann«, meinte Kuddel und sah mich prüfend an. »Wollen wir noch weiter?«

Ich hatte bemerkt, dass er schon alles für eine Wende vorbereitet hatte, und sein Hinweis, dass wir nunmehr im Begriff waren, vom Fluss aufs offene Meer zu wechseln, ließ mich seinen Entschluss teilen.

»Ach, Kuddel«, willigte ich darum ein, »nach Tahiti und Samoa schaffen wir es heute doch nicht mehr und die Dusche auf Helgoland ist auch nicht so erstrebenswert. Also lass uns umdrehen und im Geestehafen übernachten. Die Weser ist auch ganz schön, und die Welt erkunden wir dann nächstes Wochenende.«

Gedankenblasen

Viel zu schnell vergeht die Zeit. War es nicht erst gestern, als ich von der Bank an der Promenade die Kinder am Strand spielen sah? In den Strandkörben am Südstrand brutzelten die Urlauber in der Mittagshitze vor sich hin, einige planschten in den Fluten der Ostsee, deren Wellen mit leisem Zischen auf den Strand aufliefen. Draußen, auf dem Blau der See, zogen Boote mit prall gefüllten weißen Segeln dahin, einige liefen mit Südkurs in Richtung Travemünde, andere hatten den Bug in Richtung Kiel-Ostsee-Weg gewandt, vorbei am Leuchtturm Staberhuk dem Abenteuer entgegen. Als ich seufzend auf der Bank saß und die am blauen hohen Himmel dahinziehenden weißen Schäfchenwolken betrachtete, die keine Ländergrenzen kennen und sich einfach von der lauen Brise treiben lassen, wünschte ich beinahe, ich könnte mit ihnen ziehen. Von der See her tönten die heiseren Schreie der Möwen an meine Ohren und ich sah, wie sie ohne Flügelschlag durch die Lüfte schwebten, der warme Sommerwind sie davontrug, in alle Richtungen, in die sie nur wollten.

Heute ist der Sandstreifen am Wasser leer, der Herbstwind bläst kühl von der See her aufs Land, die Bäume, gestern noch in sattem Grün, beginnen sich zu verfärben und herbstliches Gelb erinnert daran, dass der Sommer zu Ende ist. Ich gehe durch fallendes Laub, das der Wind an einigen Stellen zu kleinen Haufen zusammenweht, und ich fühle mich selbst wieder wie ein Kind, als ich mit den Füßen mitten hinein springe und die trockenen Blätter raschelnd nach allen Seiten davonstieben. Das Schreien der Möwen scheint noch ein wenig heiserer geworden zu sein, weiße Segel auf dem grauen Meer sind seltener geworden und nur der Fischkutter, der dicht vor der Küste mit leisem Tuckern unterwegs zu den Netzen ist, erregt die Neugier des Betrachters. Der Blick folgt ihm hinaus aufs Wasser, dessen Wellen ihn auf- und niedersteigen lassen.

Nur im Hafen des kleinen Ortes ist Betrieb. Die Freizeitkapitäne bereiten ihre Boote auf die Winterpause vor, Masten werden gelegt, die Boote zum Kran verholt, wo sie nacheinander aus dem Wasser gehievt und auf die Lagergestelle gesetzt werden, in denen sie die nächsten Monate, über die kalte Jahreszeit hin, ruhen werden. Mir fällt die Geschichte vom Weihnachten der Schiffe ein, die ich mir für meine damals noch kleine Tochter ausgedacht hatte, als sie mich fragte, ob Boote auch Weihnachten feierten.

Erinnerungen formen sich zu bunt schillernden Seifenblasen und steigen vor meinem geistigen Auge in mein Bewusstsein. Wie schön war der Sonnenaufgang am Meer, wie laut das Knattern der bunten Fahnen im Seewind, wie erfrischend das Lachen der Möwen am Strand von Großenbrode, wenn sie sich um einen Happen balgten.

Alles vorbei, zu Ende, Vergangenheit.

Doch halt. Nichts ist vorbei, denn was in meiner Erinnerung die Seele schwermütig werden lässt, ist gleichzeitig ein Versprechen, dass es im nächsten Jahr wieder so werden kann, so werden wird. Dann bin auch ich wieder hier und füge dem Vorrat meiner Gedankenblasen viele neue hinzu.

Seeglas

Seeglas – was für eine Bezeichnung für etwas, bei dem man in Erklärungsnot kommt, wenn es um seine Entstehung geht. Es ist überall an den Stränden der Nord- und Ostsee zu finden, doch woher stammt es? Es ist so schön, schimmert zwischen den nassen Sandkörnern so bunt und geheimnisvoll. Wie hat das Meer es wohl vollbracht, etwas so Wunderbares und Mystisches herzustellen, das aussieht wie kleine Edelsteine.

Ich erinnere mich noch an meine ersten Hochseeangelfahrten, als ich zwölf war. Heiligenhafen, Laboe, Maasholm und Kiel waren die Ausgangshäfen der Angelfahrten, die damals noch zum zollfreien Wareneinkauf genutzt werden konnten. Und auch daran, dass aller Müll von den Kuttern und Schiffen einfach über Bord geworfen wurde. Schnödes Altglas, von unzähligen Schiffscrews als leere Flaschen über die Reling entsorgt und vom Meer zu wunderbaren Gebilden geschliffen, auf dem Wege, wieder das zu werden, was es einst war: Sand.

Mittlerweile ist fast ein ganzes Menschenleben vergangen, und vielleicht ist das eine oder andere Stück Seeglas, das ich heute fand, Bruchstück einer leeren Flasche von damals, die achtlos in den Fluten der Ostsee versank.

Doch will man das seinen Kindern erzählen, wenn sie nach der Herkunft dieses bunten Minerals fragen? Nicht, dass man nicht zu den Untaten von damals stehen würde, aber diese Erklärung wäre einfach zu profan.

Für die einen ist es trübe geschliffener Umweltmüll, für die anderen sind diese Fragmente Edelsteine voller mystischer Magie und Kraft. Die Ostsee war und bleibt ein zauberhaftes Meer voller Geheimnisse und Rätsel, die niemals alle geklärt werden sollten.

Denn vielleicht ist Seeglas ja auch tatsächlich etwas ganz anderes. Nachlass der zahlreichen Feierlichkeiten im Meer, wenn Neptun eine seiner Töchter vermählte und die Feier außer Kontrolle geriet. Fragmente überschäumender Lebenslust, die sich durch Zertrümmern von Essgeschirr Bahn brach, wie es noch heute bei den Helenen Brauch ist. Auch Wogen und überraschend auftretende Unwetter können dafür gesorgt haben, dass das edle Tafelgeschirr des Meeresgottes zu Bruch ging und nun von der Gewalt der Strömungen durch die Ozeane getragen wird.

Möglich wäre es auch, dass es Überreste von edlen kristallenen Kelchen ist, die bei Schiffsuntergängen verlorengingen, am Meeresboden zerschellten und Zeugnis sind vom Leben an Bord vergangener Zeiten.

Vielleicht sind es aber auch Hinterlassenschaften von unterseeischen Vulkanen, deren Schlote Sand zu Glas schmolzen und es heute noch tun. Oder es sind die Überreste von ins Meer gestürzten Sternen, die in der Atmosphäre zu Glas verschmolzen und beim Aufprall auf die See in tausend Stücke zerbrachen. Man sollte vielleicht vorsichtig sein, mit Versprechen wie: »Ich hole dir die Sterne vom Himmel!«

Wer weiß es schon so genau? Schön sind sie allemal für die, die sich ihre Fantasie bewahrt haben und tausend abenteuerliche Geschichten durch das trübe Glas erkennen können, das seinen vollen Glanz nur in Verbindung mit dem Meer erhält.

Große Fahrt

In unserer Bahnhofsgaststätte in Bremen trafen sich Hafenarbeiter, Eisenbahner und Seeleute. Es war spannend, ihren Erzählungen zuzuhören, ihre Abenteuer zu verfolgen, ob sie die nun per Schiff, auf den Gleisen oder im Hafen erlebt hatten. So saßen eines Abends zwei Seeleute in stiller Eintracht nebeneinander an der Theke. Jeder hatte sein Bier und seinen Köm vor sich und eine Weile herrschte maritimes Schweigen. Seeleute sind von Natur aus nicht sehr gesprächig, doch die Unterhaltung, die sich dann irgendwann irgendwie ergab, blieb mir im Gedächtnis. Ohne sich zur Seite zu drehen, eröffnete der Größere der beiden das Gespräch.

»Auch Seemann?«

»Hm!«

»Als was fährste denn?«

»Wonach sieht es denn wohl aus?«, antwortete der Kleinere ein wenig knurrig.

Der andere drehte kurz den Kopf, schaute runter auf den Kurzen und meinte: »Klabautermann!«

»Bei Neptun, Kerl! Mach die Augen auf. Siehst du nicht die goldenen Streifen auf meiner Jacke?« Der Lange schaute wieder kurz runter auf den Kleinen.

»Doch, ganz hübsch! Hat deine Frau draufgestickt?«

»Das sind Offiziersstreifen. Ich bin Kapitän auf Kleiner Fahrt!«

Der Längere schaut wieder kurz runter. »Hätte man drauf kommen können! Passt!«, meinte er trocken.

Eine Weile schwiegen die beiden sich an, dann drehte der Lange wieder den Kopf, schaute auf den anderen herunter und meinte: »Wieso bloß Kleine Fahrt? Warum nicht Große Fahrt?«

Der Kapitän seufzte.

»Große Fahrt ist ab Eins neunzig! Ich bin nur Eins sechzig!«

»Versteh ich nicht! Wo ist denn da der Unterschied?«

»Na, Mann! In den dreißig Zentimetern.«

»Ach so!«

Wieder schwiegen die beiden Männer, dann wurde der Größere der beiden unruhig.

»Sach ma, was hat das denn mit der Größe zu tun?«, nahm er das Gespräch wieder auf.

»Na, ist doch ganz klar. Wenn du auf Große Fahrt willst, also, sagen wir mal übern Atlantik nach New York, dann musst du doch die Richtung peilen können, damit du nicht vom Kurs abkommst.«

»Hm, leuchtet ein!«, nickte der Lange. »Weiter!«

»Wenn ich auf der Brücke stehe, muss ich schon auf eine Kiste steigen, um überhaupt aus dem Ruderhaus gucken zu können. Was meinst du, wie soll ich denn dann bis über den Horizont schauen?«

»Nee, ist klar. Bleib man lieber bei deiner Kleinen Fahrt. Da sind die Häfen näher dran!«

Eine Weile war wieder Ruhe zwischen den beiden. Doch der Lange schien noch immer nicht so ganz zufrieden zu sein.

»Sach ma, haben die Amis da nicht so 'nen Leuchtturm gebaut? 'ne Frau mit 'ner Fackel, und die soll so hoch sein, dass auch kleinere Kapitäne den Weg finden …«

»Hast du den schon mal gesehen?«, fragte der Kapitän interessiert.

»Äh…, nee!«

»Wie groß bist du?«

»Eins achtzig!«

»Siehst du, ich sag doch: Große Fahrt ist ab Eins neunzig!«

Weihnachten der Schiffe

»Sag mal, Papa! Feiern Schiffe eigentlich auch Weihnachten?«

Erstaunt schaute ich herunter auf den kleinen Zwerg an meiner Seite, der eingemummelt in eine dick gefütterte Winterjacke, neben mir durch den Schnee stapfte. Schon lange hatte ich es mir zur Angewohnheit gemacht, am Tag vor dem Heiligen Abend nochmals zu der Halle zu fahren, in welcher die Boote der Vereinsfreunde in stiller Winterruhe lagen. Es hatte etwas Besonderes, durch die stillen Gänge und Winkel zwischen den Booten zu schlendern, die kalten Leiber der Schiffe durch den Stoff der Handschuhe zu spüren und in Gedanken mit ihnen auf große Fahrt zu gehen.

»Weihnachten? Hm! Ja, sicher werden die Boote auch Weihnachten feiern. Allerdings ganz anders, als die Menschen!«

»Und wie machen die das? Die haben doch gar keinen Tannenbaum, und Plätzchen können sie auch nicht backen? Ich glaube nicht, dass das eine schöne Feier ist, Papa!«

Lachend schloss ich die Halle auf und wir schlüpften hinein in das stille Halbdunkel, in dem die Schiffe auf ihren Winterwagen lagen und auf die Ausfahrten der nächsten Saison warteten.

»Ach, Töchterlein! Woher willst du denn das wissen? Nur weil es anders ist, wird es nicht schlechter sein als unser Weihnachtsfest.«

»Und wie ist es? Hast du es schon mal erlebt?«

Ich hob den Zwerg hoch und stellte ihn auf das Deck unseres kleinen Kajütbootes. Wir krabbelten unter die Persenning und schauten hinaus. Wenn man die Augen schloss, konnte man noch die sanften Bewegungen des auf den Wellen schaukelnden Bootes spüren, obwohl es lange auf dem Trockenen lag. Claudia kuschelte sich an mich.

»Kommt hier etwa auch der Weihnachtsmann?«, wollte sie wissen. »Und was bringt der den Booten?«

»Vielleicht bringt er den Segelschiffen neue Segel, weil die alten im letzten Sturm zerrissen sind? Und die Motorboote kriegen eine neue Schraube oder einen neuen Luftfilter für den Motor? Ich weiß nicht, was Schiffe bekommen, Maus! Aber ich weiß, dass sie ein schönes Weihnachtsfest haben!«

»Und woher willst du das wissen?«

Ihre kindliche Neugier war geweckt und ihre wachen Augen blitzten mich auffordernd an.

»Na gut!«, seufzte ich. »Also pass auf! Es war vor langer Zeit, noch lange bevor du geboren wurdest. Da fuhr ich einmal an einem Heiligen Abend nachmittags hierher und setzte mich, genau wie wir beide das jetzt tun, auf unser Boot. Ich ließ meine Gedanken zurückgehen in das vergangene Jahr und dachte daran, wo ich überall gewesen war. Es war genau so kalt wie heute, und ich hatte mich in eine warme Decke eingewickelt. Sie war ganz weich und warm und weil ich in den letzten Tagen viel gearbeitet hatte, wurde ich schrecklich müde. Bevor ich mich versah, war ich eingeschlafen und träumte, wie unsere DODI mich bei herrlichem Sonnenschein sanft über die glatte See trug, wie die Möwen laut schreiend um mich herumflogen und die warmen Sonnenstrahlen mich streichelten.«

»Und dann, Papa? Was passierte dann?«

»Ich bin wohl von der Bank gefallen, denn als ich wach wurde, saß ich auf dem Fußboden, und um mich herum war es schon ganz dunkel geworden. Ich hatte ja am Nachmittag noch kein Licht gebraucht, und so musste ich mich jetzt in der Dunkelheit behutsam von Bord tasten. Vorsichtig kletterte ich also am Boot herab und stand etwas später auf dem Hallenboden zwischen den Schiffen. Doch was war das? Plötzlich hörte ich ein leises Wispern in der Halle, als flüsterten tausend Stimmen miteinander. Ich blieb ganz still stehen, wagte nicht, mich zu rühren. Und das Flüstern wurde lauter, und bald konnte ich einige Worte verstehen.

»Holland! So, so meine Beste! In Holland waren Sie ganz. Ist das nicht ein bisschen weit für so ein kleines Schiff?«

»Wie, kleines Schiff? Sie sind man knapp zwei Meter länger als ich, Gnädigste, und dafür ist ihre Taille etwas voller als bei mir. Und wo sind Sie gewesen?«

»Unverschämtheit! Ich bin ja auch ein Dickschiff. Und ein seegängiges Segelschiff dazu. Ich brauche nicht durch die Kanäle nach Holland zu fahren. Ich kann richtig auf die See hinaus. Bis nach Helgoland, wenn es sein muss!«

»Wenn es sein muss! Habt ihr das gehört? Wenn es sein muss! Hahaha! Sie sind wohl nur in der Wesermündung rumgekreuzt, wie? Immer um Rote Sand herum, was?«

»Darf ich auch mal was sagen?«, meldete sich eine ganz kleine Jolle zu Wort, und als alle anderen erstaunt schwiegen, räusperte sie sich und sprudelte dann hervor: »Also ich war an der Ostsee und bin bis zum Kieler Leuchtturm gesegelt. Ist das nicht toll?«

»Toll? Was ist daran toll?«, wollte ein nobler Kajütkreuzer wissen. »Die paar Seemeilen reiße ich vorm Frühstück ab. Du hättest ruhig die paar Meilen bis Dänemark auch noch machen können, Feigling!«

»Vielleicht wachse ich ja noch, und dann fahre ich mit dir um die Wette, du Snob! Und dann hast du nichts zu lachen! Versprochen!«, schnaubte die Jolle empört.

»Pst! Seid mal ruhig! Habt ihr das auch gehört? Da ist doch was!«

Ich hielt die Luft an und wagte nicht mich zu bewegen. Was würde geschehen, wenn sie mich bemerkten? Es war jetzt so still, dass man hätte hören können, wie eine Feder zu Boden fällt.

Da war plötzlich ein leises Seufzen zu hören, welches ganz hinten aus der letzten Ecke der Halle kam. Dort hinten lag ein ziemlich altes Schiff, der Leib nicht aus modernem Kunststoff, sondern aus altem, verbeultem Stahl. Die Masten waren nicht aus hochwertigem Aluminium, sondern aus Holz und schon an einigen Ecken ganz abgesplittert und rau. Alles in allem, und darüber war sich die Schar der Boote einig, mehr ein Fall für die Abwrackwerft, als für den Segelsport.

»Ich sage euch, ihr wisst nichts!«, seufzte der alte Segler und ließ gehörig seine Spanten knacken. »Kieler Leuchtturm, Rote Sand, Helgoland! Ganz schön, das alles! Aber habt ihr schon mal das glasklare Wasser der Karibik gesehen? Gefühlt, wie Delphine unter euch dahinflitzen und mit ihren Flossen eure Bäuche kitzeln? Habt ihr unter euch noch in zwanzig Metern Tiefe die majestätischen Rochen gesehen, wie sie durch das Wasser schweben? Habt ihr schon mal, weit draußen auf dem Atlantik in sternenklarer Nacht dem Gesang der Wale gelauscht? Nein? Dann wisst ihr nichts!«

»Frido!«, flüsterte die kleine Jolle. »Hast du schon einmal das Kreuz des Südens gesehen?«

Wieder seufzte der alte, rostige Kasten in seiner Ecke.

»Das habe ich, weiß Gott! Das habe ich!«

»Und?«, wollte die kleine Jolle aufgeregt wissen. »Wie sieht es aus?«

»Diamanten! Leuchtende, funkelnde Diamanten auf einem blauschwarzen Samtkissen! Warte, ich werde es dir zeigen!«

An der Hallendecke erschien plötzlich ein leuchtender Nebelfleck, das Dach schien zur Seite zu gleiten und gewährte den Blick hinauf zu den Sternen. Doch es waren nicht die Sterne, wie man sie von hier aus sieht. Es waren die Sterne, die über dem Äquator standen, und sie leuchteten in einer Pracht, dass ich geblendet die Augen schloss. Ein Sternbild kam ganz nah heran und ein Raunen und Flüstern ging durch die Halle.

Das Kreuz des Südens, Inbegriff aller Sehnsüchte der Menschheit. Traum aller Seefahrer und vielleicht auch aller Schiffe.

»Und jetzt zeige ich euch noch etwas! Etwas ganz großartiges!«, knirschte der rostige Frido. Und der Sternenhimmel wechselte sein Bild. Ein einzelner, strahlend heller Stern schwebte heran. Der Polarstern! Gleißend hell strahlte sein Licht in die Dunkelheit der Halle hinein, um nach einer Weile ganz langsam zu verblassen.

Es war wieder dunkel in der riesigen, kalten Lagerhalle, in der die Boote vom Sommer träumten, und ich tastete mich durch die Finsternis zur Tür. Was für ein Abend!«

Claudia wickelte sich aufgeregt aus der Decke, die ich uns während der Geschichte umgeschlungen hatte. Ihre Wangen glühten.

»Und was ist aus Frido geworden? Hier liegt doch gar kein Schiff, das so aussieht!«

»Frido und sein Kapitän sind im nächsten Jahr ausgelaufen. Man sagt, sie wollten über den Atlantik nach Mittelamerika. Niemand hat sie je wieder gesehen oder von Ihnen gehört!«

Wir krabbelten aus dem Schiff und kletterten von Bord. Draußen empfing uns eine weiße Winterlandschaft, und am frostklaren Himmel stand ein gleißend heller Stern, der sein Licht in voller Pracht durch die Dunkelheit erstrahlen ließ.

Kein Raps

Es war nicht ganz leicht, mich zu überreden, anstatt in ein Auto zu steigen und ans Meer zu fahren, in ein Flugzeug zu klettern um irgendwo in einem fremden Land meinen Urlaub zu verbringen. Als es mit Geduld nicht klappte, fielen meiner mir Angetrauten noch einige sehr erstaunliche andere Varianten der Überredungskunst ein, was mich schließlich auch dazu brachte, ihren sehr seltsamen Urlaubsplänen zuzustimmen.

»Sie setzen sich jetzt sofort wieder auf ihren Sitz!« Die Stimme der Flugbegleiterin klang sehr energisch. Ich drehte kurz den Kopf in ihre Richtung, deutete aus dem winzigen Flugzeugfenster und stammelte: »Aber…, aber…, da unten sind Rapsfelder!«

Ganz genau hatte ich das Leuchten der rechteckigen Felder tief unten am Boden gesehen, und das von meinem Mittelsitz in der Reihe aus. Der Typ, der mir den Fensterplatz streitig gemacht hatte, keuchte und lief blau an. Selber schuld. Hätte er freiwillig mit mir getauscht, würde er jetzt Luft bekommen. Meine Nase drückte sich an die Scheibe im Flieger, und mit großen sehnsüchtigen Kinderaugen sah ich hinaus und erblickte das sattgelbe Leuchten weit unter mir auf der Erde. Das konnte nur Raps sein, so, wie ich ihn aus meiner Lieblings-Urlaubsgegend in Deutschland kannte. Wir aber waren irgendwo zwischen

Belgrad und Sarajevo, noch weit von der griechischen Küste entfernt. Hier und daheim blühte der Raps in seiner ganzen gelben Pracht. Sein Leuchten dringt selbst durch geschlossene Augenlider bis tief hinein in die Seelen der Menschen, sein süßer Duft liegt schwer in der Luft, und verbreitet den Geruch von jungem Sommer. Seine Farbe, die von der Erde bis hier hinauf strahlte, verursachte eine tiefe Sehnsucht in mir.

»Sie setzen sich sofort wieder hin und schnallen sich an!« Die Flugbegleiterin hatte ihrer Ansage noch eine Nuance an Schärfe hinzugefügt und der Kerl unter mir auf ‚meinem' Fensterplatz faltete die Hände.

»Ja, bitte!«, keuchte er. »Tun Sie, was die nette Frau von Ihnen verlangt!«

Irgendjemand fing an, an meinem Hosenbund zu zerren und eine energische Stimme in meinem Rücken zischte: »Musst du hier so einen Aufstand machen? Setz dich endlich vernünftig hin, die Leute gucken schon alle.«

»Aber der Raps...!«, widersprach ich. Die Flugbegleiterin eilte davon, um dem Piloten Meldung zu machen.

Mürrisch und sehr widerwillig setzte ich mich hin und mein holdes Weib fummelte an meinem Sicherheitsgurt herum. Mit leisem Klick schloss sich die Schnalle.

»Worum geht es hier?«, fragte der Flugkapitän, der sich breitschultrig und drohend durch die Sitzreihen heranschob. Ich deutete auf den Kerl neben mir am Fenster.

»Der hat Schuld, der lässt mich nicht aus dem Fenster gucken!«

»Warum? Was gibt es denn da zu sehen?«

»Rapsfelder!«

»Oh!« Der Pilot machte einen langen Hals, um ebenfalls einen Blick nach unten erhaschen zu können. »Sie meinen, dieses leuchtende Gelb ist Raps?«

»Genau!«

»Sieht wirklich toll aus!«

Endlich einer, der mich verstand.

»Dieses Gelb, dazu weißer Sand, dunkelblaues Meer und hellblauer Himmel, an dem weiße Wolken ziehen«, schwärmte ich. »Und ich muss ausgerechnet jetzt nach Griechenland auf eine trostlose Insel in der Ägäis.«

»Sagt wer?«, wollte der Pilot fassungslos wissen. Ich deutete auf die Person zu meiner Rechten.

»Die da!«

»Oh!« Der Flugkapitän musterte die Frau neben mir, als hätte er eine Außerirdische vor sich. »Ihre Frau?«

»Ja!«

»Oh!«

Einen Moment lang war Schweigen. Dann schüttelte der Mann in der Fliegeruniform den Kopf.

»Auf den Inseln gibt es zwar dunkelblaues Meer, weißen Sand und der Himmel ist meistens auch hellblau, aber dieses Gelb nicht. Dort gibt es keinen Raps«, stellte er fest. Er musterte missbilligend die Personen neben mir, zuerst die männliche.

»Es wäre ein Akt menschlicher Nächstenliebe gewesen, diesem Herrn den Fensterplatz zu überlassen«, tadelte er. Dann wandte er sich der Frau an meiner anderen Seite zu.

»Und Sie sollten zu dieser Jahreszeit nicht in die Ägäis fliegen! Fahren Sie doch woanders hin!«

Meine mir Angeheiratete schaute ihn fassungslos an und auf ihrer Stirn bildete sich die Falte, die stets ein heraufziehendes Donnerwetter anzeigt.

»So?«, fragte sie spitz. »Und wohin dann?«

»An die Ostsee!«, ertönte es wie aus einem Mund von mir und dem Flugkapitän.

Die Brücke

Ich schlenderte über die Kurpromenade des kleinen Hafenstädtchens an der Ostsee und genoss die noch warmen Strahlen der untergehenden Sonne. Sie ließen die Segel draußen auf dem Meer in einem weichen Orangegelb leuchten. Die Boote zogen gemächlich ihre Bahnen, denn der Seewind war fast eingeschlafen. In dem weichen Licht der Abendsonne strebten sie ihren Liegeplätzen in den beiden Yachthäfen entgegen, die in der geschützten Bucht lagen. Der Tag war fast vorüber. Die Urlauber, die sich noch vor wenigen Stunden am Strand und auf der Promenade gesonnt hatten, waren fort.

Mein Blick folgte dem eintönigen Verlauf der kleinen Flutmauer, und ich schaute auf, als in ihr unerwartet eine Lücke klaffte. Ich zögerte. Ignorieren? Einfach weitergehen und dem neu beginnenden Mauerverlauf folgen? Oder doch nach links schwenken und vom exakten Muster der grauen Gehwegplatten auf die leicht federnde, hölzerne Konstruktion, die hier begann, überwechseln? Vor mir lag die Seebrücke, deren Belag sich weit ins Meer erstreckte. Wenige Meter über dem Wasser überspannten ihre Bohlen den flachen Bereich des Badestrandes. Ich betrachtete den hölzernen Pfad, der sich schnurgerade bis ins offene Wasser zog, wo es nicht mehr grünlich schimmerte, sondern bereits das satte Marineblau der Tiefe besaß. Dort draußen konnten auch größere Schiffe anlegen, allerdings fuhren die Bäderdampfer nur in der Sommersaison.

Wasser hat eine nahezu magische Anziehungskraft und die Menschen folgen überall seinem Lockruf und streben dem nassen Element zu, denn Wasser ist Leben. So änderte ich meine Richtung und blieb für einen Moment stehen. Eine Brücke verbindet in der Regel die gegenüberliegenden Ufer eines Gewässers oder einer Schlucht, eines Grabens oder unwegsamen Geländes. Was verband dieses Bauwerk? Eine Brücke zwischen Wasser und Land? Was für ein unsinniges Projekt!

Beinahe automatisch setzten sich meine Füße in Bewegung, trugen mich hinaus auf den hölzernen Weg. Fast glaubte ich, das Schaukeln der Meereswellen würde sich auf die Planken übertragen, und ich griff vorsichtshalber nach dem stabilen Geländer. Es war die Erfahrung, die uns lehrt, dass alles, was sich auf dem Wasser befindet auch schaukelt. Doch hier bewegte sich nichts. Die Brücke war fest und sicher, und langsam entfernte ich mich immer weiter vom Festland. Unter mir plätscherten bereits kleine Wellen an die Pfähle, und als ich mich über das Geländer beugte, sah ich im flachen Wasser die Kinderstube des Meeres. Ein unübersehbarer Schwarm kleiner und kleinster Fische wogte im flachen Wasser vor dem Strand und genoss die Wärme, welche ihm die Sonne am Tag geschenkt hatte.

Langsam näherte ich mich einem Pärchen, das weltvergessen am Geländer lehnte und leise miteinander sprach.

»Unser letzter gemeinsamer Abend«, sagte der Junge. »Lass uns nicht streiten. Morgen fährst du zurück an deine Universität.«

»Abe das haben wi beide gewusst! I have to go back. Meine Semester beginnt next week.«

»Ja! Ja, ich weiß! Aber trotzdem will ich nicht, dass du gehst! Verstehst du? Ich möchte, dass du bleibst! Hier, bei mir!«

»Aber ick kann wiederkommen, in the next holidays! Or you come with me to Aberdeen.«

»Ich kann hier nicht weg, verstehst du? Vater braucht mich auf dem Kutter!«

»Und ick muss meine Studium fertig maken. Maybe, after that I can find a job here in Germany!«

»Warum musst du nur studieren?«, seufzte der Junge und streichelte die Wangen des Mädchens. »Arbeit hättest du doch hier auch so. Deine Tante würde dich liebend gern im Restaurant behalten und nicht nur für den Semesterjob.«

Beide schwiegen, hingen den eigenen Gedanken nach und suchten nach Worten, die den Anderen überzeugen konnten. Traurig schauten sie hinaus auf die Wellen.

Ich ließ die beiden allein, ging an ihnen vorüber und schlenderte gemächlich weiter. Der Warnruf eines Mannes ließ mich stoppen. Fast wäre ich über die Gerätschaften des alten Anglers gestolpert, der seine Ruten etwas nachlässig am Geländer postiert hatte. Ich blickte in die Augen des Mannes, die mich freundlich anblitzten.

»Man sollte beim Laufen nicht denken! Zumindest nicht an andere Sachen«, lachte er. Auf meine Frage, ob er schon etwas gefangen habe, präsentierte er mir einige große Hornhechte. Die langen Fische mit dem schlangenartigen, silbernen Leib und dem hornigen, schnabelartig verlängerten Maul, welches gespickt war mit kleinen spitzen Zähnen, machten noch jetzt, da sie tot waren, den Eindruck mutiger und starker Kämpfer.

Stolz blitzte in den Augen des Anglers, als ich ihm zu seinem Fang mit einem ehrlichen Petri-Gruß gratulierte. Der Alte dankte, dann wanderte sein Blick an mir vorbei zu dem Mann, der seine Angelruten ein Stück weiter auf der Brücke stehen hatte. Neugierig war der näher gekommen und hatte den Fang des Alten aus respektvollem Abstand bewundert. Jetzt hob er die Hand mit dem nach oben gerichteten Daumen.

»Gutt Fisch! Karaschow!«, lobte er während seine Augen traurig auf die wunderschönen Fische schauten.

»Ah! Russki«, murmelte der alte Mann, und es klang wenig erfreut.

»Njet! Nix Russki! Deutsch-Russki«, entgegnete der andere, wandte sich ab und ging zurück zu seinen Angelruten.

»Der ist noch nicht lange hier im Westen! Steht schon den ganzen Nachmittag da und hat nicht einen Fisch gefangen«, raunte der alte Mann mir zu. »Benutzt auch vollkommen unbrauchbare Köder.«

Ich deutete auf die Schachtel, in der mein Gegenüber seine aus Heringsfleisch geschnittenen Köder aufbewahrte. Er hatte mehr als er heute brauchen würde.

»Warum geben Sie ihm nicht davon ab?«, fragte ich ihn.

»Die haben uns damals in Sibirien auch nichts abgegeben«, antwortete er voller Bitterkeit. Er drehte sich abrupt um und widmete sich wortlos wieder seinen Angelruten. Unser Gespräch schien beendet, doch noch zögerte ich einen Moment lang. Schließlich wandte ich mich um, denn es zog mich weiter in Richtung See. Als ich kurz den Kopf drehte, sah ich den alten Angler unschlüssig mit seiner Köderschachtel in der Hand auf dem Steg stehen. Ein Ruck ging durch den Mann, schleppend ging er die wenigen Schritte zu dem glücklosen Angler hinüber und hielt ihm auffordernd die Büchse hin.

Am Kopf der Seebrücke dümpelten zwei Boote in der leichten Dünung und einige signalrot gekleidete Männer und Frauen kletterten darauf herum. Man bestaunte die technische Ausrüstung des jeweils anderen Schiffes, und die Hände wiesen und zeigten auf dies und das, gestikulierende Arme bekräftigten, was Worte nur unzureichend erklären konnten. DLRG stand in großen Lettern an dem kleineren, offenen Motorboot, welches zur Patrouillenfahrt vor dem Badestrand eingesetzt wurde. DGzRS stand an dem anderen, seetüchtig und unsinkbar gebauten Boot, welches jedoch wiederum nur ein Tochterboot jenes mächtigen Seenotrettungskreuzers war, der im Hafen auf Station lag.

»Es war sehr mutig von euch, trotz des aufgewühlten Wassers zu dem abtreibenden Schwimmer hinaus zu fahren!«, stellte der Vormann des Rettungskreuzers fest. »Allerdings war euer altes Boot für so einen Einsatz nicht gebaut. Dieses hier, das neue, ist kentersicher.«

»Wenn ihr nicht gekommen wärt, hätte es anstelle von einem drei Tote gegeben«, antwortete ihm einer der Rettungsschwimmer. »Das Boot kippte in einer Welle, als wir den Ertrinkenden hineinziehen wollten. So ist es gerade noch einmal gut gegangen. Euer Tochterboot war schnell zur Stelle. Danke!«

»Sind wir nicht alle dafür da, schnell zur Stelle zu sein?«, meinte der Vormann und schüttelte die ihm dargebotene Hand.

»Papi! Papi! Jetzt mache ich einen Kopfsprung!«, rief der Junge seinem Vater im Wasser zu, der gerade vom Geländer der Seebrücke mit einem Hechtsprung in die Fluten der Ostsee eingetaucht war. Der Bengel kletterte auf die hölzerne Brüstung und verhielt dort. In seinen weit aufgerissenen Augen stand die Angst, in seinem Gesicht die Entschlossenheit, es seinem Vater gleichtun zu wollen.

»Wenn du das machst, gehen wir gleich noch ein großes Eis essen«, lockte der Ältere den Jüngeren, versuchte ihm so die Angst vor dem Sprung zu nehmen. Zitternd vor Aufregung schnappte der Junge nach Luft, dann sprang er. Kopfüber stürzte er in die Fluten, es planschte ordentlich, und das Wasser spritzte nach allen Seiten als er eintauchte.

»Junior, das war Klasse«, lobte der Vater voller Begeisterung und Freude über den ersten Kopfsprung des Jungen, als der neben ihm den Kopf aus dem Wasser streckte.

»Los, Papa!«, prustete der. »Jetzt wir beide zusammen! Wer zuerst an der Leiter ist!«

Ich ging den Weg über die Brücke zurück und lächelte. Die allerletzten Sonnenstrahlen schienen mir direkt ins Gesicht und ich spürte das Feuer und die Kraft unseres Sterns. Die beiden Angler standen jetzt dicht beieinander und freuten sich gemeinsam über einen prächtigen Hornhecht, den der russischstämmige Petrijünger gerade aus der See gezogen hatte.

»Wladimir! Er heißt Wladimir!«, rief der alte Angler mir zu. »Und er kann doch angeln!«

»Waldemar! Ichch cheißen Waldemar«, lachte der »Deutsch-Russki« und hielt mir voller Stolz seinen Fang entgegen, den ich mit Applaus bedachte, bevor ich weiter ging.

Noch immer stand das Pärchen am Brückengeländer, eng aneinander geschmiegt in zärtlicher Umarmung, hoffend, eine Lösung für das Problem zu finden.

»Come on«, flüsterte sie leise und zog ihn von der Brücke in Richtung Strandpromenade. »Sei nicht traurig. In unsere letzte Nacht ick will nicht, dass du bist traurig! I will make you happy, my dear! Morgen ist eine andere Tag und we will see, what tomorrow brings!«

Arm in Arm verließen sie die Brücke und gingen einer Nacht voller Liebe und Hoffnung entgegen.

Eine blonde Frau in einer weißen Windjacke kam mir im feurig-roten Schein der versinkenden Sonne von Land her entgegen. Sie wich mir nicht aus, kam direkt auf mich zu und blieb vor mir stehen.

»Warum bist du allein weggegangen?«, fragte sie mit leichtem Vorwurf in der Stimme.

»Ich musste nachdenken, meinen Kopf vom Wind klar pusten lassen«, sagte ich leise.

»Bist du noch böse wegen unseres Streits?«, wollte sie wissen.

»Nein! Vermutlich hattest du mit allem Recht, und ich war nur starrköpfig. Ich glaube, die Sache war eine Auseinandersetzung nicht wert.«

Ich legte meinen Arm um ihre Schultern und ging mit ihr den Weg über die Seebrücke zurück an Land, eine Brücke die nichts miteinander verbindet, ein ganz und gar sinnloses Bauwerk.

Ein Kutter voller Narren

Die erste Fangfahrt des Hochsee-Sportfischer-Vereines war ein voller Erfolg gewesen, und man hatte beschlossen, nunmehr jeden Monat mindestens eine Fahrt an die Nord- oder Ostsee zu machen. Das kam nicht nur meiner Sturm- und Drangzeit sehr entgegen, denn die Fahrten versprachen jedes Mal ein neues Abenteuer, wenngleich unser Taschengeld vollends dabei drauf ging. Doch die Fahrten kosteten fast kein Geld, denn an Bord wurden damals noch Unmengen an zollfreien Waren mitverkauft. Da war die Angelei im Grunde nur Beiwerk. Aber ein schönes.

Zu nachtschlafender Zeit ging es per Bus los, und wegen des nachhaltigen Fischgeruchs waren es nicht immer die neuesten Busse, mit denen man die verrückten Petrijünger an die Ostsee karrte. Meistens jedoch hatten wir Glück, und irgendwie kamen wir irgendwann an. Halb taub und halb tot, und mit geröteten Augen, die einfach nicht offen bleiben wollten. Die Leute griffen sich einfach an Gepäck, was ihnen in den Weg kam, und taumelten davon in Richtung Angelkutter. Dort stand bereits mein Angelkumpel Bodo am Heck und dirigierte die Petrijünger so geschickt über das Deck, dass die besten Plätze so lange frei blieben, bis unsere kleine Gruppe an Bord war. Innerhalb kurzer Zeit waren die Geräte klar und die Ruten an der Reling festgezurrt. Wir setzten uns in irgendeine Ecke und schliefen augenblicklich ein. Der Skipper warf die Leinen los, und der Kutter lief aus, einem herrlichen Sonnenaufgang entgegen, aber davon bekam keiner von uns mehr etwas mit.

Der zuverlässigste Wecker war der mächtige Rüssel unseres Sportfreundes Hermann. Als der Smutje die Kombüse für klar zum Backen und Banken erklärte und der Duft der Erbsensuppe über den Kutter wehte, fing Hermanns Riechkolben an zu wackeln. Als schließlich einer der Angler mit einem großen Pott Grog an Deck erschien, gab der Zinken Vollalarm. Mit einem mächtigen Nieser riss es Hermann aus dem Schlaf. Wachwerden und aufspringen war eins.

»Johann! Johann! Schnell wach auf, die Erbsensuppe ist fertig«, hechelte er und wieselte davon. Johann Diercks hob ein Augenlid, stellte fest, dass es verdammt hell war und schloss es wieder.

»Irgendwann bring ich den kleinen Hektiker um«, murmelte er verschlafen. Im nächsten Moment riss er beide Augen auf und sog scharf die Luft ein. »Aaaah! Es gibt doch nichts Besseres als schöne klare Seeluft, die nach Salz und Tang und Fisch riecht! Und ein klein bisschen nach Grog! Haha!«

Ächzend kam er auf die Füße und humpelte davon. Auch meine beiden Freunde waren wach geworden, und Bodo, der Schlacks rüttelte mich aus dem Schlummer. Joachim fing augenblicklich an, die Tiefen seiner Angeltasche nach Essbarem zu durchwühlen, und fluchte fürchterlich, als sein Daumen sich in ein dickes Leberwurstbrot bohrte. Mit einem triumphierenden »Hah!« fand er schließlich, was er suchte. Das Paket mit den kalten Schnitzeln. Mit vollen Backen kauend, deutete er mit der schnitzelbewehrten Hand über die Reling hinaus auf die See.

»Mir ham Vesuv mekomn«, nuschelte er undeutlich, und da wir uns beim besten Willen unter seinen Worten nichts vorstellen konnten, folgten unsere Blicke seiner Schnitzelhand. Ach so, das meinte er. Knapp eine halbe Meile entfernt lief ein zweiter Kutter mit gleichem Kurs. An Bord befand sich eine Schar Menschen, die recht farbenfroh gekleidet war.

»Machen die Jecken heut 'nen Ausflug?«, fragte der Schlacks.

»Hoffentlich verscheuchen die uns nicht die Fische«, unkte ich.

»Ey, kuck ma!«, brüllte im gleichen Moment ein Petrijünger vom Bug des Kutters her. »Da sind nur Weiber an Bord. Ich wird' verrückt, ein ganzes Schiff voller Frauen! Wat wollen die hier? He, Skipper! Näher ran, näher ran! Verdammt noch mal, nun fahr schon rüber!«

Der Skipper hatte alle Hände voll zu tun, das krängende Schiff auf Kurs zu halten, denn fünfunddreißig ausgewachsene Mannsbilder können einem Kutter schon ganz schön Schlagseite zufügen, wenn sie alle an Backbord über der Reling hängen.

»Damminomol, ihr Landratten! Schert euch wieder auf eure Plätze, oder wollt ihr den Kutter zum Kentern bringen?«, brüllte der Kapitän durchs offene Brückenfenster. Doch wenn die Meute Blut geleckt hat, ist sie halt nicht mehr zu halten. Kurzerhand stoppte der Skipper auf und gab Signal zum Angeln. Im Stillen hoffte er, der andere Kutter würde weiterfahren, aber der Herdentrieb funktionierte. Auch der andere Kutter drehte bei, legte sich quer in die leichte Strömung und gab ebenfalls die Angeln frei.

Nur widerwillig lösten sich die Herren der Schöpfung von dem Anblick des Frauenkutters. Niedere Instinkte brachen sich Bahn. Dann aber geschah Überraschendes. Drüben auf dem Kutter mit der bunten Damenriege kamen die ersten Dorsche an Bord. Das half! Augenblicklich stürmten alle an ihre Ruten, und der Kutter pendelte seine Schräglage aus.

»Puh!«, machte der Skipper auf der Brücke erleichtert. Dann griff er zum Gaff, um beim Landen der Dorsche zu helfen.

»Habt ihr das gesehen?«, hechelte Hermann mit vorwurfsvollem Ton. »Meine Güte, wie die sich anstellen wegen ein paar Unterröcken! Unmöglich sag ich! Einfach unmöglich!«

»He! Zwerg Nase!«, tönte es vom Bug her. »Uns gefallen Frauen nun mal, und wenn das bei dir anders ist, sollten wir alle uns vor dir vorsehen!«

Hermann fiel die Kinnlade herab und die Angel aus der Hand. So etwas hatte er noch nie zu hören bekommen. Sein Adamsapfel tanzte aufgeregt hinter dem Hemdkragen auf und nieder, sein Mund öffnete und schloss sich im gleichen Rhythmus. Er schnappte nach Luft, wie ein Karpfen auf dem Trockenen, aber er brachte keinen Ton heraus.

»Waaaas!?«, heulte er nach geraumer Zeit. »Du Dösbaddel, du bregenklöteriger Klabautermann. Nimm das zurück, oder ich dreh dich auf Links!«

Mit diesen Worten wollte er sich auf seinen Widersacher stürzen, aber Joachim schob sich schnell dazwischen. Hermann stutzte, als er so unversehens in Joachims gewaltigem Schlagschatten stand. Er wusste nicht so genau, was er tun sollte, denn von den Proportionen her ähnelten die beiden David und Goliath. David, also Hermann, versuchte unter Joachim durchzutauchen, aber Goliath griff zu, erwischte Hermann im Genick und drehte ihn um hundertachtzig Grad. Er schob ihn sanft zurück an die Reling, nahm Hermanns Rute und drückte sie ihm in die Hand.

»Komm, Hermann, sei friedlich und lass ihn leben, auch wenn er ein Idiot ist. Was hättest du davon, wenn du ihn in der Luft zerreißen würdest?«

»Joachim, du hast recht«, murmelte Hermann betroffen. »Mein Gott, ich hätte ihn in meinem Zorn töten können. Danke, dass du mich zurückgehalten hast.« Er schüttelte Joachim voller Dankbarkeit die Hand. Dann beugte er sich zur Seite, um an Joachim vorbeischauen zu können, sah seinen Kontrahenten mit der Angel an der Reling stehen und schrie hinüber: »Sei froh, dass meine Freunde so gut auf mich aufpassen, sonst wäre deine Frau jetzt schon in Trauer!«

»Ich bin nicht verheiratet«, kam es trocken zurück.

»Hah! Noch schlimmer! Dann hättest du deine Frau ja schon vor der Hochzeit zur Witwe gemacht!«

Damit war für Hermann die Sache erledigt. Er wandte sich jetzt wieder den Dorschen zu und man sah nur an den kraftvollen Pilkbewegungen, wie wütend er war.

Nach einer halben Stunde fiel irgendjemandem auf, dass die angelnde Damenriege nicht mehr da war. Die beiden Schiffe lagen wohl in unterschiedlichen Strömungen und hatten sich voneinander entfernt. Der andere Kutter trieb fast zwei Meilen querab.

Das war fatal. Man musste sofort wieder Anschluss finden. Schließlich wollten sie denen ja beweisen, was sie doch für tolle Kerle waren. Also wurde eine Abordnung zum Skipper geschickt, mit dem Auftrag, er möge sofort Kurs auf den »Weiberkutter« nehmen. Aber unser Kapitän winkte ab.

»Kommt dscha gar nich in Frage! Ich fahr das Schiff da nich hin! Wenn ihr da unbedingt hinwollt, müsst ihr schwimmen!«

Der Wortführer der Abordnung sah sich um.

»Wer von euch kann mit diesem verdammten Kutter umgehen?«, brüllte er und als sich einige Augenpaare auf mich richteten, machte er einen zufriedenen Eindruck.

»Herr Kapitän, sie sind von ihrem Kommando entbunden, unser eigener Steuermann wird denKutter führen.«

Kapitän Droste bekam einen Lachanfall.

»Der Zwerg da? Dass ich nicht lache, der kann doch nicht mal aus dem Führerhaus rausgucken, und 'n Patent hat er auch nicht!«

Eben noch war ich bereit gewesen, den Skipper zu unterstützen, doch mit seinen derben Worten hatte er mich beleidigt und in meiner Ehre tief getroffen.

»Brauch ich auch nicht«, gab ich nunmehr zurück. »Wie sie wissen, befinden wir uns in dänischen Gewässern, da braucht man zum Führen von Wasserfahrzeugen, die der Freizeitgestaltung dienen, keinen Führerschein. Außerdem sind wir zurzeit ihre Arbeitgeber und geben die Anordnungen. Treten sie beiseite, Skipper! Jetzt fährt der Zwerg!«

»Das ist Meuterei!«, fluchte Droste. »Das werdet ihr bereuen!«

»Ach was, ich werde ihren Kutter nicht versenken, versprochen! Spielen sie einfach mit, die da draußen werden schon wieder zur Vernunft kommen.«

Ich stieg auf eine umgedrehte Fischkiste, um wenigstens sehen zu können, wohin ich fuhr, gab Signal »Angeln auf« und brachte das Schiff auf Kurs. Als der alte Kapitän sah, dass ich wohl wusste, was ich da tat, beruhigte er sich schnell wieder. Ich hielt, trotz aller Proteste, einen gehörigen Abstand zu dem anderen Kutter, denn einigen der Damen war inzwischen heiß geworden, und sie hatten sich ihrer bunten Kleidung entledigt. Einige standen im Badeanzug oder in knappen Bikinis an Deck und winkten unseren wackeren Petrijüngern zu. Die winkten begeistert zurück und stießen anerkennende Pfiffe aus, wenn sich eine der Damen offenherzig über die Reling beugte.

Man unterhielt sich prächtig, denn wir waren bis auf Rufweite herangefahren. Die Mädels kamen eindeutig aus Dänemark, denn »dasss sssüssse, etwasss gesssungene dänissse Dialekt« war unverkennbar. Und die Damen heizten unseren Fischern ordentlich ein.

»Sssau mal, Britta! Sssind die nich sssnuckelig? Der mit die braune Haare und die grossse Nase, darf isss den mitnehmen?«

»Neee, Ulla! De grossse mit die blonde Haare issst viiiel sssöner! Hallo, sssöne Mann, möchtessst du ein Andenken von misss mitnehmen? Hassst du eine Fotoapparat?«

Der große Blonde hatte. Blitzschnell hatte er geschaltet und nun ein Teleobjektiv vor den Apparat gesetzt. Er hob die Kamera vor die Augen, und Britta entledigte sich ohne Scheu ihrer Bluse und stand da in ihrem knappen Bikinioberteil, welches die wogenden Massen nur notdürftig im Zaum halten konnte. Sie winkte und ließ das Stückchen Stoff über ihrem Kopf kreisen.

»Oooh! Hassst du aber eine grossse Apparat!«, schrie Britta begeistert und die Frauen an Bord brachen in schallendes Gelächter aus. In weiser Voraussicht hatte ich den Kutter nicht längsseits heranmanövriert, sondern mit dem Bug, so dass sich eine ähnlich gefährliche Situation wie vorhin nicht entwickeln konnte.

Die Angler standen alle auf dem Vorschiff und die Augen drohten ihnen aus dem Kopf zu fallen. Schrille Pfiffe ertönten, und die Meute heulte wie ein Rudel Wölfe.

Plötzlich dröhnte drüben der Diesel auf, und aus zwei Schläuchen, die wohl sonst zum Deckwaschen benutzt wurden, schossen zwei armdicke Wasserstrahlen auf unser Schiff zu. Im Nu waren unsere wackeren Angler bis auf die Knochen durchnässt. Das Angelzeug wirbelte über das Deck, und ich hielt es für ratsam, nunmehr den Rückwärtsgang des Schiffes auszuprobieren. Unter dem Siegesgeheul der Amazonen traten wir den ›geordneten

Rückzug‹ an, und ihre Siegesgesänge begleiteten unsere hastige Flucht noch ein ganzes Stück über die See.

»Hast du's? Hast du sie geknipst?« »Ich will auch einen Abzug!« »Ich auch, aber in Postergröße!« »Mann, die haben's uns aber gegeben!« »Wann lässt du den Film entwickeln?« »Kann ich das auch als Dia haben?« Der große Blonde breitete bedauernd die Arme aus.

»Es tut mir leid, Freunde! Ich hab vergessen abzudrücken«, gestand er zerknirscht. Einen Augenblick herrschte betroffenes Schweigen, dann brüllte alles durcheinander. Vom Aufhängen am Mast und vom Kielholen war die Rede, einige wollten ihn nach Hause schwimmen lassen, andere waren der Meinung, er sei zum Milchholen zu dämlich, denn er habe das Geld in der Kanne und würde anschreiben lassen.

Bevor es zu Tätlichkeiten kommen konnte, erschienen der Kapitän und der Smutje auf dem Vorschiff mit zwei großen Tabletts voller Gläser. Sie schoben die Leute auseinander und drückten jedem eins in die Hand. Dann hob der Skipper sein Glas und rief: »Hoch die Gläser, Männer! Auf das schöne Geschlecht und die Dorsche! Prost!«

Nachdem man den Ärger über die Unfähigkeit des Fotografen solchermaßen heruntergespült hatte, kehrte Friede auf dem Schiff ein. Man sammelte die Gerätschaften zusammen und sortierte, was zu wem gehörte. Ich ging auf Heimatkurs und ließ den Kutter mit halber Fahrt laufen. Das würde reichen, denn bis die Sachen nicht getrocknet waren, konnten wir sowieso keinen Hafen anlaufen. Niemand würde sich darum reißen, dumme Fragen hinsichtlich der klatschnassen Kleidung einiger Petrijünger beantworten zu wollen, und bald hingen auf dem ganzen Kutter Hemden und Hosen, Unterwäsche und Strümpfe zum Trocknen in der Sonne. Überall liefen oder standen nackte oder halbnackte Angler an Deck herum. Die Sonne meinte es gut an diesem Tag, und so kam es, dass sich einige auch noch einen Sonnenbrand an gewissen edlen Teilen einfingen, der sie Zuhause mit großer Sicherheit in Erklärungsnot bringen würde.

Natürlich bekamen wir nicht alles trocken. Als der ganze Tross in Heiligenhafen in einer Reihe am Zollschalter vorbeimarschierte, schauten sich die beiden Zöllner verwundert an. Das »Schlrp, schlrp!«, mit denen die Angler in ihren nassen Schuhen vorbeilatschten, ließ sie das Schlimmste befürchten.

»Mein Gott«, stöhnte einer der beiden.»Ich wusste nicht, dass Schweißfüße so weit verbreitet sind. In der Werbung sagen sie immer, nur jeder fünfte hätte sie. Aber das hier sieht nach einer Epidemie aus. Vielleicht sollten wir die ganze Bande in Quarantäne-Haft nehmen, denn wer weiß schon, ob das nicht ansteckend ist?«

Der Leuchtturm

Geoffrey stieg aus der Kutsche und schulterte seinen Seesack. Mit wachen Augen schaute er sich um und registrierte das geschäftige Treiben in dem Hafen. Langsam schlenderte er auf dem Kai entlang. Seine hoch gewachsene, breitschultrige Figur machte in der warmen Tweedjacke einen sportlichen Eindruck und ließ nicht nur die Frauen des kleinen Hafenstädtchens auf ihn aufmerksam werden. Vor den Schiffen standen die Bootsmaaten und hielten ihn an.

»Suchst du 'ne Heuer?«, wurde er mehrfach gefragt, doch Geoffrey verneinte und schüttelte energisch die Hände, die ihn hielten, ab. In dem ganzen Gewimmel von Schauerleuten und Matrosen, Fuhrwerken und Kutschen fiel ihm eine Orientierung nicht leicht, und so wandte er sich an einen alten zahnlosen Seemann, der bettelnd auf einem Kistenstapel hockte.

»Weißt du, wo die Lighthouse-Company ihr Büro hat?«, fragte er den Alten.

»Sicher, Söhnchen! Sicher weiß der alte Clive das«, fistelte die dürre Gestalt in der zerlumpten Seemannsjacke. Zielsicher spuckte der Alte aus seinem zahnlosen Maul über Geoffreys Schulter hinweg ins Hafenbecken.

»Und wo, bitte?«, hakte Geoff nach und nahm seine Mütze ab.

»Tja, Söhnchen. Die Zeiten sind schlecht und dem alten Clive geht es gar nicht so gut. Da kommt es manchmal vor, dass sich einiges in den Gehirnwindungen verliert«, kicherte der Alte. Geoff langte in die Tasche und eine kleine Münze wechselte den Besitzer und wieder kicherte das dürre Männlein.

»Dreh dich um, du stehst genau davor, Söhnchen! Aber solltest du dich mit dem Gedanken tragen, den Job als Leuchtturmwärter auf Sailors Rock anzunehmen, vergiss es. Dafür bist du zu jung.«

Der Mann, der sich Clive nannte, grinste, als er den fragenden Blick des Jungen sah. Er beugte sich ein wenig vor und flüsterte: »Den alten Butch Langtry haben sie in einer Zwangsjacke vom Kliff geholt, er schrie und heulte ganz schaurig und in seinen Augen brannte der Irrsinn. Auf der Klippe ist es nicht geheuer, sage ich dir.«

Geoffrey schwieg nachdenklich, dann wandte er sich um und betrachtete das Haus, in dem die Betreiberfirma des Leuchtturms tatsächlich ihr Büro hatte. In der Tat war er wegen des Jobs gekommen, denn wie man hörte, sollte der gut bezahlt sein. Besser, als wenn er auf einem der Schoner angeheuert hätte, der ihn für unbestimmte Zeit weit weg von Zuhaus gebracht hätte. Und Geoffrey liebte die Einsamkeit und das Meer. Wo, wenn nicht auf dem Leuchtturm, wäre er da besser aufgehoben und würde obendrein noch dafür bezahlt?

Geoffrey wandte sich dem Alten zu um mehr zu erfahren, doch der hatte sich inzwischen davon gemacht. Der Kistenstapel, auf dem er gehockt hatte, war leer. Geoff drehte sich um, ging die wenigen Schritte zu dem Haus hinüber und betrat das Büro. Er erledigte die wenigen Formalitäten, und der Leiter der Company erklärte ihn zum neuen Leuchtturmwärter. Geoff bekam im Ort eine Dienstwohnung zugewiesen, in die er nach seinem vierzehntägigen Dienst auf der Leuchtturmklippe einziehen konnte. Er würde sich den Dienst mit einem zweiten Wärter teilen, jeder von ihnen blieb zwei Wochen auf dem Felsen vor dem Festland und hatte danach zwei Wochen Hafendienst.

»Das Wetter ist günstig, das Lotsenboot wird Sie noch heute rüberfahren«, erklärte der Mann hinter dem Schreibpult. »Joshua kann Sie in den nächsten zwei Tagen einarbeiten und dann seinen wohlverdienten Landurlaub antreten. Noch Fragen?«

Geoffrey hätte am liebsten nach seinem Vorgänger Butch gefragt, doch wollte er nicht als Angsthase abgestempelt werden. Auch sollte man dem Straßentratsch nicht zu viel Bedeutung beimessen, dachte er bei sich und beließ es dabei. Alles Weitere konnte er auch von dem zweiten Lichtmeister auf dem Turm erfahren.

Das Meer war ruhig, und das Landemanöver in der kleinen Bucht gelang ohne Probleme. Geoffrey sprang vom Kutter auf den Felsen hinüber, als das Boot sich auf dem höchsten Punkt einer Welle befand. Der Kutter wurde gar nicht erst festgemacht, man warf Geoff einfach seinen Seesack und ein paar kleinere Pakete mit benötigten Waren zu, dann ruderten die Männer das Schiff wieder auf das offene Wasser hinaus, setzten die Segel und das Boot nahm Kurs auf den Hafen, der einige Seemeilen entfernt geschützt in einer Bucht lag. Ein

Räuspern ließ Geoff sich umdrehen, und er sah seinen neuen Arbeitskollegen in einiger Entfernung abwartend auf den Felsen stehen. Ihre Blicke begegneten sich, und der junge Leuchtturmwärter ahnte, dass er von diesem Mann nicht viel erfahren würde.

Geoffrey sollte Recht behalten. Joshua zeigte dem Jungen alle notwendigen Handgriffe, die zu erledigen waren, erklärte ihm den Aufziehmechanismus des Uhrwerks, das die Drehvorrichtung in Gang hielt und zeigte ihm, wie man die Spiegel und Linsen blank putzte. Er erklärte ihm auch geduldig die Funktion der Lampen, zeigte ihm den Brennstoff-Vorrat und alles, was für den Betrieb des Leuchtturms nötig war. Geoffrey versuchte immer wieder, mit vorsichtigen Fragen etwas über den Vorgänger zu erfahren, aber es erwies sich als sehr mühselig. Wenn er überhaupt etwas zu dem Thema sagte, dann waren es nur Andeutungen, unbestimmte Redensarten, mit denen Geoff nicht viel anfangen konnte. Nur so viel schloss er aus den wenigen Worten seines älteren Kollegen, dass Butch Langtry tatsächlich während eines Sturms hier auf dem Leuchtturm durchgedreht war und komplett seinen Verstand verloren hatte. Aus einer weiteren Andeutung entnahm er, dass Butch vom »fliegenden Holländer« gefaselt hatte und von Skeletten, die aus der Tiefe gekommen waren.

Geoffrey war kein ängstlicher Typ, er war kräftig wie ein Bär und keinesfalls abergläubisch. Die Äußerungen Joshs tat er als Seemannsgarn ab, bestenfalls dazu geeignet, kleinen Kindern Furcht einzuflößen. Er winkte nur kurz, als Joshua die Insel verließ und mit dem Lotsenboot zurück aufs Festland fuhr. Jetzt war er allein auf seiner Felseninsel, die weit vor dem Festland lag und die er nach wenigen Schritten umrundet hatte. Es gab Leuchttürme, neben denen man kleine Häuser für die Lichtmeister gebaut hatte, jedoch war dieser hier anders. Die Wohnung war im Turm integriert, und Geoff fragte sich, was das für einen Grund hatte. Es sollte nicht allzu lange dauern, bis er ihn erfuhr.

Die ersten Tage vergingen, und Geoffrey erledigte gewissenhaft seine Arbeit. Er bemühte sich den richtigen Rhythmus zu finden, der es ihm ermöglichte, in den Nächten seinen Dienst zu tun, und tagsüber zu schlafen. Da es nicht allzu viel Arbeit gab, beschäftigte er sich damit, in einem Buch Wetterbeobachtungen zu notieren, von der Klippe aus Fische für das Mittagessen zu angeln, oder er tauchte am Felssockel hinab, um Hummer zu fangen. Dann drehte der Wind, es briste auf und die See wurde unruhig. Schaumkronen bildeten sich auf den Wellenkämmen, und das Meer begann, gegen den Felsen anzurennen, auf dem der Leuchtturm stand. Es dröhnte und der Felsen erbebte, wenn sich die Wassermassen auftürmten und dann auf die Klippe stürzten. Draußen heulte der Sturm und die Wellen erreichten eine Höhe, die sie mühelos bis an die Wände des Turmes gelangen ließen. Jedes andere Gebäude hätten sie einfach von der Insel gefegt, nur der Turm hielt stand.

Geoffrey stieg in der Dunkelheit bis nach oben in die Lichtkuppel. Der Orkan peitschte den Regen gegen die steinerne Hülle des Turmes und das hölzerne Dach der Kuppel, ein wahres Trommelfeuer peinigte die Ohren des jungen Mannes. Der Lichtfinger des Leuchtfeuers tastete sich durch die Nacht und verlor sich da draußen irgendwo in der Schwärze. Geoffrey beugte sich vor, um nach unten schauen zu können. Im Streulicht, welches durch die lichtbrechenden Regentropfen entstand und die Klippe ein wenig erhellte, sah er eine Bewegung auf dem Felsen. Etwas kam aus dem Wasser und kroch durch die Brandung auf den Leuchtturm zu. Geoffrey glaubte zuerst an Seelöwen oder Robben, doch dann erkannte er, dass es sich um Gerippe handelte, die sich mühsam aus dem Meer auf den Felsen zogen.

Dem jungen Lichtmeister stockte der Atem. Was würde geschehen, wenn die Skelette den Turm erreichten? In fliegender Hast raste er aus der Kuppel und rutschte die Leitern herunter in die oberen Stockwerke. Mehrere Stufen auf einmal überspringend jagte er die steile Treppe hinunter in das Erdgeschoss, wo sich der Eingang zum Turm befand. Die Tür, mehr ein stählernes Schott, gegen das die Wellen schlugen, war von außen relativ leicht zu öffnen. Geoff griff nach einem Vierkantholz, klemmte den Balken unter den großen, bügelartigen Handgriff und verhinderte damit, dass jemand von außen eindringen konnte. Im nächsten Moment hörte er das Kratzen und Klopfen an der Außenseite, als wolle sich das Grauen Einlass verschaffen. Panik stieg in Geoffrey auf, sein Verstand wollte aussetzen, die Furcht begann übermächtig zu werden. Doch der Lichtmeister riss sich zusammen und prüfte noch einmal den sicheren Sitz des Balkens, dann rannte er die Treppenstufen wieder hinauf und kletterte in die Lichtkuppel zurück.

Unberührt von all dem tastete sich der Lichtfinger des Leuchtturmes friedlich durch die Nacht und warf sein Licht auf etwas, das Geoffrey am liebsten nicht gesehen hätte. Eine Riesenwelle rauschte von See her heran, eine steile Wand aus Wasser und Gischt erhob sich und auf ihrem Kamm ritt ein Segelschiff. Ein Dreimast-Schoner schoss mit der Wasserwand heran und schien in der Dunkelheit in der Luft zu schweben. Geoffrey bekreuzigte sich. Er war nicht sehr gottesfürchtig, doch angesichts der sich nähernden Gefahr schien es ihm sinnvoll, ein kurzes Stoßgebet gen Himmel zu schicken. Dann war die Monsterwelle heran, das Wasser türmte sich vor der Felseninsel auf, stieg höher und höher, der Wellenkamm brach sich und donnerte auf das winzige Eiland herab, an dessen südlicher Spitze der Schoner krachend zerschmetterte. Geoff wich bis an die gegenüberliegende Wand zurück und erwartete den Tod.

Der ganze Turm dröhnte wie eine Glocke, als die Riesenwelle sich gegen ihn warf, aber er hielt stand. Halb taub taumelte der junge Leuchtturmwärter zu der Luke, die hinaus auf die rundum verlaufende Galerie führte. Der Sturm peitschte ihm den Regen ins Gesicht und im Nu war er bis auf die Haut durchnässt. Egal, wohin er sich wandte, von der Welle und dem Schiff war nichts mehr zu sehen. Keine Trümmer schwammen auf dem Wasser, nichts deutete darauf hin, dass hier ein Segler gestrandet war. Geoffrey beugte sich weit über die Brüstung und schaute nach unten. Für einen Moment meinte er, in dem Hexenkessel aus Wasser und Gischt am Fuße des Turms inmitten der herankriechenden bleichen Gerippe eine Frau gesehen zu haben. Eine Schönheit, deren nasses, zerfetztes Kleid im Sturm flatterte. Ihr blasses Gesicht wurde von schwarzem Haar umrahmt, und sie schaute zu ihm herauf, winkte ihm zu. Dann fegte eine neue Welle alles von den Klippen, nichts war mehr dort, nur quirlendes, schäumendes Wasser.

Lange Zeit stand der Mann auf dem Rundgang, spähte immer wieder hinab. Der Regen ließ nach, der Sturm nahm ab und das Meer beruhigte sich wieder. Nur Geoffreys aufgestachelte Nerven ließen ihn kaum zur Ruhe kommen. Alle möglichen Gedanken schossen ihm durch den Kopf, ganz mechanisch betrat er wieder die Lichtkuppel, als das Uhrwerk ablief und der Spiegel aufhörte sich zu drehen. Er zog das Vier-Stunden-Werk auf und setzte den Drehmechanismus wieder in Gang. Doch nahm er alles dies kaum wahr. Er sehnte den Morgen herbei, und im ersten Tageslicht stürmte er hinaus und begann den Felsensockel abzusuchen. Er fand nichts, nicht dort, wo das Schiff zerbarst, und auch nicht dort, von wo aus die unheimliche Schöne aus dem Meer ihm zugewinkt hatte. Ein Verdacht keimte in ihm auf, und er beschloss, der Sache auf den Grund zu gehen.

Am nächsten Tag strahlte die Sonne von einem blauen Himmel herab, und nichts deutete mehr auf den schweren Sturm hin, der noch vor wenigen Stunden hier getobt hatte. Geoffrey wartete den höchsten Stand der Sonne ab und begab sich erneut auf den oberen Rundgang.

Von hier aus konnte er auf das Meer herabschauen, und die hoch stehende Sonne drang tief in das Wasser ein.

Dort, wo es flach war, konnte man jeden Felsen am Grund erkennen. Hier an der Klippe war es tiefer, und damit schwerer etwas auszumachen, was sich tief unter der Oberfläche befand. Er nahm ein Fernrohr zu Hilfe, und suchte das ganze Gebiet um die Südspitze des Felsens herum ab. Da sah er es. Wie ein Schatten, ein undeutliches Schemen, zeichnete sich der Rumpf eines Schiffes von seiner Umgebung ab. Es musste tief liegen, wohl an die 50 – 60 Fuß. Aber es war da. Und er hatte es gefunden. Er hatte die richtigen Schlüsse aus den Vorfällen der Sturmnacht gezogen. Und er würde alles tun, was Notwendig war.

Der alte Clive schüttelte den Kopf, dass sein schütteres Haar flog. Mit Skepsis hatte er sich den Bericht des jungen Leuchtturmwärters angehört, doch nun hatte ihn das blanke Entsetzen gepackt.

»Du bist nicht bei Trost, Kleiner!«, meinte er und schaute zu dem muskulösen Hünen auf, der ihn um mehr als Hauptesläge überragte. »Tauchen willst du? Und das direkt an der Leuchtturmklippe? Wenn die Haie dich nicht fressen, wird dich die Strömung wegfegen.«

Der Alte kaute mit seinen Zahnstummeln auf den Lippen, und Geoffrey konnte sehen, wie sich die Gedanken des Seeveteranen überschlugen. Dann schaute der ihn mit seinen listigen, kleinen Augen an.

»Woher willst du eigentlich wissen, Söhnchen, dass da unten wirklich etwas ist? Vielleicht war es nur ein Felsen oder eine Tangwiese. Zeig mir etwas, dass mir beweist, dass da unten ein Schiff liegt.«

Geoffrey schaute sich mit einem schnellen Blick um, doch sie waren hinter dem Kistenstapel allein. Der Lichtmeister öffnete seine Jacke und holte etwas hervor, das in ein Tuch gewickelt war. Er schlug den Lappen auseinander und hielt Clive einen grinsenden Totenschädel entgegen. Der alte Seemann, der hier im Hafen als Bettler sein Leben fristete, prallte verschreckt zurück.

»Bist du verrückt? Nimm ihn weg! Ich will mit denen nichts zu schaffen haben«, stieß er keuchend hervor und Geoff schlug lachend das Tuch wieder über den Schädel.

»Sie werden dir nichts mehr tun. Es sind arme Teufel, spanische Seeleute, die nichts anderes mehr wollen, als in ihrer Heimat beigesetzt zu werden. Wenn wir ihre Knochen eingesammelt haben, und sie in spanischer Erde ruhen, wird hier Ruhe sein und niemand mehr den Verstand verlieren.«

»Wo hast du eigentlich den Schädel her?«, erkundigte sich Clive und schielte nach dem kleinen Paket, dass Geoffrey gerade wieder unter seine Jacke steckte.

»Ich bin ein guter Schwimmer und ein ganz passabler Taucher«, stellte der Jüngere fest. »Aber um alle Knochen einsammeln zu können, brauche ich einen Taucheranzug und einen Pumpenmann.«

Clive schüttelte den Kopf.

»Was du brauchst, ist ein ganzes Tauchboot und mindestens zwei Leute. Einen für die Sicherungsleine und einen für die Luftpumpe. Das wird kosten, Söhnchen. Umsonst wirst du das nicht bekommen.«

Clive bekam große Augen, als Geoffrey aus der Tasche ein kleines Bündel Banknoten zog und es dem Alten in die Hand drückte.

»Wird das reichen?«, wollte er wissen. Clives Hand begann zu zittern.

»Noch nie in meinem ganzen Leben habe ich so viel Geld in der Hand gehabt!«, ächzte der Alte. »Wie kommst du dazu, mir so viel Bares in die Hand zu drücken? Du kennst mich doch überhaupt nicht!«

Für einen Moment ruhten die Augen der Männer aufeinander und ihre Blicke trafen sich. Dann lächelte der Mann vom Leuchtturm.

»Doch, Clive! Ich weiß, dass ich mich auf dich verlassen kann!«

Der dürre Seemann hüstelte verlegen. Die Sache schien ihm nicht zu behagen. Er war es nicht gewohnt, dass jemand so viel blindes Vertrauen in ihn setzte.

»Gut«, meinte er dann. »Ich will sehen, was ich für dich tun kann. Ich melde mich bei dir.«

Als Geoffrey seine zweite Dienstzeit auf dem Leuchtturm antrat, wartete er ungeduldig auf ruhiges Wetter. Denn nur wenn die See absolut ruhig war, konnten sie ihr Abenteuer starten und in die spanische Galeone eindringen. Am vierten Tag kam Clive mit dem Boot und der Ausrüstung. Ein Berufstaucher war ebenfalls an Bord, doch Geoffrey zwängte sich selbst in den unförmigen Anzug. Ralph, der Taucher und Besitzer des Bootes, war nicht begeistert, als er hörte, dass der Junge selber tauchen wollte. Widerwillig montierte er den Helm, und als er die Sichtscheibe einsetzte und so den Anzug wasserdicht machte, begann Clive an der großen Pumpe zu arbeiten. Geoff spürte, wie die frische Luft in den Taucherhelm drang und durch das andere Ventil wieder abgesaugt wurde. Mühsam stapfte er zur Reling, stieg auf die über Bord hängende Leiter und ließ sich ins Wasser gleiten. Über ihm schlug das Meer zusammen und er sank hinab in das grüne Dämmerlicht der See. Sie hatten das Boot genau über dem Wrack verankert, sodass Geoffrey weite Wege erspart blieben. Dann spürte er den festen Meeresboden unter seinen Füßen, und schwerfällig setzte sich der Leuchtturmwärter in Bewegung. Es war mühsam, die Skelettteile der Seeleute aufzuspüren und einzusammeln. Er suchte zuerst die Umgebung des Schiffes ab, um dann bei einem weiteren Tauchgang in das Wrack selbst vorzudringen. Zwanzig Skelette fand er und brachte ihre Knochen an die Oberfläche. Er barg auch die Schiffsglocke, auf der ›Santa Anna‹ zu lesen war.

Es gab einiges Aufsehen in der Hafenstadt, als Clive und Ralph mit dem Boot zurückkehrten und den Fund präsentierten. Der Bürgermeister übergab die sterblichen Überreste der Seeleute im Beisein der drei Männer, die sie geborgen hatten, an einen spanischen Gesandten. Der schickte sie zusammen mit der Glocke zurück nach Europa, wo man sie auf dem Friedhof ihres Heimathafens beisetzte. Die Glocke wurde auf dem gemeinsamen Grab auf einem Gedenkstein montiert.

Geoffrey kehrte zu seiner dritten Dienstzeit auf die Leuchtturmklippe zurück, und versah wie üblich seinen Dienst. Nachdem er bei Einbruch der Dunkelheit das Leuchtfeuer entzündet hatte, stieg er allerdings die Treppen wieder herab, verließ den Turm und setzte sich an das Südende des Felseneilands. Er brauchte nicht lange zu warten. Im Licht des Mondes tauchte in der Schwärze des

Wassers etwas Helles auf, stieg höher und höher bis zur Oberfläche und schwebte ans Ufer. Geoffrey sah, dass er sich in der Nacht nicht getäuscht hatte. Die Frauengestalt, die er gesehen hatte, war unglaublich schön. Dunkles Haar umrahmte ihr schmales, blasses Gesicht. Schwarze Augen sahen den Jungen an. Langsam kam sie auf ihn zu.

»Es ist jetzt sehr einsam dort unten«, sagte sie leise und Geoff hörte den leichten Vorwurf in ihren Worten. Sie blickte auf den jungen Mann nieder. »Warum hast du mich nicht geholt?«

»Weil ich nicht wollte, dass du von hier weggehst. Ich habe mich in dich verliebt, seit ich dich in der Sturmnacht sah«, antwortete er und konnte seinen Blick nicht von ihr lösen. »Darum habe ich deine Kabine nicht betreten. Ich wusste, dass du wiederkommst.« Er stand auf und trat näher an sie heran.

»Du fürchtest dich nicht vor mir? Ich bin ein Geist, und ich könnte dich töten«, flüsterte sie und schaute ihn mit einem forschenden Blick an.

»Warum sollte ich mich vor dir fürchten? Man fürchtet nicht, was man liebt. Erzähl mir von dir, ich möchte alles über dich wissen.«

»Mein Name ist Gloria Maria Estefania de Lopez. Wir waren auf dem Weg zu meinem Bräutigam, als uns der Sturm überraschte. Ich erinnere mich nur, wie eine Woge uns fast bis in den Himmel hob und dann auf diesen Felsen schmetterte. Das Schicksal hat mich um meine Liebe betrogen«, sagte sie leise.

»Will das Schicksal es wieder gut machen? Warum sonst konntest du mir anders begegnen, als die Seeleute deines Schiffes? Nur dich habe ich in menschlicher Gestalt gesehen, niemanden sonst«, antwortete Geoffrey nachdenklich.

»Es ist eigenartig«, sagte die Frauengestalt, die allem Anschein nach jünger war als Geoffrey, obwohl sie schon so lange Zeit nicht mehr unter den Lebenden weilte. »In deiner Gegenwart spüre ich die Kälte des Todes nicht mehr. Etwas Warmes ist in mir. Und doch weiß ich, dass ich tot bin und nicht wieder in das Leben zurückkehren kann. Es ist ganz unmöglich, doch ich fühle mich zu dir hingezogen. Ich bin froh, dass du mich fandest.«

Geoffrey zögerte nur kurz, beugte sich dann nach vorn und küsste die Lippen des Mädchens. Sie fühlten sich kühl an, doch er konnte sie berühren. Sie war tot, ohne Leben, aber sie war kein Geist, kein Schemen, das man nicht greifen konnte. Und sie erwiderte seinen Kuss mit einer Hingabe und Leidenschaft, die er nie vermutet hätte.

»Sei du mein Bräutigam«, flüsterte sie und schmiegte sich an den starken Mann, der sie liebevoll in seine Arme schloss. Sie genoss seine Umarmung, die tiefe Liebe, die er ihr gab und seine unendliche Zärtlichkeit. Es war ein Rätsel, dass sie all das spüren konnte, was so menschlich war und im Reich der Toten nichts zu suchen hatte. Sie verschmolzen mit einander, ihre Seelen begegneten sich wie es nur bei zwei Liebenden geschehen kann, und beide genossen die Nacht, die nur einmal unterbrochen wurde, als Geoffrey das Uhrwerk des Leuchtturmes aufziehen musste. Der Morgen kam und das Licht der Sterne begann zu verblassen.

»Ich muss gehen. Leider können wir nur in der Nacht zusammen sein, mein Schicksal kann mir nicht mehr zugestehen«, erklärte sie Geoffrey und in ihrer Stimme klang tiefes Bedauern. »Ich werde den Tag damit verbringen, auf dich zu warten«, versicherte Geoff. »Nimm meine Liebe mit hinunter in die ›Santa Anna‹ und wärme dich an ihr, wenn die Kälte des Todes nach dir greift.«

Sie trennten sich nach einem langen und innigen Kuss, Gloria schritt hinaus auf das Meer und versank in den Fluten. Er sah sie immer tiefer sinken, bis sie seinen Blicken entschwand. Doch Geoffrey war sicher, dass sie in der nächsten Nacht wiederkommen würde. Von diesem Tag an veränderte sich Geoffreys Leben. Er schlief am Tage und liebte in den Nächten. Er verzweifelte fast, wenn seine Dienstzeit auf dem Leuchtturm zu Ende war und er den Landdienst antreten musste. Gloria wartete ebenso sehnsüchtig darauf, dass ihr Geliebter wieder auf der Leuchtturmklippe eintraf, und stets war sie nach vierzehn Tagen wieder da, schön wie zu allen Zeiten und bereit, sich dem Menschen hinzugeben, den sie liebte. Die Jahre gingen ins Land, und obwohl sich die beiden in ihrem Schicksal eingerichtet hatten, gab es die Zeiten der stillen Verzweiflung, in der die Sehnsucht nach dem Geliebten übermächtig zu werden drohte.

»Es gäbe einen Weg, der uns gestatten würde, für immer zusammen zu sein«, eröffnete sie eines Tages dem Lichtmeister. Geoffrey schaute sie erwartungsvoll an, doch sie senkte die Augenlider. Ihr Vorschlag war so ungeheuerlich, dass sie sich nicht traute, ihn auszusprechen.

»Ich muss den Schritt zu dir hin wagen«, ahnte Geoffrey ihre Worte. »So ist es doch, nicht wahr? Ist es die einzige Möglichkeit für immer bei dir zu sein? Wird das Schicksal uns weiterhin das gewähren, was wir hier zusammen haben?«

Gloria wich seinem Blick aus, wagte nicht, ihn anzusehen.

»Es wird Veränderungen geben«, bestätigte sie mit leiser Stimme indirekt seine Vermutung.

»Ich kann meinen Platz nicht verlassen, es hängen Menschenleben davon ab, dass der Leuchtturm funktioniert«, wandte er ein.

»Es wird ein anderer kommen, der deine Aufgabe übernimmt«, widersprach sie und streichelte mit ihrer kalten Hand zärtlich seine Wange.

Als Geoffreys Ablösung auf der Klippe eintraf, fand man den Leuchtturm verwaist. Eine handschriftliche Notiz im Logbuch des Leuchtturmes lautete: ›Sucht nicht nach mir, ich folge meiner Liebe!‹ Dieser letzte Eintrag war eine Woche zuvor gemacht worden, doch das Leuchtfeuer funktionierte wie von Geisterhand bedient und schickte seinen Lichtfinger in jeder Nacht hinaus auf die dunkle See. So blieb es auch, als nach vierzehn Tagen Geoffreys Dienst erneut hätte beginnen müssen. Ohne das Dazutun des neuen Lichtmeisters wurde das Uhrwerk aufgezogen, die Flamme entzündet und der Dreh-Mechanismus in Gang gesetzt. Dies wiederholte sich Nacht für Nacht im zweiwöchentlichen Rhythmus, bis nach langen Jahren der Leuchtturm abgerissen und durch ein modernes, elektrisch betriebenes

Leuchtfeuer ersetzt wurde. Bei den Arbeiten zur Verlegung des Seekabels stieß man erneut auf das Wrack der ›Santa Anna‹ und ein neugieriger Taucher drang in die Kapitänskajüte des Segelschiffes ein. Auf der breiten Koje fand er zwei ineinander verschlungene Skelette, die man vorsichtig barg und gemeinsam auf dem Friedhof der Hafenstadt begrub. Heute fährt nur noch selten ein Kontrollboot zu dem Leuchtturm hinaus, der vollautomatisch und zuverlässig seinen Dienst versieht. Es hat hier nie wieder rätselhafte Vorgänge oder Erscheinungen gegeben.

Drachenjäger

Die Ringburg maß 136 Meter im Durchmesser und wurde von zwei befestigten Wegen von Nord nach Süd und von West nach Ost durchzogen. Ursprünglich als reines Kasernenlager gedacht, hatte ihr Jarl sie weiter entwickeln lassen, als von seinem König, Harald Blauzahn, gefordert. Burgvogt Thorvald, Sohn von Bengt, stand auf dem Turm des Burgtores und starrte hinaus in Richtung der Vårby Å, dem kleinen Fluss, der westlich an der Burg vorbeifloss. Die Falten auf seiner Stirn zeigten deutlich, dass ihn sorgenvolle Gedanken quälten. Der König der Dänen hatte seinen Besuch angesagt, und eben legten die waffenstarrenden Langboote des Königs am Schiffsplatz an.

Gedankenverloren strich der Burgvogt mit der Hand über die roh behauene Oberfläche der Balkenkonstruktion des Turmes. Es war unklar, wie König Harald auf die Eigenmächtigkeit seines Burgherrn reagieren würde. Er hatte die Ringburgen, von denen es 6 Stück in seinem Königreich gab, nach genauen Plänen erbauen lassen. Im Inneren der Befestigungswälle gab es in jedem Viertel des Wegekreuzes vier Häuser, die im exakten Quadrat gebaut worden waren. Hier, bei der Trelleborg, auf der dänischen Insel Seeland, waren die Erbauer von den Plänen abgewichen. Wurde der Norden und Westen, sowie der Osten der Burg weitgehend von zwei Flüssen geschützt, deren Zusammenfluss sich nur wenige hundert Schritte entfernt befand, war die Landschaft von Südwesten bis Südosten gänzlich offen. Thorvald Bengtssohn hatte deswegen einen Vorwall errichten lassen, in dem weitere fünfzehn Häuser gleicher Bauart wie im Inneren entstanden waren. So war der Schwachpunkt der Burg doppelt abgesichert.

Der König war am Westtor angelangt und wurde mitsamt seinem Hofstaat eingelassen. Thorvald eilte hinunter, um den Herrscher über alle Dänen zu begrüßen. Stutz-Harald, Jarl von Seeland, hieß bereits seinen König willkommen, er schmeichelte ihm mit einem Schwall schöner Worte. Thorvald stellte sich neben ihn. Er begrüßte seinen König mit knappen Gesten und kurzen Sätzen. Verbale Ausschweifungen lagen ihm nicht. Er liebte es, klar und wahr zu sprechen.

König Harald Blauzahn ließ sich nicht von den Schmeicheleien seines Jarls beeindrucken.

»Jarl Harald, Burgvogt Thorvald, es ist mir zu Ohren gekommen, dass ihr beim Bau der Burg eigenen Gedanken gefolgt seid. Ich will nicht verhehlen, dass es mich eine Menge Silber und Gold mehr gekostet hat, euren Ansprüchen nachzugeben. Wenn ich nicht wüsste, dass ihr eurem König treu ergeben seid, hätte ich euch schon hierfür die Hälse durchgeschnitten. So frage ich mich, was ihr mir dafür erbaut habt. Lasst also sehen«, forderte er.

Thorvald führte den Regenten auf den Südwall, von wo er das Gelände weithin überschauen konnte. Sofort erkannte der König die Verletzbarkeit dieses Wallabschnittes. Umso mehr war er gespannt auf die vorgelagerte Befestigungsanlage. In strategischen Dingen war Harald Blauzahn nicht unerfahren, und was er hier vorfand, befriedigte ihn.

»Ihr habt mein Geld gut angelegt, wie ich sehe. Doch wer bewohnt die zusätzlichen Häuser? Willst du mehr Krieger ausbilden, als vorgesehen?«, fragte er den Jarl, nicht ohne eine Spur von Misstrauen. Dabei reckte er seine schmächtige Gestalt, als wolle er eine drohende Haltung einnehmen. Thorvald schob sich in den Vordergrund.

»Nein, Herr!«, beeilte er sich dem Jarl zuvorzukommen. »In diesen Häusern sollen Handwerker und Dienstmägde wohnen. Auch soll eine Heilkundige sich um die Wunden der Krieger kümmern, die sie bei der Ausbildung unweigerlich erleiden werden. Ein weiteres Haus ist für unseren Schiffbauer Torge, Sohn von Baltur und seinen Gesellen vorgesehen. Ihr kennt ihn und seine schnellen Schiffe. Ich will alles tun, um mir die Fähigkeiten dieses Mannes zum Bau von Snækken zu sichern.«

König Blauzahn legte seine Stirn in Falten. Er zögerte kurz, überlegte scheinbar, ob jetzt der rechte Zeitpunkt war, um über ein weiteres Vorhaben zu sprechen. Dann holte er tief Luft.

»Torge! Es ist ein zweiter Grund, weshalb ich zu euch gekommen bin. Ich will, dass euer Schiffszimmermann mir nach Jelling folgt. Ich will ihm an der Vejle Å eine Werft bauen, denn ich werde ihn zum königlichen Schiffbauer machen.«

Die Gesichter von Thorvald und dem Jarl Harald verdüsterten sich. Ganz offen war ihre Abneigung gegen dieses Ansinnen zu sehen. Jarl Harald würde den besten Bootsbauer Dänemarks verlieren. Thorvald und Torge verband eine langjährige Freundschaft, sie waren zusammen aufgewachsen und schätzten einander trotz der Standesunterschiede. In die Menge der Umstehenden geriet Bewegung, aus ihnen stürzte ein Mann hervor und fiel vor König Harald auf die Knie.

»Mein König, das dürft Ihr mir nicht antun. Ich bin geboren auf Seeland, kenne die Wälder, weiß, wo ich das beste Holz schlagen kann. Nehmt mich von hier weg, und ich bin nur noch die Hälfte wert.« Torge jammerte in einem fort, er meinte, er würde sterben, wenn man ihn wie einen Baum aus der heimischen Erde zu reißen und ihn zu verpflanzen versuchte. Niemals hätte er die Werft und seine Hütte verlassen, die Burggraf Thorvald ihm nahe der Stadt, direkt am Lauf des kleinen Flusses, als Lehen hatte errichten lassen.

Der stämmige Handwerker galt als der beste Bootbauer der Insel, doch wahrscheinlich war er sogar der beste Schiffszimmermann von ganz Dänemark. Dies schien auch sein König so zu sehen. Gewohnt, dass seine Bitten gleichzeitig als Befehl verstanden wurden, verlor der Dänenkönig angesichts dieser Freveltat eines einfachen Handwerkers die Beherrschung. Auf einen Wink hin stürzten sich seine Wachen auf den erschrockenen Zimmermann und ergriffen ihn.

»Es gibt niemanden im ganzen dänischen Reich, der seinem König etwas verweigert hätte!«, schrie der hagere Herrscher mit schriller Stimme. »Zumindest keinen Lebenden! Schlagt ihm den Kopf ab als Warnung für alle, die sich erdreisten, gegen ihren König zu handeln!«

Ein dumpfer Laut der Überraschung drang aus den Kehlen der umstehenden Männer. Einige wollten in ihrem Schrecken zur Waffe greifen, doch Thorvald hinderte sie mit einer Handbewegung daran.

»Herr!«, wagte er einen Einwand, der ihn ebenso wie Torge in Lebensgefahr brachte. »Wenn Ihr ihn tötet, ist er als begnadeter Schiffbauer für ganz Dänemark verloren. Gewährt Ihr ihm aber die Gunst, seine Schaffensstätte selbst wählen zu dürfen, so wird seine Kunstfertigkeit erhalten und der König von Dänemark kann sich weiter der bewährten Langboote bedienen, welche der Jarl von Seeland ihm im Heeresfalle zur Verfügung stellen wird.«

Bebend vor Zorn und mit dicken Adern auf der Stirn bedeutete der König mit erhobener Hand den Kriegern mit der Hinrichtung zu warten, während er sich die Worte Thorvalds durch den Kopf gehen ließ.

»Weise gesprochen, Burggraf von Trelleborg. Du weißt die Worte wohl zu setzen! Nun, Jarl von Seeland, ist das auch deine Meinung?« Er fuhr herum während seine listigen kleinen Augen den Edelmann suchten. Jarl Stutz-Harald knirschte mit den Zähnen, seine Gesichtsfarbe wechselte zwischen Rot und aschfahl. Dann nickte er beherrscht und knurrte: »Das ist sie, mein König!«

»Wohlan! So habe ich sie denn als Erneuerung Deines Treueschwurs und als Versicherung Deiner Entsendepflicht im Heeresfall dem König gegenüber verstanden. Dies, und nur dies, soll dem Schiffbauer Torge Balturssohn das Leben retten und ihm ermöglichen, den Kopf weiterhin auf seinen Schultern zu tragen. Vergiss aber nicht, ihn stets daran zu erinnern, dass er heute bedenklich gewackelt hat. Das mag ihn vielleicht dazu anregen, noch schnellere Schiffsrümpfe zu ersinnen.«

Damit gab er den Männern, die den armen Schiffbauer noch fest an den Armen ergriffen hatten, einen erneuten Wink, und diese ließen ihn los. Erschrocken und voller Dankbarkeit fiel Torge auf seine Knie, dankte dem König und lobte und pries dessen Weisheit und Gnade ohne Ende bis Thorvald ihm bedeutete, den Mund zu halten. Jetzt erst dämmerte es dem Handwerker, zu welch hohem Preis sein Freund und Lehnsherr für ihn eingetreten war. Er schwor sich, ihm ein Boot zu bauen, wie es noch keines in der westlichen und östlichen See gegeben hatte.

Torge, Sohn von Baltur, war nicht der Mann, den man an Verpflichtungen erinnern musste. Noch an dem Tag, an dem Harald Blauzahn die neue Rundburg Seelands verlassen hatte, war der Schiffszimmermann mit seinen Gehilfen losgezogen, um im Wald nach geeignetem Holz zu suchen, und jeder seiner Gesellen hätte auf sein Leben geschworen, dass der Zimmermann sich noch nie mehr Zeit dabei gelassen hatte. Mit allergrößter Sorgfalt nahm er die Auswahl der Hölzer vor, die seine Gesellen schlagen sollten. So entstand innerhalb der nächsten Wochen ein Langschiff von solcher Perfektion, dass alle, die es sahen, neidvoll von einem Meisterstück nordischer Schiffbaukunst sprachen. Von ganz besonderer Pracht aber war der Bugsteven, den Torge allein und ohne Hilfe seiner Gesellen zu einem Drachenkopf gearbeitet hatte, welcher dem Boot ein unverwechselbares Gesicht gab. Der Schiffbauer war sicher, dass, wo immer dieses Drachenboot auftauchen mochte, allein dessen Anblick den Feinden das Blut in den Adern gefrieren lassen würde. Selbst die bösen Geister der See würden sich von dem Schiff abwenden und es in Ruhe ziehen lassen.

Doch es war noch nicht genug für Torge. Er wollte den Beweis dafür, ein einmaliges Kunstwerk geschaffen zu haben. Er ließ dem Jarl von Seeland eine Botschaft zukommen, dass er das schnellste Schiff der Jomswikinger aus Roskilde zu einer Wettfahrt herausfordern wollte. Thorvald tobte, als er von diesem Vorhaben hörte.

»Habe ich dich nicht erst vor dem Schwert gerettet, welches deinen Kopf schon fast abgetrennt hatte?«, brüllte er seinen Schiffbauer an. »Musst du dich jetzt auch noch mit den Jomswikingern anlegen? Was ist, wenn du verlierst? Glaubst du, ich kann deinen Kopf noch einmal retten?«

»Herr, ich werde nicht verlieren. Aber Ihr werdet gewinnen! Denn Ihr werdet eine Mannschaft für ein neues Schiff stellen. Wählt nur die besten Leute aus, denn es ist ein besonderes Schiff, das sie segeln werden.«

Thorvald war entsetzt und blickte den Schiffszimmermann verwirrt an. Er wusste nicht, was er von dessen Ruhe und Gelassenheit halten sollte. Mit einem Fluch drehte er sich um und stürmte davon. Er hatte nicht die Zeit, sich um verrückte Bootsbauer und besondere Schiffe zu kümmern. Und doch gab er Befehl, die besten Männer aller Snækken zu einer Schiffsbesatzung zusammenzuführen.

Torge befand es nicht für nötig, die neue Mannschaft mit dem Boot üben zu lassen. Die Männer würden sich zurechtfinden, da hatte er keine Zweifel. Das Drachenschiff der Jomswikinger aus Roskilde war über die kleinen Flüsse bis an den Tudeå gerudert worden, wo man sich nördlich von Trelleborg am Zusammenfluss der beiden Auenflüsse treffen wollte. Als das Langschiff aus Roskilde in Sicht kam, bestieg die Mannschaft das neue Boot.

»Wer soll das Schiff befehlen?«, fragte Thorvald mürrisch und betrachtete den prächtigen Neubau mit seinem schlanken, extrem glatten Rumpf mit einer Mischung aus Respekt und Begierde. Der Schiffbauer schien nachzudenken, dann sagte er an seinen Burgvogt gewandt: »Es sollte ein Mann mit Erfahrung sein, Herr. Mir kommt dabei niemand anderes in den Sinn, als Ihr selbst. Geht an Bord und schlagt die Jomswikinger.«

Thorvald war überrascht. Dann klärte sich sein Gesicht. Ein lautes Lachen tönte aus seinem breiten Brustkorb. Gewandt wie eine Katze sprang er an Bord und hieß seine Männer die Leinen loszuwerfen. Das Boot schwang in die Strömung, und sie ruderten es hinab zum Treffpunkt, um von dort aus in den nahen Großen Belt zu gelangen. Verabredungsgemäß sollte der Kurs quer über die Musholm Bucht, den Belt bis hinüber zur Insel Fünen und wieder zurückführen. Wer zuerst die Flussgabelung nahe Trelleborg erreichen würde, hatte gesiegt.

Palnatoki, gefürchteter Führer einer Schar von kriegerischen Wikingern, befehligte das Boot der Jomswikinger aus dem Osten. Er genoss den Ruf eines harten Mannes und erfahrenen Seefahrers. Er hatte seine Krieger in Roskilde gesammelt um für König Harald im Land der Wenden eine Wehrburg aufzubauen. Doch die Chance, vorher im Spiel eine Wettfahrt gewinnen zu können, konnte er sich nicht nehmen lassen. Sein Drachenschiff ›Wellenschäumer‹ lag ruhig mit Torges Neubau gleichauf, während Palnatoki jede Bewegung an Bord des neuen Bootes beobachtete. Torge senkte eine Fahne und das Rennen begann. Die eckigen Segel gingen in den Wind, beide Schiffe nahmen Fahrt auf und schossen davon. Ziel war der Kertemindefjord, vor dessen Einschnitt in das Land gewendet werden sollte. Beide Boote waren auf gleicher Höhe, als sie den Landeinschnitt erreichten. Palnatoki begann das Wendemanöver, doch Thorvald ließ seines von den Ruderern unterstützen. Es war nur kurze Zeit, in der das Segel neu ausgerichtet werden musste, doch Thorvald gewann einige Bootslängen Vorsprung, kam eher in den Westwind und jetzt zeigte das Boot, was es konnte. Palnatokis ›Wellenschäumer‹ fiel immer weiter zurück. Es nützte ihm auch nichts, dass er seine Ruderer zusätzlich an die Arbeit mit den Riemen schickte. Torges Wunderschiff zog davon, es blieb uneinholbar für die Jomswikinger und erreichte die Flussgabel, als Palnatoki noch fluchend auf dem Belt vor dem Noor der Tudeå segelte.

Wohlweislich hatte Thorvald in der Trelleborg ein Fest ausgerichtet. Ohne Rücksicht darauf, wer die Wettfahrt gewinnen würde, musste doch der Sieger gebührend gefeiert werden und dem Verlierer Anerkennung und Respekt gezeugt werden. Palnatokis Seeleute waren nicht der besten Stimmung, als sie die Stadt durch das Osttor betraten. Doch als Thorvald sie mit allen Ehren willkommen hieß und ihnen die gefüllten Trinkhörner mit dem schäumenden Bier und dem frischen Met anbot, ließen sich einige sogar zu bewundernden Aussagen über das neue Boot Torges verleiten. Am Abend brannten in der ganzen Burg Feuer, über deren Flammen Wild gebraten wurde. Die Frauen brachten Schalen mit Brei und Fisch, süße Leckereien und Obst. Unablässig schenkten sie die geleerten Trinkhörner wieder voll.

»Sag, großer Thorvald, wer ist denn der Eigner des neuen Bootes? Wer hat das Wunderwerk in Auftrag gegeben?«, brüllte Palnatoki durch den allgemeinen Lärm und es wurde ruhig auf dem Festplatz. Der Burgvogt suchte mit den Augen Torge, denn nur der konnte diese Frage beantworten. Torge stand von seinem Sitz auf und trat vor.

»Hohe Herren, vor nicht allzu langer Zeit half mein Burgvogt mir sehr tatkräftig dabei, meinen wackelnden Kopf, den ich bereits im Sande rollen sah, auf den Schultern behalten zu dürfen. Er ging dabei noch weiter und ließ sich zu meinem Schutz weitere Verpflichtungen aufladen, deren Ausmaß nicht abschätzbar sind. Um ihm meinen Dank auszusprechen, baute ich ihm dieses Schiff, mit dem er allen Gefahren davon segeln und dessen Drachenkopf alle Feinde und bösen Geister des Meeres abschrecken soll. Ich bitte Thorvald, meinen Burg- und Lehnsherrn, dieses Boot anzunehmen als sein kämpferisches Schlachtschiff für kommende schwere Zeiten.«

Als Torge seinem Lehnsherrn derart das neue Schiff übergab, zeigte der sich überrascht. Mit einer solchen Geste hatte er nicht gerechnet, doch abermals zeigte er sich edel und großmütig. Er fasste das Schwert an seiner Seite, stand von seinem Hochsitz auf, der ihn standesgemäß über die anderen Festgäste erhob und schaute in die Runde.

»Torge, Sohn des Baltur von Seeland!«, sprach Thorvald mit fester Stimme, so dass ihn alle auf dem Festplatz hören konnten. »Mit dem Bau dieses Schiffes versuchtest du eine Schuld zu tilgen, die niemals eine war, denn ich handelte sowohl in Freundschaft als auch in reinem Eigennutz. Daher wendet sich das Schicksal nunmehr zu meinen Ungunsten, und um mich nicht in ein Schuldverhältnis zu begeben, spreche ich Dich hiermit von allen Lehen frei. Du sollst ab sofort als freier Mann in deinem Haus wohnen, welches ich nicht mehr als mein Eigentum betrachte und eigenverantwortlich deinen Bootshelgen führen!«

Es war weit nach Mitternacht, als Torge und Thorvald einträchtig am Schiffsplatz standen. Sie betrachteten stolz das Boot, welches auf der schimmernden Wasserfläche lag.

»Wie wirst Du es nennen?«, wollte der Schiffbauer wissen. Thorvald dachte nach, dann legte er seine Hand auf die Schulter des Handwerkers.

»Drachenjäger. Es wird Drachenjäger heißen. Denn es wird allen Schiffen auf dem Meer Furcht und Schrecken einjagen, egal unter welcher Flagge sie fahren.«

»So wird es sein«, stimmte Torge zu.

Éna nisí ellinikó – eine griechische Insel

Das Dröhnen der Turbinen senkte sich zu einem Flüstern herab und der Flieger begann seinen Sinkflug über der Ägäis. Leros, Kalymnos und Pserimos zogen unter dem Flugzeug vorbei und das Gebirge von Kos zeigte sich zu meiner Seite. Der Pilot legte die Maschine in eine enge Linkskurve, um über dem Meer mit dem direkten Sichtanflug auf die Landebahn dieser wunderbaren Mittelmeerinsel am Rande der griechischen Ägäis zu beginnen, die sich in 120 Metern Höhe im Oberland bei Antimachia befand. Endlich war ich zurück auf meinem kleinen Eiland, das so einen unverwechselbaren Duft nach Zitronen, Thymian und Oliven verströmte. Was nun vor mir lag, war eine Zeit des lässig süßen Nichtstuns, des zu sich selbst Findens und der geschäftigen Langeweile, die einen stets im Urlaub überkommt, wenn man mit der plötzlichen Abwesenheit der alltäglichen Pflichten konfrontiert wird. Es ist eine Unruhe, die man aus seiner Kindheit kennt, als man sich anschickte, die Grenzen seines jungen Lebens weiter zu stecken, seine Umgebung und schließlich die Welt zu erforschen.

Noch war Frühling in der Ägäis, der Sommer wartete auf seinen Beginn, und die Inseln waren grün, die Pflanzen standen alle im Saft und in der Blüte. Es würde nicht mehr lange so bleiben, denn je weiter die Jahreszeit fortschritt, umso stärker veränderte sich die Vegetation. Bald würden die üppigen Farben wegen des Regenmangels in ein staubiges Braun übergehen, über den bewaldeten Berghängen des Dikeos-Gebirges würden die Rauchsäulen der Waldbrände zu sehen sein, die unvorsichtige Menschen immer wieder mit ihrer Zigarettenglut auslösten. Doch bis dahin erstrahlte die Insel in einem wunderbaren Bunt, das Grün der Kakteen wurde gekrönt durch die roten Kaktusfeigen, von weißen Hauswänden sprang einem das üppige Rot der Bougainvillea entgegen. Nur am alten Stadttor strahlte eine dieser mächtigen Drillingsblumen in einem satten Lila und begrub das Tor beinahe durch ihre Farbenpracht unter sich, machte seine Architektur zur Nebensache.

Die Ägäis leuchtete in allen Farben von Gelb über Grün bis zu einem wunderbaren Helltürkis, das zu den Tiefen hin in ein sattes Blau überging. Weißer Schaum tanzte auf den klaren Wellenkämmen, hohe Wellen brandeten in die Buchten und schlugen an den Strand. Gischtend zerstäubten sie an den Felsen und Molen der Häfen und ihre Tropfen wurden zu glitzernden Brillanten im hellen Sonnenlicht. In einigen wenigen kleinen Juwelierläden gibt es Ringe, die mit irisierenden Opalen besetzt sind, und die alle diese Farben in sich tragen. So kann man zwar das Meer nicht mit nach Hause nehmen, doch sein Zauber kann einen, eingefangen in diesen Steinen, dennoch begleiten.

Ich brauchte eine Weile, bis ich dermaßen entschleunigt war, dass ich mich auf das geschäftige Treiben in der kleinen Inselhauptstadt von Kos einlassen konnte. Doch dann wurde ich ein Teil davon, wenn auch nur als Beobachter, saß am liebsten in einem der kleinen Restaurants am Hafen, trank einen Café Frappé mit einem Glas Wasser und ließ das Geschehen auf mich wirken. Schiffe legten ab oder an, Fischer landeten ihren Fang an und verkauften ihn an kleinen Ständen vor ihren Booten, saßen da und flickten Netze oder beköderten Langleinen. Zwischen den Autos summten die inseltypischen Motorräder, Mopeds und Motorroller, bahnten sich ihren Weg durch den Verkehr auf den engen Inselstraßen. Hupen, wie es bei den Italienern so beliebt ist, hört man die Griechen nur selten, und wenn, dann um Freunde oder Verwandte im Vorbeifahren zu grüßen. Man bremst einfach und gewährt freundlich dem anderen die Vorfahrt, auch wenn die mal auf einem Irrtum beruht.

Der braungebrannte Grieche am Kai schaute mit verdrießlicher Mine auf seine Uhr. Er schien auf jemanden zu warten, der ihn aber offensichtlich versetzt hatte. Leise stieß er die wohl fürchterlichsten Flüche aus, die ich jedoch dank meiner Unkenntnis nicht alle verstand. Als er mich bemerkte, hielt sein Redefluss inne, er breitete die Arme aus und grinste. »Emeís oi Éllines den eímaste tóso axiópistoi ópos oi Germanoí«, griente er. Nein, zuverlässig und pünktlich waren sie nicht die Griechen, dafür aber liebenswert.

»Boró na voithíso?«, fragte ich ihn und bot ihm damit meine Hilfe an. Anstelle einer Antwort winkte er nur matt, sprang an Bord des kleinen Kutters und startete seinen Diesel. Ich löste die Heckleinen und sprang an Bord, während er die Muringleine am Bug löste. Stefanos, wie mein griechischer Kapitän hieß, deutete auf mich und dann auf das kleine Ruderhäuschen und fing an, das Vordeck aufzuklaren. Ich sollte das Boot also aus dem Hafen bringen, was mir natürlich eine Ehre war. Mit Booten kannte ich mich aus, und lachend hielt Stefanos einen Daumen nach oben, als ich seinen Kutter durch das Gewimmel der anderen Boote ins offene Hafenwasser gesteuert hatte.

»Pserimos!«, rief er mir zu und ich nickte. Ich wusste, wo die Nachbarinsel zu finden war und ging auf Kurs, als wir den Hafen von Kos verlassen hatten.

Er lotste mich an die Ostseite der benachbarten Insel, wo er Langusten-Körbe im Meer versenkt hatte. Die galt es nun zu kontrollieren und die gefangenen Tiere zu entnehmen.

»Karavída«, lachte er und hielt mir eines der prächtigen Exemplare vor die Nase. So also hießen die Zehnfußkrebse hier in Griechenland. Nicht unbedingt hübsch, aber schmackhaft. Ich half ihm bei der Arbeit, steuerte das Boot von Boje zu Boje, und alsbald hatten wir einen recht ordentlichen Fang beisammen. Stefanos gab mir ein Zeichen, den Motor auszuschalten und warf einen Anker über Bord. Dann schöpfte er einen Topf Wasser aus dem Meer und setzte ihn auf einen vorsintflutlichen Spirituskocher, um ihn zum Kochen zu bringen. Alsbald landete die größte Languste im brodelnden Wasser, und er zeigte mir, wie man so einen Krebs nach dem Garen nur mit einem Taschenmesser zerlegt. Wir schmausten und tranken Ouzo und Bier aus den geheimen Vorräten des Kapitäns.

»Poli kalá, polí nóstimo«, lobte ich ihn, und er hob sein Glas, um mit mir anzustoßen.

»Stinne yamás, filé!«, prostete er mir zu.

Eine andere Welt, frei von den alltäglichen Sorgen, die einen daheim quälten und zu mancher Flucht veranlassten. Zumindest scheinbar, denn natürlich hatten die Griechen auch ihre eigenen Sorgen, doch die gingen den erholungssuchenden Urlauber ja nichts an. Man war bereit, alles Schöne in sich aufzunehmen und das weniger Schöne zu übersehen oder es zu verdrängen, wenn es sich denn zu arg ins Bewusstsein schob.

So, wie das Brummen der Triebwerke es gerade tat, das sich in die Wärme meiner Urlaubsbilder schmuggelte, die in mir und vor meinem geistigen Auge waren. Es verdrängte das so angenehme griechische Urlaubsgefühl, steigerte sich zu einem Tosen und begleitete den Druck, mit dem ich in den Sitz gedrückt wurde. Der Flieger schwang sich mit einer eleganten Kurve in die Höhe, weg vom Beton der Startbahn, weg von der Insel im Ägäischen Meer. Er ging auf Heimatkurs und in sehr kurzer Zeit würde alles Erlebte nur noch eine Erinnerung sein. Viel zu schnell gingen schöne Stunden vorbei, fing uns die Pflicht des Alltags wieder ein und vereinnahmte uns mit Haut und Haaren.

Doch würden sich die Klänge der griechischen Musik, der würzige Duft der Insel, das freundliche Lachen ihrer Bewohner und das Rauschen des Meeres sofort wieder einfinden, wäre der Anisgeschmack des Ouzos wieder auf der Zunge, wenn man zuhause vor den Bildern sitzen und leise zu seiner Partnerin sagen würde: »Weißt du noch? Damals auf Kos…?«

Splitter

Splitter sind sie, die kleinen Gedankenfetzen, die einem in den Sinn kommen, wenn man ein Bild, eine Fotografie sieht, die etwas in einem zum Klingen bringt. Ich habe sie mir notiert und füge sie hier mal als kleine Solitäre ein.

Ein gefällter Baum am Strand

Manchmal versperrt einem was die Sicht,
den einen ärgert's, den anderen nicht.
Man steigt drüber weg, nur um zu sehen,
als Rahmen für die Handlung
war das Ding ja doch ganz schön.

Nebliger Sonnenaufgang am Meer

Noch liegt Dunst über der See,
der Morgen lockt mich, und ich geh
am Strand entlang, um zu sehen,
ob sanfte Meereswinde wehen.
Der Duft nach Salz und Tang am Strand
macht meinen Tag im Ostseeland.

Vorfrühling an der Ostsee

Wenn die Sonne auf die Küste scheint,
Meer und Himmel im Blau vereint,
wenn hell wieder leuchtet der Sand am Strand,
ist bald Frühling hier im Ostseeland.

Ein kleiner Kahn am Strand

Jedes große Schiff bringt dich
zum nächsten Hafen,
doch das kleinste Boot bringt
deine Fantasie zu den Sternen.

Bald ist Frühling am Meer

Einen Blick zu erhaschen
durch welkes Gras,
auf den Sonnenaufgang am Meer,
wie schön ist das.

Kleiner Mutmacher

Wenn durchs Dünengras ich schau,
schimmert's Meer so herrlich blau,
der hohe Himmel mich entzückt,
ist der Tag schon halb geglückt.

Vorweihnachtliche Grüße von der See

Tannen, in den Sand gemalt,
wo sonst der Badegast sich aalt,
deuten an für den Moment:
Vorweihnachtszeit, es ist Advent.

Bequemlichkeit

Manchmal wünschte ich mir sehr,
es gäbe mehr von diesem Meer.
Dann könnt ich's mit nach Hause nehmen,
ich gehör halt zu diesen Bequemen,
die gern das Reisen sich ersparen.
So muss ich dauernd an die Ostsee fahren.

Aussichten

Eine Bank an der See im Sonnenlicht,
Himmel und Meer, mehr brauch ich nicht.
Weißen Sand und Dünengras,
weite Sicht, wie lieb ich das.

Gefräßiges Völkchen

Möwen, diese ewig gefräßigen Gesellen,
laden sich ein, ohne an der Tür zu schellen.
Hast du 'nen leckeren Bissen in der Hand,
schon ist er weg, so ist's im Küstenland.

Buhnenhölzer

Hölzer ragen aus der Flut,
beleuchtet von der Sonne Glut,
die gerade aus dem Meer aufsteigt,
uns die See im Licht des Morgens zeigt.

Schlechtwetterwolken

Silberglanz liegt auf dem Meer,
vom Himmel drohet Regen her.
Kein Grund, darüber traurig zu sein,
morgen kann's schon anders ein.

Vorfreude

Wenn der Sonne Morgenlicht
sich glitzernd auf den Wellen bricht,
dann wird es ein schöner Tag,
im Ostseeland, wie ich ihn mag.

Wohin es führt

Spuren im Sand
führen
an den Strand,
führen
ans Meer,
führen
dich in weite Fernen.

Kein Wasser

Die Fahrt war lang und ermüdend gewesen. Hinnerksen liebte sie nicht sonderlich, diese Ein-Mann-Touren, um ein Sportboot aus Holland zum Zwecke des Verkaufs nach Deutschland zu überführen. Doch war es eben billiger, Boote und Yachten auf dem Wasserweg zu transportieren, als sie auf einem Tieflader per LKW über die Straßen und Autobahnen zu fahren. Schon den ganzen Tag war er auf den Beinen und hatte das große Boot nahezu im Schritttempo durch Hollands Kanäle manövriert. Unzählige Schleusen und Brücken musste er dabei passieren, und jedes Mal gab es diese unangenehmen Wartezeiten. Mit fortgeschrittener Abenddämmerung hatte er die Seeschleuse in Delfzijl, auf der niederländischen Seite des Dollart hinter sich gelassen. Obwohl er kaum noch die Augen offenhalten konnte, wollte er unbedingt noch das letzte Stück über die breite Emsmündung bewältigen.

Irgendwo zwischen Emden und Leer würde es einen ruhigen Steg geben, an dem er festmachen und die Nacht verbringen konnte. Morgen ginge es dann über den Küstenkanal nach Oldenburg und die Hunte hinab bis auf die Weser. Von da bis nach Bremen war es nur noch ein Katzensprung.

Das Wasser lief in Richtung Meer, in ein paar Stunden würde Ebbe herrschen. Schon tauchten an Steuerbord die ersten Schlickberge des Watts auf, und die Gegend wirkte so trostlos auf ihn, wie es seine ganze Laune bereits war. Die Müdigkeit kroch durch seinen Körper, ließ ihn frieren und draußen in dem Dämmerlicht des Abends Dinge sehen, die vermutlich gar nicht da waren. Er sah eine dunkle Wand auf sich und das Schiff zukommen, und nur Augenblicke später tauchte er in eine Nebelbank ein. Die ›Suppe‹ war nicht wirklich dicht, aber die Sicht reichte nur noch eine knappe halbe Meile. Hinnerksen schaltete die Navigationslampen des Schiffes ein, nun musste er sich noch mehr auf seinen Kurs konzentrieren. Die Lichter auf Emdener Seite wurden vom Dunst verschluckt, die Lampen des Delfzijler Hafens waren bereits seit einer ganzen Weile nicht mehr zu sehen.

Hinnerksen kniff sich in den Arm, als voraus dunkle Schatten durch das Nebelgrau zogen. Er kannte das. Nebel und Müdigkeit führen schnell dazu, kleine grüne Männchen vom Mars zu sehen. Erschrocken fuhr er zusammen, als der ihm am nächsten befindliche Schatten lautdröhnend Signal zum Ausweichen gab. Der Fischkutter lief nahezu auf Kollisionskurs und Hinnerksen kurbelte laut fluchend am Ruder, bis sein Boot den Bug in eine ungefährlichere Richtung wies. Dann fand er die Ansteuerungstonne des Emsfahrwassers und schwenkte in den Fluss ein. Ruhig zog das Boot die Ems hinauf, und Hinnerksen steuerte stur nach Karte und Kompass. Er hielt sich genau an den Tonnenstrich, denn in dem trüben Zwielicht war einfach nicht mehr auszumachen, wo das Wasser aufhörte und das Ufer begann.

Die Augen brannten, wollten immer wieder zufallen, da entdeckte er einen dunklen Balken in einer etwas zurückspringenden Bucht. Ein Steg, unbeleuchtet und einsam. Genau der richtige Ort, um anzulegen und sich auszuschlafen.

Er visierte die Pontons an und näherte sich ihnen mit verhaltener Geschwindigkeit, als er glaubte, schon wieder von Spukerscheinungen genarrt zu werden. Zwei dunkle Gestalten standen auf der Anlage und winkten aufgeregt zu ihm herüber. Offensichtlich riefen sie ihm auch etwas zu, doch konnte er nichts verstehen. Er öffnete das Luk in dem Verdeck über dem Fahrstand und steckte den Kopf hinaus.

»Hier gibt es kein Wasser!«, hörte er es gedämpft durch die grauen Schwaden. Und immer noch winkten die beiden Gestalten, bei denen es sich wohl um Angler handeln mochte, die über die Nacht den Steg zum Fischen gerne für sich allein gehabt hätten. Doch die Yacht verfügte über einen ausreichenden Wasservorrat in den Tanks, und so war er nicht auf eine externe Wasserversorgung angewiesen, um sich einen Tee zu kochen. Auch wollte er keine Duschorgien feiern. Grimmig lächelnd gab er Gas und steuerte entschlossen seinen auserkorenen Schlafplatz an. Sollten die beiden sich beim Angeln platzmäßig eben ein wenig einschränken. Er wollte, nein, er musste hier schlafen.

Hinnerksen fegte es aus dem Steuermannsstuhl, als sich der Kiel des Schiffes dreißig Meter vor dem Steg in den Schlick bohrte und sich schmatzend ein Stück weit auf die Modderbank schob. Er fluchte wie ein Schauermann, riss den Gashebel zurück und schaltete in den Rückwärtsgang. Das Boot rührte sich nicht, es steckte fest. Noch einmal versuchte er, das Schiff aus dem Schlick zu befreien, doch das Wasser lief ihm mit dem Ebbstrom unerbittlich weg. Er würde hier Stunden festsitzen, bis die Flut den Rumpf weit genug angehoben haben würde, damit er seinen Weg fortsetzen konnte.

Hinnerksen stöhnte und verließ das Ruderhaus. Vorsorglich ließ er den Anker fallen und genügend Kette ausrauschen, um bei einsetzender Flut nicht abgetrieben zu werden. Vom Steg her hörte er das Lachen der Männer. Gereizt fuhr er sie an: »Verdammt! Hört auf zu lachen. Ihr hättet ja mal was sagen können!«

»Haben wir dir nicht zugerufen, dass es hier kein Wasser gibt? Und haben wir nicht versucht, dich durch unser Winken davon abzuhalten, hier anzulegen? Was hätten wir denn deiner Meinung nach noch tun sollen?«

Hinnerksen schaute verblüfft zu ihnen hinüber. Das stimmte. Diese verdammte Müdigkeit hatte ihn die Warnung missverstehen lassen. Der dringende Wunsch nach Schlaf hatte ihn den Sinn nicht erkennen lassen. Er entschuldigte sich und ging zurück ans Ruder. Er würde versuchen, ein paar Stunden hier auf dem unbequemen Sitz zu schlafen. Dann wäre er wenigstens sofort auf dem Posten, wenn etwas Unvorhergesehenes passieren sollte. Doch was sollte das schon sein?

»Zwei solche Deppen wie ich können sich nicht zusammen hier herumtreiben«, murmelte er und lehnte sich gegen die Kajütenwand. Er schob die Prinz-Heinrich-Mütze tief ins Gesicht, und mit der Gewissheit, dass er niemals jemandem von diesem Schlafplatz erzählen würde, schlief er ein.

Rungholt

Oke Petersen wälzte sich aus dem Bett. Er fühlte sich wie gerädert. Damminomol, so schlecht hatte er nicht mal in den Kojen der Schiffe geschlafen, auf denen er die Weltmeere befahren hatte. Benommen sortierte er seine müden Knochen, fand aber alle noch an den Plätzen, wo sie hingehörten. Er, der Weltenbummler, der rastlose Seemann, der sich nur auf dem Meer wirklich wohl fühlte, saß in der kleinen Wohnung am Hamburger Elbufer, zum Nichtstun verdammt. Rentner! Wenn er das Wort schon hörte, sprang ihn das Grauen an.

Er erhob sich und zog die Vorhänge auf. Grelles Sonnenlicht flutete in den kleinen Raum und Oke kniff die Augen zu. Das war wirklich hell! Geblendet tastete er sich in die kleine Küche, warf die Kaffeemaschine an, und während er in dem winzigen Bad seine Morgentoilette erledigte, blubberte sie fröhlich vor sich hin verbreitete einen wundervollen Duft nach einer würzigen Hochlandmischung.

»Kaffee muss schwarz wie die Nacht sein, heiß wie die Hölle, so stark, dass es einem die Schuhe auszieht, und süß wie die Sünde«, war Okes Wahlspruch zum Thema Kaffee. Er hatte nicht gezählt, bei wie vielen nächtlichen Brückenwachen ihn das Getränk vor dem Einschlafen bewahrt hatte. Er ließ sich schwer auf den Küchenstuhl fallen, nippte an dem dampfenden Becher, und fand das Gebräu genau nach seinem Geschmack.

Da war er wieder, dieser Gedanke, der ihn die ganze Nacht gequält hatte. Bilder von der stürmischen See, und immer wieder ein Wort: Rungholt! Hart setzte Oke den Becher ab. Nie zuvor hatte er das Wort gehört, doch es klang in ihm wie Glockengeläut, brachte ihn vollkommen aus der Ruhe und hinterließ ein Gefühl der Sehnsucht, wie er es nach längeren Landaufenthalten kannte, wenn das Meer ihn rief. Oke war das, was man wohl einen unruhigen Geist nennen durfte. Er war nie sesshaft geworden, hatte nie eine Familie gegründet. Wozu auch? Er hatte sein Leben und seine Freiheit genossen, in jedem Hafen hatte er viele Frauen glücklich gemacht. Warum also eine einzige ins Unglück stürzen?

Rungholt! Das Wort brannte in seinem Kopf, ließ kaum Platz für andere Gedanken. Oke stand auf und griff nach seiner leichten Jacke. Hier in Altona würde er das Problem kaum lösen können, aber als gebürtiger Hamburger wusste er, wo es Bibliotheken gab. Rund um die Alster gab es gleich mehrere. Es war nicht einmal weit dahin. Beim Bäcker an der Ecke gab es belegte Brötchen, er nahm sich ein paar davon als Wegzehrung mit. Nur wenig später saß er kauend über einigen Büchern, und suchte das Wort. Rungholt! Er fand schnell, was er suchte, doch brachte ihm sein neues Wissen nicht wirklich die erhoffte Erkenntnis. Rungholt war eine Ansammlung von Warfthöfen gewesen, in der Nähe der heutigen Halbinsel Nordstrand an der schleswig-holsteinischen Nordseeküste. Der Ort wurde in der Zweiten Marcellusflut, die man auch die

Grote Mandränke nannte, am 16. Januar 1362 und von danach folgenden Sturmfluten zerstört.

Atemlos suchte Oke Petersen weiter. Er fand ein Gedicht, welches der Autor Detlev von Liliencron 1883 unter dem Titel ›Trutz, Blanke Hans‹ veröffentlichte. Oke begann zu zittern, als er die erste Strophe las:

»Heut bin ich über Rungholt gefahren,
die Stadt ging unter vor fünfhundert Jahren.
Noch schlagen die Wellen da wild und empört,
wie damals, als sie die Marschen zerstört.
Die Maschine des Dampfers zitterte, stöhnte,
aus den Wassern rief es unheimlich und höhnte:
Trutz, blanke Hans.«

Oke wusste nicht, wie ihm geschah. Je weiter er las, umso heftiger bestürmten ihn seine Gefühle, und als er die letzte Strophe beendet hatte, rannen dem harten Seemann Tränen über die Wangen. Oke saß lange Zeit nur da, ganz im Bann dieser gereimten Erzählung. Als er aufstand, wusste er, was zu tun war. Er spürte, dass die Suche, die sein ganzes Leben bestimmt hatte, sich dem Ende näherte. Er musste nach Nordstrand, musste nach Rungholt.

Mit der Eisenbahn war Oke nach Husum gefahren und dort in den Bus umgestiegen, der ihn bis auf die Halbinsel Nordstrand brachte. Oke hörte sich um, er musste einen Weg finden auf die kleine Hallig Südfall zu kommen. Das war nicht leicht, denn es war Vogelschutzgebiet, und das Betreten der Insel war im Sommer nur dem Halligwart erlaubt. Oke fand heraus, dass es mit der Pferdekutsche etwa eine Stunde Fahrt bis zur Insel war. Der Kutscher schaute ihn griesgrämig an, als er ihm sagte, er werde bei seinem Bruder auf der Insel bleiben. Der wäre dort Vogelwart. Oke stieg von dem hochrädrigen Gefährt und nahm seinen Seesack entgegen. Der Kutscher wendete wortlos und trieb die Pferde zu einer schnelleren Gangart an. Es blieb nicht mehr viel Zeit für die Rückfahrt durch das Watt, die Flut würde bald auflaufen.

Schon bei der Fahrt über den bei Ebbe trockengefallenen Meeresgrund hatten sich bei Oke die feinen Härchen auf seinen Armen aufgestellt, und ein kalter Schauer nach dem anderen jagte ihm den Rücken hinunter. In seinen Gedanken klang die zweite Strophe des Gedichtes:
»Von der Nordsee, der Mordsee, vom Festland geschieden,
liegen die friesischen Inseln im Frieden.
Und Zeugen weltenvernichtender Wut,
taucht Hallig auf Hallig aus fliehender Flut.
Die Möwe zankt schon auf wachsenden Watten,
der Seehund sonnt sich auf sandigen Platten.
Trutz, Blanke Hans.«

Reich sollten die Rungholter gewesen sein, unermesslich reich. Die Märkte quollen über vor Waren aus aller Herren Länder, und die Rungholter waren mehr als nur stolze Leute. Man sagte ihnen Protzerei nach und Größenwahn. Bis das Meer kam, in jener Januarnacht im Jahre 1362 und Rungholt auslöschte. Es tilgte den ganzen Landstrich von der Landkarte, Häuser, Kirchen, Märkte, alles versank. Und mit ihnen die Rungholter in ihrem protzigen Wahn. Und eben, eben war Oke Petersen über Rungholt gefahren, mit Pferd und Wagen. Oke fror, obwohl die Sonne im Westen noch hoch stand. Der alte Seebär zog seine Jacke dicht und setzte sich am Wassersaum ins Gras.

Diese Ecke der Hallig war so abgelegen, dass ihn nicht einmal der Vogelwart finden würde. Und heute Nacht, bei der nächsten Ebbe, würde er ins Watt hinausgehen und nachschauen, ob wirklich alles versunken war, oder ob er noch Spuren von Rungholt finden konnte.

Oke hatte geschlafen, doch es war ein unruhiger Schlaf gewesen. Nun schien der Vollmond in sein Gesicht, und Oke wurde wach. Wie flüssiges Silber schimmerte das Mondlicht auf den kleinen Wellen des Meeres. Es zeigte dem Alten deutlich, dass die Ebbe bereits eingesetzt hatte und das Wasser sich immer weiter zurückzog. Auf den bereits trockengefallenen Wattrücken flimmerte es nicht, sondern überzog Schlick und Sand mit einem stillen, silbernen Glanz. Oke legte seinen Seesack ins Gras und nahm nur einen Leinenbeutel mit. Er wusste nicht, wonach er suchte, und er hatte keine Ahnung, ob er überhaupt etwas finden würde. Aber wenn, dann würde er es mitnehmen. Und so verließ der alte Seemann die Insel Südfall und ging hinaus in das ruhige, friedliche Watt.

Oke entfernte sich immer weiter von der Hallig, die still im Mondschein lag. Seine Augen suchten den Boden vor ihm ab, und dann lag es vor ihm, ein Feld, übersät mit Scherben und Gegenständen, Resten von hölzernen Bauwerken, dem Nachlass Rungholter Bürger. Er bückte sich ein ums andere Mal, hob Sachen auf und besah sie sich im Mondlicht. Nichts davon kam ihm fremd vor. Alles hatte er schon einmal gesehen und wusste, wozu es damals diente. Er fuhr auf, als er plötzlich lautes Glockengeläut hörte, das mit Sicherheit nicht vom Festland kam. Die Glockenschläge waren rund um ihn herum, und es hörte sich an, als läuteten sie zu einem Freudenfest. Dann sah Oke das Loch im Watt. Kreisrund war es, und es hatte einen gemauerten Rand. Oke wusste sofort, dass es ein alter Brunnen war, aus dem die Rungholter ihr Trinkwasser geschöpft hatten. Er ging hinüber zu dem Bauwerk, das sich nur zwei Steinreihen hoch über den Sand des Meeresbodens erhob. Wasser stand in seiner Mitte und schimmerte im Mondlicht wie ein Spiegel.

Oke trat heran, in der Hand seinen Beutel, der gefüllt war mit Scherben von Tonkrügen und Tellern. Der Seemann glaubte seinen Augen nicht zu trauen, als er in dem Brunnenwasser plötzlich helles Licht bemerkte, das unmöglich vom Mond stammen konnte. Er beugte sich über das Loch und schaute hinein. Wie durch eine Glasscheibe konnte er in die Tiefe schauen, wo es ganz offensichtlich lustig zuging. Er sah Menschen, die ein Fest feierten, sie hatten sich herausgeputzt und überall hingen Girlanden mit bunten Blumen. Die Menschen tanzten, sangen und ein paar Musiker spielten alte Weisen, die Oke zwar noch nie gehört hatte, die ihm aber ungemein bekannt vorkamen. Dann bemerkten sie den stillen Zuschauer über sich. Hunderte Augenpaare richteten sich auf das Brunnenfenster, und scheinbar konnten auch die Rungholter Oke sehen.

»Schaut doch! Da ist Oke! Er ist heimgekehrt.«

»Oke, komm zu uns! Wir haben dich so vermisst!«

»Bist du endlich nach Hause gekommen, Junge? Es ist so schön, dich zu sehen.«

Hände reckten sich ihm entgegen, Gesichter lachten ihn an, und in Okes Kopf war die letzte Strophe des Gedichtes:

*»Ein einziger Schrei – die Stadt ist versunken,
und Hunderttausende sind ertrunken.
Wo gestern noch Lärm und lustiger Tisch,
schwamm andern Tags der stumme Fisch.
Heut bin ich über Rungholt gefahren,
die Stadt ging unter vor sechshundert Jahren.
Trutz, Blanke Hans?«*

»Da vorne liegt etwas!«, rief der Vogelwart dem Polizisten zu, mit dem er das Watt durchstreifte. Er setzte das Fernglas ab und ging zu dem dunklen Fleck auf dem hellen Sand.

»Was kann das sein, Robert?«, wollte der Beamte wissen. Der einzige Bewohner von Südfall schaute ihn an und schüttelte den Kopf.

»Keine Ahnung, Aarne. Komm, lass uns nachschauen.«

Die beiden Männer waren auf der Suche nach dem Fremden, den Tamme Andresen mit der Kutsche auf die Hallig gefahren hatte, und dessen Seesack der Inselwart im Schilf versteckt gefunden hatte. Er wurde seit Tagen vermisst. Die beiden Männer hatten es nicht eilig, zu dem dunklen Gegenstand zu gelangen. Insgeheim fürchteten sie sich vor dem, was sie dort finden konnten. Keiner von ihnen drängte sich danach einen Leichnam zu finden, der seit Tagen im Meer von Ebbe und Flut über das Watt geschleift worden war.

»Ein toter Seehund! Gott sei Dank, nur eine Robbe!«, entfuhr es dem Polizisten, als sie näherkamen. Der Tierkadaver lag direkt neben einem der alten Brunnen von Rungholt. Aarne Böhrnsen drehte sich um und wollte weitergehen, als der Vogelwart ihn zurückhielt.

»Warte, da ist noch was!«

Er rollte den aufgedunsenen Seehundkörper zur Seite und deutete auf einen Leinenbeutel, der neben dem Brunnenloch auf dem Sand lag. Er war gefüllt mit Scherben von Tonkrügen und Tellern und deshalb nicht vom Wasser davongetragen worden. Unschlüssig standen die Männer vor ihrem Fund.

»Lange liegt der noch nicht hier«, stellte der Inselvogt fest, und Aarne zeigte auf den gemauerten Brunnenrand, in dessen ringförmiger Öffnung Wasser schwappte.

»Kann man darin ertrinken?«

Robert bückte sich und steckte die Hand ins Wasser. Noch bevor es seinen Jackenärmel am Handgelenk erreichte, stieß er schon auf den Grund.

»Das dürfte einem schwerfallen!«, meinte er. Sie nahmen den Beutel und machten sich auf den Rückweg. Wo immer der Fremde geblieben war, hier war er nicht. Vielleicht hatte ihn die Flut mitgenommen und würde seinen Körper irgendwo anspülen. Hoffentlich nicht in ihrer Gegend.

»Heut bin ich über Rungholt gefahren«, murmelte Aarne, der Polizist. »Die Stadt ging unter vor fünfhundert Jahren. Noch schlagen die Wellen da wild und …, hm, weißt du noch, wie es weitergeht, Robert?«

Der fliegende Leuchtturm

Ole Olesson, Leuchtturmwärter auf einem winzigen Eiland draußen vor der Küste, war ein Mann, dem man seine Lebenserfahrung ansah. Er glaubte an nichts mehr im Leben, nur noch daran, was ihm seine Augen klar erkennbar zeigten. Er hatte die Geister des Meeres gesehen und festgestellt, dass sie aus seinen Ängsten geboren wurden, es sie in Wirklichkeit gar nicht gab. Und doch war da etwas, das er noch nie jemandem erzählt hatte, und es wohl auch seinen Lebtag lang nicht tun würde. Es war damals, er erinnerte sich noch genau an das Jahr, als etwas geschah, was noch niemals zuvor geschehen war, und, beim Barte von Neptun, hoffentlich nie wieder passieren wird. Der Weihnachtsmann hatte Verspätung!

Doch wenn er euch die Geschichte erzählen soll, wäre es gut, er finge ganz von vorne an. Ole Olessons Aufgabe bestand darin, den Schiffen mit seinem Leuchtfeuer den Weg durch die gefährlichen Untiefen zu weisen, die von der Strömung des Meeres als Sandbänke aufgeschichtet, schon manchem Frachter zum Verhängnis geworden waren. Vor ein paar Stunden hatte die ›Nixe‹ abgelegt, war auf Heimatkurs gegangen und wieder im dichten Schneetreiben verschwunden. Die Jungs hatten es schon nicht leicht, den Weg durch den dichten Flockenwirbel zu finden. Aber irgendwann stieß die ›Nixe‹ mit ihrer Nase, oder besser gesagt: Bug, fast gegen die Felseninsel. Der Wind sorgte für einen gehörigen Tanz auf dem Meer, doch die Besatzung des kleinen Versorgungsbootes setzte alles daran, ihm den lütten Weihnachtsbaum zu überbringen, der Ole das Weihnachtsfest wenigstens ein bisschen heimelig machen sollte. Weihnachtsgrüße von daheim, der Familie und den Freunden, ein paar Geschenke und natürlich die Weihnachtsgans, die so groß war, dass er noch zu Silvester an ihr zu knabbern haben würde.

Über Ole drehte sich im Turm das Räderwerk des Rundumlichtes, und der Turm schickte seine Blinksignale im vorgegebenen Rhythmus in den Schneesturm hinaus. Man konnte die Hand kaum vor Augen sehen, und der alte Lichtmeister war froh, hier auf seinem kleinen Inselchen keinen Schnee fegen zu müssen. Es gab hier nur sehr wenig Verkehr und fast gar keine Fußgänger, denn außer ihm war niemand da. Also saß er vor dem Radio und hörte die Weihnachtsgrüße, die der Norddeutsche Rundfunk zusammen mit der Küstenfunkstelle Norddeich Radio in den Äther schickte. Aus aller Welt kamen von den Schiffen die Grüße an die Lieben daheim oder wurden Grüße an die Matrosen geschickt, die irgendwo auf allen Weltmeeren unterwegs waren.

Da rumste es! – Es rumste sogar gehörig, dann hörte Ole ein Poltern, das den ganzen Turm hinunterlief. Er griff sein wasserfestes Ölzeug und warf es sich über, sprang in die Stiefel und rannte die steile Treppe hinab, so schnell es eben ging. Ole öffnete die Eingangsluke und wurde beinahe von einem riesigen roten Mantel überrollt, in dem ein großer bärtiger Mann steckte.

»Donner und Doria!«, wetterte der Weißbart und betastete seine Glieder. »Noch mal gut gegangen, alles noch dran!«

Dann schaute er den Leuchtturmwärter an. »Musstest du denn auch deinen Leuchtturm genau hierhin bauen?«

Ole Olesson war verwirrt. Wohin denn sonst, wenn nicht genau hier hin? Draußen auf dem Meer oder im Binnenland auf einem Berg im Harz hätte er niemandem genützt.

»Rudolf Rotnase ist seine rote Nasenbirne durchgebrannt, die uns immer den rechten Weg geleuchtet hat«, brummte der Mann und Ole kam ein leiser Verdacht, wer sein merkwürdiger Besucher sein könnte. Leider konnte er ihm nicht mit einer Ersatzbirne für sein Leitrentier dienen, aber als sie aus dem Turm traten, half er ihm, seinen Schlitten wieder aufzurichten, mit dem er kräftig am Leuchtturm angestoßen war. Die Beulen am Schlitten waren nicht schön, aber man würde das schon wieder glatt bekommen. Hauptsache, ihm und den Rentieren war nichts passiert. Scheinbar hatte er das rote Sektorenfeuer des Turms für das Leitlicht des Rentiers gehalten und war so vom Weg abgekommen.

Lichtmeister Ole fühlte sich unbehaglich, ihm gefiel nicht der Blick des alten Rotmantels, mit dem er ihn und seinen Leuchtturm betrachtete.

»Ich brauche Licht, um den Weg durch die Nacht zu den Kindern zu finden«, überlegte der laut. »Und du hast Licht, Ole Olesson. Ich muss nur deinen Leuchtturm vorne auf die Zugstange montieren, dann könnte es weitergehen.«

Der Mann hatte Humor. Wie sollte das denn gehen, diesen riesigen Turm auf die vergleichsweise winzige Zugstange des Schlittens montieren? Der Weihnachtsmann, denn um diesen handelte es sich, bewegte seinen Zeigefinger im Kreis um den Turm und plötzlich schrumpfte das Bauwerk auf Spielzeuggröße. Ole staunte, montierte aber das winzige Bauwerk tatsächlich ganz vorn auf der Zugstange des Schlittens, und die Rentiere schnaubten freudig, als der Leuchtturmwinzling sein Licht weit nach vorne in das Schneegestöber der Heiligen Nacht warf.

»Einsteigen«, kommandierte der Weihnachtsmann und schob Ole auf die Sitzbank im Schlitten. Der klammerte sich fest, und eine abenteuerliche Reise durch die winterweiße Nacht begann.

Nach einer ganzen Weile merkten sie, dass sie kreuz und quer über Nordsee und Atlantik flogen, aber merkwürdigerweise auf kein Land trafen. Es schien, als hätten sie sich hoffnungslos verirrt.

»Wenn wir den Weg nicht bald finden, bekommen die Kinder auf der ganzen Welt ihre Gaben viel zu spät. Ein Weihnachtsmann, der erst zu Silvester die Geschenke bringt, das hat es noch nie gegeben!«

»Wir fliegen offensichtlich im Kreis«, bemerkte Ole, als er unter dem Schlitten die kleine Leuchtturminsel sah. Natürlich, das Uhrwerk im Turm lief ja noch und der Lichtkegel wanderte mal hier, mal dort hin und brachte so die Rentiere völlig aus der Bahn. Er musste hinein und den Mechanismus abstellen, damit das Leuchtfeuer genau geradeaus schien. Es war ein merkwürdiges Gefühl, als Ole schrumpfte und der Rauschebart ihn wie ein Riese vorsichtig mit zwei Fingern nahm und auf die Galerie des Turmes setzte. Nur wenig später war die Arbeit erledigt, Ole hatte die Drehbewegung gestoppt und das Licht schien nur noch nach vorn, weit hinaus in die Nacht. Ole wurde schwindelig bei dem Tempo, das der Weihnachtsmann nun vorlegte. Die Welt jagte an ihnen vorüber und dem Lichtmeister war nicht wohl. Helfen konnte er ihm nicht mehr, und so legte Ole sich in seine Koje und schlief ein.

Als Ole erwachte, war es bereits heller Morgen und er fragte sich, ob sie mittlerweile über Afrika oder vielleicht China kreisten. Der Leuchtturmwärter ging nach oben in den Lampenraum und betrat die Galerie, die um den Turm führte. Nein, er war zusammen mit seinem Turm wieder auf seiner Leuchtturminsel. Das Licht war erloschen und der Drehmechanismus abgelaufen. Weit draußen zogen die Schiffe im hellen Tageslicht an seiner Leuchtturminsel vorbei, auf ihrem Weg hinaus in die Welt und nichts schien sich irgendwie verändert zu haben.

Ole schmunzelte und schüttelte den Kopf. Ein Traum, er war eingeschlafen und hatte geträumt. Sicher, und was für einen herrlichen Blödsinn! Er lachte. Er, Ole Olesson, Helfer des Weihnachtsmannes. Köstlich. Da musste man erst einmal drauf kommen.

Er erschrak, denn er dachte an die Weihnachtsgans in der Bratröhre. Sie musste inzwischen komplett verkohlt sein, doch als Ole den Wohnraum betrat, stutzte er. Die Kerzen an der kleinen Weihnachtstanne brannten, der Tisch war gedeckt, die gegarte Gans duftete herrlich und Kartoffeln und Rotkohl dampften vor sich hin. Bei den Geschenken stand etwas, das er beim Ausladen aus dem

Versorgungsboot nicht gesehen hatte. Eine wunderbare Angelrute, an der ein Zettel hing: »Herzlichen Dank für deine Hilfe, Ole Olesson, durch die alle Kinder ihre Weihnachtsgaben pünktlich erhalten haben. Hier noch ein kleines Geschenk gegen deine Langeweile auf dem Turm. Fröhliche Weihnachten und Petri Heil – Santa Claus.«

Ole setzte sich vorsichtshalber auf den Stuhl am gedeckten Tisch. Er fühlte seinen Puls, denn möglicherweise war er krank und das Fieber spielte ihm diesen Streich. Alles normal. Die Gans duftete derart verlockend, dass er sich eine Keule abbrach und herzhaft hineinbiss. Sollte man so etwas Törichtes anderen Menschen erzählen? Sicher nicht! Wo doch jeder vernünftige Mensch wusste, dass es den Weihnachtsmann gar nicht gab. Er wippte mit dem abgenagten Keulenknochen in bestimmender Art und Weise durch die Luft.

»Also wird es genau so vernünftig sein, dies alles für mich zu behalten«, nuschelte er kauend. »Denn wenn ich unvernünftig wäre, so müsste man an meiner Vernunft zweifeln ...«

Ole wurde es zu kompliziert. Er widmete sich nun ganz dem leckeren Festtagsmenü. Nie hat er über diesen Vorfall gesprochen oder ihn mit einer Silbe in seinem Logbuch erwähnt. Eigentlich schade, oder?

Dem Verschwörer auf der Spur

Der Winter war kalt, es schneite draußen, doch die Kapitänskajüte im Achterschiff des neuen Handelsseglers von Kaufmann Sengstake war gemütlich warm und alle Augen richteten sich wie gebannt auf den Klabautermann. Sein neuer Reeder und Arbeitgeber hatte seinen Namen wissen wollen, und es hatte ihn Mühe gekostet, sich daran zu erinnern. Seine Mutter hatte ihn früher Tobias gerufen. Doch hatte er noch eine andere Erinnerung, nämlich die, dass ihn in England König James I. in den Ritterstand erhoben hatte und er sich seither »Sir Toby« nennen durfte. Dieses Ereignis mit all seinen Folgen war etwas Besonderes, und die kleine Runde in der Kapitänskajüte war begierig, Einzelheiten zu erfahren. Er wollte den Männern ja gerne darüber berichten, doch waren die Ereignisse damals selbst für ihn verwirrend. Klabautermänner hatten gewöhnlich anderes zu tun, als sich um Könige, Religionen und Verschwörungen zu kümmern. Aber, wie es manchmal im Leben so ist, man schliddert in Ereignisse hinein, von denen man nicht weiß, was sich aus ihnen entwickeln kann. Tobias bat seine neuen Freunde ihm zu verzeihen, dass er sich darauf beschränkte, die relevanten Geschehnisse zu schildern und nur so weit er selbst davon wusste, auf die Hintergründe einzugehen.

Es geschah vor vielen Jahren, als die Spanier noch in vollem Eroberungsdrang waren und damit begannen, sich Europa Untertan zu machen. Zumindest die wichtigsten Häfen wollten sie unter ihre Kontrolle bringen, denn als die Seefahrernation schlechthin, stünde es ihnen wohlan, die spleenigen Engländer auf die Plätze zu verweisen. Man stellte ein Heer auf und schickte eine Flotte durch den Ärmelkanal, um die wichtige Hafenstadt Calais zu erobern. Über die Häfen der Stadt wurde der überwiegende Warenverkehr zwischen Festland und britischer Insel abgewickelt. Man wollte die Briten vom Kontinent isolieren und versprach sich einen großen strategischen Vorteil, wenn die französische Stadt in spanischer Hand wäre.

Bei der Eroberung tat sich ein Offizier besonders hervor, dessen Name Guy Fawkes war und welcher über besondere Fähigkeiten im Umgang mit Schießpulver verfügte. Der Engländer hatte ein glückliches Händchen für alles, was sich mit einem mehr oder weniger großen Bums zu Staub zerbröseln ließ. Er schien kein Problem damit zu haben, in diesem Krieg gegen sein eigenes Vaterland zu kämpfen. Fawkes war eine beeindruckende Erscheinung, ein großer kräftiger Bursche mit rotbraunem Haar, einem wallenden Bart und einem dichten Schnurrbart unter der Nase. Tobias segelte damals auf einem Frachtschiff, das den Spaniern als Nachschubversorger diente und zahlreiche Fässer mit gefährlichem Schießpulver geladen hatte. Oft kam Fawkes an Bord, um sich für seine Vorhaben die notwendige Menge an Sprengpulver zu holen. Er war dem Klabautermann gleich aufgefallen, und Tobias hegte keine freundschaftlichen Gefühle für ihn. Er mochte ihn nicht und ging ihm aus dem Weg. Immerhin bestand wegen ihm höchste Gefahr für sein Schiff und dessen Mannschaft. Der Schiffskobold war froh, als der Laderaum endlich leer und das letzte Fass Pulver verbraucht war. So traf er in dieser Zeit einige Male mit Guy Fawkes zusammen, allerdings sollte keiner seiner Besuche auf dem Schiff der letzte gewesen sein.

Jahre später fuhr das Schiff, auf dem der Klabautermann sich noch immer um Material und Mannschaft sorgte, unter englischer Flagge, denn man hatte es aufgebracht und annektiert. Die ehemals spanische Besatzung war einfach nach Hause geschickt und durch englische Seeleute ersetzt worden. Ein raues und saufwütiges Völkchen, mit denen nicht zu spaßen war. Sie übten sich an Deck im Messerwerfen, wenn sie nichts zu tun hatten, und so manche Ratte fiel ihren Übungen zum Opfer. Allerdings durfte auch Tobias sich nicht blicken lassen, denn ob Ratte oder Klabautermann, als Zielobjekt taugten beide diesem respektlosen Pöbel wohl allemal. So schlimm es auch für Tobias war, er konnte seine Brüder, die Bäume, aus denen dieses Schiff gebaut worden war, doch nicht im Stich lassen. Es war seine Aufgabe, für sie zu sorgen, und so stellte er sein Wohlergehen hintan und blieb an Bord.

Das Frachtschiff kam mit einer Ladung Wein von Madeira und segelte mit Kurs auf England, als sein Kapitän dem Steuermann befahl, einen neuen Kurs anzulegen. Nicht mehr London, sondern Liverpool sollte das Ziel sein. Was, bei Neptuns Schwiegermutter, sollten die Liverpooler mit erlesenem Madeira-Wein anfangen? Na gut, letztendlich ist es egal, wovon dem Manne schwindlig wird, aber die Liverpooler hatten es mehr mit dem Bier, denn das wurde vor Ort gebraut und war viel billiger. Trotzdem löschte man die halbe Ladung und lief dann schnellstens wieder aus. Quer über die irische See brachte sie der neue Kurs und Tobias war zutiefst erstaunt, als man irgendwo an der Küste vor Nordirland nachts in einer verschwiegenen Bucht den Anker warf. Sofort waren kleine Boote um den Segler herum und brachten Fässer, die genauso aussahen, wie jene, die sie kurz zuvor in Liverpool ausgeladen hatten. Im Laderaum herrschte emsiges Treiben, die ganze Ladung wurde umgestapelt. Die Fässer, die mit dem Schiffsgeschirr umgeladen wurden, kamen ganz nach unten. Die portugiesischen Weinfässer wurden darüber gestaut. Mit dem ersten Tageslicht war das Schiff bereits wieder auf See. Der Klabautermann stellte schnell fest, dass der Segler in der stillen Bucht nicht nur die mysteriösen Fässer geladen hatte. Zusammen mit ihnen war ein Passagier an Bord gekommen. Tobias erkannte ihn, als er direkt vor seiner Nase am Mast lehnte und auf die See hinaus starrte. Es war niemand anderes als jener Guy Fawkes, von dem zu Beginn schon die Rede war.

Tobias verstand nicht viel von den Göttern der Menschen, aber dass es um sie ging, das hatte er einigen Gesprächen zwischen diesem Halunken und dem Kapitän abgelauscht. Und weiter ging es darum, dass man der Meinung war, mit König James I. säße wohl nicht der rechte Mann auf dem englischen Thron. Scheinbar hatte Fawkes einen Plan, mit dem er dieses Missgeschick der Geschichte wohl zu korrigieren gedachte. Das Schiff lief wieder auf Südkurs zurück in den englischen Kanal und nahm schließlich, als es die Nordsee erreicht hatte, Kurs auf die Themsemündung. Die Mannschaft hatte Glück, denn ein Wechsel der Wetterlage brachte dem Segler Ostwind, sodass man weder im seichten Fluss aufkreuzen noch pullend von den Kuttermannschaften den Fluss hinauf geschleppt werden musste. Dem Dunkelmann Fawkes schien das nur recht zu sein, denn er machte einen durchaus zufriedenen Eindruck. Tobias hingegen wunderte sich darüber, dass sie nur mit Halbzeug die Themse hinauf segelten. Der Wind hätte allemal volle Besegelung zugelassen, und so wurden sie von mehreren Koggen überholt. Auch der Kapitän machte ein unglückliches Gesicht, und die fordernden Blicke seiner Seeoffiziere in die Takelage hinauf ließ ihn wütend mit den Zähnen knirschen. Aber scheinbar gehörte es zu Fawkes Plan, nicht sofort an die Docks zu gehen, sondern erst einmal auf Flussreede auf einen freien Platz warten zu wollen.

Unterhalb der gewaltigen Mauern des Londoner Towers warfen die Matrosen Anker und warteten auf die Zollbeamten. Die ließen sich Zeit, doch sie kamen so sicher, wie das Amen in der Kirche und verschwanden alsbald mit dem Kapitän im Laderaum. Die Waren wurden begutachtet und so mancher Spundstopfen gezogen. Die Zöllner ließen die Becher volllaufen und prüften eingehend die Qualität des edlen Madeiras, der zäh wie Öl über die Zunge lief und den Gaumen mit seiner Honigsüße auskleidete. Kurz vor Sonnenuntergang schwenkte man die königlichen Zollbeamten im Frachtnetz außenbords und fierte sie zu ihrem Kutter hinab, der längsseits festgemacht hatte.

Die armen Tröpfe waren nicht mehr imstande gerade zu stehen, geschweige denn, noch einen Schritt allein zu machen. Nun, die Matrosen an den Riemen würden sie schon zu ihrer Dienststelle zurückbringen.

Lange nach Einbruch der Nacht entwickelte sich an Bord ein reges Treiben. Es rumorte im Frachtraum, als die ersten Lagen Fässer umgestapelt wurden. Dann hievten die Männer wohl zehn oder gar fünfzehn der zugeladenen Irlandfässer an Deck, verluden sie in kleine Ruderboote und brachten sie ans Ufer. In der Dunkelheit war das alles nicht so klar zu erkennen, denn man hatte für diese Aktion keine Lampen entzündet. Alles verlief beinahe geräuschlos und in absoluter Finsternis. Der Klabautermann schlich sich mittels seiner besonderen Fähigkeiten in das Holz eines der letzten Fässer, welches man an Land brachte, wo er und das Fass von derben Männerfäusten in Empfang genommen wurden. Hatte er erwartet, auf ein Fuhrwerk geladen zu werden, so sah Tobias sich getäuscht. Auf den Schultern eines vierschrötigen Kerls wurden beide das steile Ufer empor gewuchtet und schließlich von zwei Männern, die das Fass mit Haken an einer Stange zwischen sich trugen, lautlos durch die Nacht befördert. Halunken hin, Verräter her, Tobias musste neidlos anerkennen, dass alles nahtlos ineinander überging und die Organisation dieses Transportes hervorragend klappte. Das leise Patschen der nackten Fußsohlen auf dem Straßenpflaster zeigte an, dass sie noch immer in der Nähe des Towers waren, denn noch längst nicht alle Straßen dieser riesigen englischen Stadt waren mit Steinen ausgelegt. Meistens versanken die Räder der Kutschen und Fuhrwerke bis an die Achsen im Schlamm und den Abwässern der Bewohner. Es ging um eine scharfe Ecke, dann knarrte eine Tür und das Fass wurde auf einem hölzernen Fußboden abgesetzt.

»Und, Sie sind sicher, dass alles klappen wird?«, hörte der Kobold die Stimme seines Kapitäns.

»Todsicher!«, antwortete der Mann mit dem Namen Guy Fawkes doppeldeutig. »Dieses Haus steht direkt an der Rückwand des Regierungssaales im House of Lords. Ich habe die Ladung so berechnet, dass von dem ganzen hinteren Flügel nicht mehr viel übrig bleiben wird. Bislang haben wir zwanzig Fässer Schießpulver eingelagert, zehn weitere bringen wir in der nächsten Nacht, und übermorgen, wenn der König alle Landlords bei sich versammelt hat, gibt es ein wunderschönes Feuerwerk. Ganz London wird sich noch lange daran erinnern.«

»Und niemand kann die Fässer hier finden?«, vergewisserte sich der Kapitän.

»Unmöglich! Dazwischenfunken kann uns niemand, denn die Besitzerin dieses Hauses ist verstorben und ich habe es erst kürzlich erworben. Natürlich hieß ich da anders. Niemand wird mich mit der Tat in Verbindung bringen, weil keiner weiß, wie mein richtiger Name ist.«

»Wenn du dich da man nicht täuschst«, dachte Tobias, wusste aber im nächsten Augenblick, dass er sich hier gar nicht einmischen durfte. Er war ein Schiffskobold, ein Klabautermann, und als solcher nicht für Dinge zuständig, die an Land geschahen.

»Und wenn du dich da nicht dran hältst, werde ich es Oberon melden«, klang es unvermittelt in seinen Gedanken auf. »Schau an, in diesem Gebäude gibt es einen Hauself«, dachte Tobias. Also war auch hier ein bewohnter Baumstamm verarbeitet worden. Es geschah nicht selten, dass ein Baum eine durch Gewalt ums Leben gekommene Seele mit seinen Ästen auffing, wenn sie erschreckt durch die Gegend flatterte und nicht wusste, wohin.

»Was passiert hier?«, fragte das lautlose Stimmchen in seinem Kopf, und die überaus, pardon, dämliche Frage ließ den Schluss zu, dass der hier ansässige Haustroll keinen Schimmer von der Schlechtigkeit der Welt da draußen hatte. Tobias glitt aus dem Fass in das Holz des Fußbodens und spürte jetzt die Anwesenheit des anderen Kobolds ganz deutlich. Er stellte sich kurz vor und berichtete das Wenige, dass er wusste.

»Explodieren? Mein Heim wird explodieren? Und ich? Was wird mit mir?«

»Oh! Solltest du zuhause sein, wirst auch du explodieren. Das, was von euch beiden, dem Haus und dir, übrig bleibt, können sie mit Handbesen und Kehrschaufel zusammenfegen!«

Tobias konnte sich nicht helfen, aber dieser Kobold raubte ihm den letzten Nerv, und es tat ihm gut, dem Anderen vor Augen zu führen, dass sein Heim am übernächsten Tag nur noch ein Häuflein Kienspäne sein würde. Der Haustroll würde sich räumlich etwas einschränken müssen.

»Was können wir denn dagegen tun?«, fragte sein Koboldvetter, und Tobias seufzte. Schon wieder eine von diesen Fragen, die ihn zur Raserei treiben konnten.

»Wir?«, echote er. »Wir? Wir können gar nichts dagegen tun! Immerhin bin ich gar nicht zuständig, es ist ja dein Heim! Ich bin ja bloß ein Klabautermann, also gehen mich alle Dinge, die an Land geschehen, überhaupt nichts an! Und wer will noch dazu von einem neunmalklugen Grünschnabel an Oberon verpfiffen werden? Ich nicht! Also überleg dir was Schönes, du hast bis übermorgen Zeit. Au revoir, mon ami!«

Der Klabautermann gebrauchte absichtlich den französischen Abschiedsgruß, um dem Hauskobold zu zeigen, wie weit gereist und überlegen er ihm doch war.

»Merde! Quel grand malheur! Est-ce que vous me pouvez pardonner, Monsieur? – Schei…! Oh, welch eine Katastrophe! Können sie mir verzeihen, mein Herr?«

Ekelhaft! Er war nicht nur ein überaus großer Idiot, er war auch noch ein überaus sprachbegabter großer Idiot und jetzt wollte er sich einschleimen. Pah!

»No, Monsieur! Nicht mit mir!«, gab Tobias resolut zurück. Sollte der affektierte Elfling doch zusehen, wie er sein Heim vor einem Höhenflug bewahren konnte. Was ging es ihn an?

»Sag mal, als Klabautermann hast du doch auf den Schiffen auch gelegentlich mal mit Kanonen zu tun, nicht wahr?«, schlug der zukünftige Obdachlose versöhnlichere Töne an. »Und soweit ich gehört habe, funktionieren die Dinger nicht, wenn das Pulver nass ist? Stimmt 's?«

»Hm!«, stimmte Tobias ihm zu und zeigte ihm mit seiner Wortkargheit gleich, dass er nicht gewillt war, sich weiter mit ihm einzulassen.

»Also, müssen wir doch nur das Pulver nass machen. Dann ist's nix mit »Kawumm«!«

Schau mal an, der war ja gar nicht so dösig, wie er tat. Der hatte ja sogar mal einen Gedanken, den man gebrauchen konnte! Nur, wie sollte man den Inhalt von zwanzig Pulverfässern so nass bekommen, dass es wirklich nicht mal »Piff« machte? Von »Kawumm« mal ganz zu schweigen! Und morgen wollten die Verräter nochmals zehn Fässer bringen, was sollten sie dann mit denen machen? Nein, das musste anders gehen.

»Hört Ihr Leut' und lasst Euch sagen …!«, röhrte es draußen auf der Straße.

»Was ist das denn?«, fragte Tobias erstaunt und lauschte den Tönen, die sich anhörten, als würde eine besoffene Seglercrew einen Shanty grölen. Natürlich jeder einen anderen!

»Bloß die Nachtwache! Der Wächter kommt immer um diese Zeit!«

Tobias schaltete schnell. Er konnte sich nicht lange mit Erklärungen aufhalten. Wenn, dann musste jetzt und sehr nachdrücklich gehandelt werden. Außer den beiden Kobolden war niemand mehr im Hause, die düsteren Gesellen, die das Attentat planten, hatten sich wieder aus dem Staube gemacht, um in der nächsten Nacht ihr Werk zu vollenden. Tobias raste quer durch den Raum zu den Fenstern und glitt in das Holz eines der Läden. Ziemlich dicht an der Hauswand kam der lange Kerl mit der Lampe und der Hellebarde daher gestelzt, und gerade holte er tief Luft um die nächste Strophe seiner nächtlichen Gehörnerv-Folter anzustimmen, da ließ der Klabautermann den Fensterladen mit einer solchen Wucht aufspringen, dass dem armen Nachtwächter der Ton im Halse stecken blieb.

Seine Nase wurde erst ganz platt, dann blutig und dann ging der ganze Kerl in voller Länge zu Boden.

Es dauerte, bis er danach die Augen wieder aufschlug und er brauchte eine Zeit, bis er wieder auf die Füße gefunden hatte. Mit grimmigem Gesicht wandte er sich der Haustür zu, um demjenigen, der ihm da einen derart derben Streich gespielt hatte, gehörig die Leviten zu lesen. Auf sein sanftes Klopfen, das wie Hammerschläge durch das ganze Haus dröhnte, ließ Tobias die Türe aufspringen und der Nachtwächter schob sie vorsichtig weiter auf und leuchtete hinein. Der flackernde Schein seiner Laterne huschte über die Fässer, die an der Rückwand des Raumes aufgestapelt waren, und wenn auch der Knilch nicht gerade ein begnadeter Sänger war, so war sein Verstand kriminalistisch genug geschult, um zu erkennen, dass hier etwas nicht stimmte. Er trat ein, beugte sich über die Tonnen, und zog einen Stopfen aus einem Spundloch. Leise rieselte schwarzes Pulver in seine Hand, und der Nachtwächter beeilte sich, den hölzernen Pfropfen wieder in das Loch zu bekommen. Nachdem er festgestellt hatte, um was für Fässer es sich handelte, löschte er blitzschnell seine Lampe. Lautlos glitt er aus dem Haus und zog die Tür wieder ins Schloss. Dann machte er sich davon, so schnell ihn seine Füße tragen konnten.

Es dauerte keine Stunde, da wimmelte es in der Gegend von Wachleuten, und noch in derselben Nacht wurden die zwanzig Fässer Schießpulver gegen harmlose leere Fässer ausgetauscht. Um das Haus herum lagen Wachmänner auf der Lauer, die jeden verhaften würden, der sich dem Haus näherte oder sonst verdächtig verhielt.

»Auch wenn ich nicht zuständig war, kannst du aber wenigstens jetzt dein Heim in ursprünglicher Größe behalten«, tat Tobias großspurig und schaute sein Gegenüber mit dem typischen »Na, wie habe ich das gemacht?« – Blick an.

»Ich muss zugeben, dass ich den Mut dazu nicht gehabt hätte«, gestand der Hauskobold. »Du bist ein ganz besonders mutiger Klabautermann. Werden alle Elfen so, die sich für die Seefahrt entscheiden?«

»Natürlich! Mit Muttersöhnchen und Weicheiern können wir auf See nichts anfangen. Mut, Härte und schnelle Reaktionen, allein das sichert dir dort draußen das Überleben!«

Tobias schickte ihm einen stahlharten Blick seiner himmelblauen Augen, der sich schließlich bei seinen Worten effektvoll in weiter Ferne verlor, und dem Hauself entrang sich ein bewunderndes »Haaach!«. Doch Tobias war mit seinen Gedanken schon viel weiter. Ihm fiel ein, dass ja im Bauch seines Seglers noch weitere Fässer lagerten, die wohl in der nächsten Nacht in das Haus gebracht werden sollten. Der Spuk war also noch nicht zu Ende. Er machte sich auf den Weg zurück zum Schiff, denn so bequem wie er hergelangt war, würde er nicht zurückgetragen werden. Er konnte sich nur auf seine eigenen, kurzen Beine und die kleinen Füße verlassen. Er verabschiedete sich und ging durch die Tür, wohl darauf bedacht, in der Phase zu bleiben, in welcher er für Menschen nicht sichtbar war. So gelangte er unbehelligt von den lauernden Wachmännern zurück zum Fluss. Tobias suchte sich ein Stück Holz, das ihn zum Schiff zurücktrug, und eben als im Osten der neue Tag hell heraufzuschimmern begann, fiel er todmüde in seiner Ecke im Laderaum auf die Lappen und Tücher, die dort sein Bett bildeten. Traumlos schlief er ein.

Kamarim – Mein Stolz

Die Sonne brannte noch immer mit viel Kraft auf die Insel, obwohl es schon Ende September war. Nichts konnte diesen Glutofen am Himmel davon überzeugen, dass es nun genug war mit der Hitze. Kos, die griechische Insel im östlichen Mittelmeer, nur etwas mehr als einen Steinwurf von der türkischen Küste entfernt, hatte seit fünf Monaten keinen Tropfen Regen mehr abbekommen. Die karge Vegetation war längst vom satten Frühjahrsgrün in das herbstliche Staubbraun übergegangen, an vielen Hängen im Gebirge zeigten Rauchfahnen die Buschbrände an, über die sich aber hier niemand mehr aufregte. Das gehörte einfach zum Sommer dazu, wie die Touristen, die bis in den Oktober hinein das überschaubare Eiland bevölkerten.

Ich steuerte den geliehenen Buggy hinauf ins Oberland, wo sich auf 120 Metern Höhe der Flughafen befand. Ein sehr zentraler Punkt auf der Dedokanes-Insel, und wer von der Hauptstadt Kos, die ganz im Osten lag, hinüber in den westlichen Teil auf die Halbinsel Kefalos wollte, konnte nur diesen Weg wählen. Unwillkürlich zog ich den Kopf ein, als eine Boing einschwebte und dicht über mich hinweg ihren Landeanflug auf die kurze Rollbahn begann. Ein Schwall nach Kerosin riechender Abgasen umwehte mich, und ich trat das Gaspedal durch.

Ich wollte den Flieger nicht sehen, denn er erinnerte mich daran, dass mein Aufenthalt hier von begrenzter Dauer sein würde. Ich verscheuchte den Gedanken und konzentrierte mich wieder auf die Straße. Nach links zweigten kleinere Wege ab, die, wie ich von früheren Besuchen her wusste, über steile Hänge hinab in kleine, verträumte Buchten führten. Zwar lagen die weiten Sandstrände auf der Nordseite der Insel zwischen Masticharl und Tigaki, jedoch besaßen sie bei weitem nicht den Zauber dieser Strandbuchten, wie Camel Beach.

Das Wasser an den Stränden der Inselnordseite war meistens vom Meltemi, dem stürmischen Nordwind, aufgewühlt, der zu dieser Zeit in beachtlicher Stärke direkt auf die Insel zu fegte und mit hohen Wellen den Sand im Wasser aufwühlte. Die malerischen Buchten im westlichen Teil des Inselsüdens hingegen wiesen stets glasklares Wasser auf, denn sie lagen geschützt im Windschatten der Insel. Doch auch sie waren nicht mein Ziel. Auf der Halbinsel, die ihren Namen nach den wilden Ziegen erhielt und deren Bewohner der Meinung waren, dass ihre Umrisse die eines Ziegenkopfes seien, gab es eine winzige Hafenstadt Namens Kamari. Eigentlich nichts weiter, als ein paar Häuser, Hütten und Tavernen, dazu ein ins Meer gebauter Molenkopf, an dem die Fischer ihren Fang anlieferten. Doch es gab noch eine Besonderheit, die mich bereits in früheren Jahren hierher gelockt hatte.

Von diesem winzigen Inselhafen liefen täglich zwei Kutter aus, die einem Griechen namens Jannis gehörten. Es waren umgebaute Schiffe, deren ursprünglicher Zweck nicht mehr klar erkennbar war. Heute fuhren sie mit zahlenden Inselgästen hinaus, um vom treibenden Schiff aus den Passagieren das Angeln auf kleine Barsche und Doraden zu ermöglichen. Eine Attraktion, die ihresgleichen suchte. Die Kinder hatten ihren Spaß, wenn gefangene Oktopusse sich aus einem Bottich hangelten und versuchten über das Deck zurück ins Wasser zu entkommen. Die Erwachsenen freuten sich darüber, dass jeder gefangene Fisch mit einem doppelstöckigen Ouzo ›belohnt‹ wurde. Jannis war nicht nur der Kapitän auf dem größeren der beiden Schiffe, welches denselben Namen trug wie der kleine Ort, er war auch noch der Reeder beider Boote und Besitzer einer Taverne im Ort, um die er sich jedoch nicht kümmern musste. Diesen Teil des Geschäftes betrieben andere Familienmitglieder.

Jannis liebte das Meer, seine Schiffe und Kinder, und es gab kein Kind auf seinem Kutter, das nicht einmal ins Ruderhaus gehoben wurde um das Steuerrad zu übernehmen. Er stellte die halben Portionen einfach auf eine Holzkiste, damit sie überhaupt aus dem Ruderhaus hinaussehen konnten. Und dann durften sie das Schiff steuern. Jannis sprang dann stets von der Brücke herab und lief nach vorn zum Bug, wo er sich theatralisch aufbaute und in einer für ihn typischen Mischung aus griechisch, englisch und deutsch zur Kommandobrücke zurückrief: »Ella! Not over there! Da Afrika! Dort lang!« Dazu wedelte er aufgeregt mit seinen Armen und deutete in die Richtung, in die der Steuermannsnachwuchs seiner Meinung nach das Schiff zu lenken hatte.

Ich hatte mit ihm zusammen bereits mehrere Fahrten gemacht und staunte in jedem Jahr erneut, dass er mich aus der Masse der Touristen heraus wieder erkannte. Eigentlich rechnete ich nicht damit, ihn an diesem Tag zu treffen, denn noch gab es genügend Touristen auf der Insel, die seine Fahrten buchten. Mit ziemlicher Sicherheit würden beide Schiffe wieder vor der Insel treiben und Touristen herumschippern. Umso überraschter war ich, sein Flaggschiff, die ›Kamarim‹ fest vertäut am Kai zu finden. Ich parkte den Wagen, stieg aus und ging auf das Boot zu. Die Tür zum Maschinenraum stand offen und wilde Flüche drangen aus ihr ans Tageslicht. Ich erkannte Jannis Stimme, mit der er sonst die weiblichen Urlauberinnen zu betören verstand. Doch jetzt in diesem Augenblick fehlte ihr aller Charme. Laut und brutal tönten griechische Schimpfwörter aus dem Schiffsleib. Dann hangelten sich zwei ölverschmierte Hände an den Handläufen des Niederganges empor und Jannis' weiße Mütze erschien, gefolgt von Kopf und Körper.

Er schwang sich durch die Tür an Deck, blinzelte geblendet von der Sonne mit den Augen und wollte sich gerade der Brücke zuwenden, als er stutzte. Er hatte mich nur aus den Augenwinkeln auf dem Kai stehen sehen, aber das hatte genügt. Er drehte sich zu mir um, und auf seinem stets freundlich lachenden Gesicht wurde das Grinsen in seinem Bart noch breiter. Die Lachfalten in seinen Augenwinkeln vertieften sich und seine Augen strahlten.

»Ouzoman!«, rief er lachend. Das war wohl die offizielle Bezeichnung, die er für mich gefunden hatte, nachdem ich wegen meines Anglerglücks stets Unmengen von Ouzo auf seinem Schiff zu trinken hatte. Er hatte nie verstanden, dass ich nach diesen Mengen des Anisschnapses noch aufrecht stehen konnte. Einmal hatte er eine Reiseleiterin gefragt, wie viele Fische ich denn schon gefangen hätte und sie hatte ihm alle Finger ihrer beiden Hände hingehalten. Da das nichts anderes bedeutete, als dass ich auch zehn halbvolle Plastikbecher Ouzo geleert hatte, schüttelte Jannis überrascht den Kopf. Er schaute mich nachdenklich an, griff nach der Flasche, aus der ausgeschenkt wurde und schnüffelte misstrauisch daran. Dann kniff er ein Auge zusammen, setzte die Pulle an die Lippen und nahm einen ordentlichen Zug daraus. Erst als er sich solchermaßen davon überzeugt hatte, dass mit dem Ouzo alles in Ordnung war, schaute er mich wieder an, schüttelte nochmals den Kopf und trollte sich auf seine Brücke.

»Yassou, filos! – Hallo, Freund! Ti kanis? – Wie geht es Dir?«, fragte ich den Griechen nach seinem Befinden und Jannis lachte dröhnend los. Er winkte mir, an Bord zu kommen und schlug mir krachend mit seiner Hand auf die Schulter.

»Kala! – Gut! Epharistò! – Danke!«, strahlte er. Da meine Griechischkenntnisse begrenzt waren, wechselte ich auf Englisch und fragte ihn, warum sein Schiff, dessen Name übersetzt so viel wie ›Mein Stolz‹ heißt, an der Pier lag.

»Ah, Maschin kapuuut!«, feixte er und schien nicht einmal besonders unglücklich. Ich bot ihm meine Hilfe an, und Jannis musterte mich wieder mit diesem seltsam prüfenden Blick, den ich schon von ihm kannte. Er zuckte die Achseln, murmelte »Okay!« und schob mich zu der

Tür, hinter der eine steile Eisenstiege nach unten in den Maschinenraum führte. Ich stieg sie im Rückwärtsgang hinab, so wie es die Seeleute auf allen Schiffen tun und erntete dafür einen Pluspunkt bei Jannis. Ganz offensichtlich legte es der Grieche jetzt darauf an, zu prüfen, was ich konnte. Er zeigte mir den Defekt an seinem Motor, den er ohne Hilfe nicht würde reparieren können. Dazu musste er sich nämlich weit in die Maschine hineinarbeiten, um an das kaputte Teil überhaupt heranzukommen. Irgendjemand musste ihm dann die Werkzeuge reichen. Also kam ich ihm gerade recht.

Es war ein nützlicher Umstand, dass mein Hobby das Motorbootfahren war, so kannte ich mich mit Dieselmotoren einigermaßen gut aus und konnte Jannis die benötigten Werkzeuge und Ersatzteile reichen, ohne dass er mir sagen musste, was er gerade benötigte. Ich hätte es wahrscheinlich sowieso nicht verstanden, denn dazu hätten mein Griechisch und sein Englisch nicht gereicht. Wir schufteten zwei Stunden lang, in denen wir uns so gut es ging unterhielten. Dann tauchte Jannis aus dem Motor wieder auf und grinste sein vergnügtes Jungengrinsen.

»Poli kalá – sehr gut«, lachte er und packte das ganze Werkzeug in eine Kiste. Er winkte mir, ihm zu folgen und kletterte die steile Eisenleiter hinauf zurück an Deck. Wir wuschen uns, denn wir sahen beide zum Fürchten aus. Über und über mit schwarzem Motorenöl verschmiert, hatten wir einige Mühe, uns wieder in einen halbwegs zivilisierten Zustand zu bringen. Dann deutete Jannis auf mich und auf die Kommandobrücke, drehte sich um und sprang auf den Kai. Seelenruhig fing er an, die Festmacher zu lösen, während ich mich beeilte in sein dürftig eingerichtetes Ruderhaus zu kommen. Ich musste mich nur kurz orientieren, dann startete ich den Schiffsdiesel, der mit ohrenbetäubendem Knall und unter Ausstoßen mehrerer tiefschwarzer Rußwolken ansprang. Ohne den Gang einzukuppeln gab ich gefühlvoll Gas und die Drehzahl der Maschine stieg an, ohne dass es sie zerriss. Ich sah Jannis' zufriedenes Kopfnicken, dann warf er die Trossen an Bord und setzte mit einem Sprung über, auf das Schiff. Hatte ich erwartet, dass er jetzt ins Ruderhaus käme, um das Steuer selbst zu übernehmen, sah ich mich getäuscht. Er deutete hinüber zu der kleinen Insel mit der Kapelle und begann dann, die Trossen sauber aufzuschießen. Somit hatte ich das Kommando. Ich legte den Rückwärtsgang ein und zog den Kutter sauber von der Pier bis ich genug Platz für ein Wendemanöver hatte. Ich brachte das Schiff, welches meinen Ruderbefehlen exzellent folgte, auf Kurs und ließ den Motor mit halber Drehzahl laufen.

Jannis war verschwunden und tauchte erst wieder in meinem Blickfeld auf, als wir bereits kurz vor der Insel waren. Er schaute sich abschätzend um, dann deutete er in eine bestimmte Richtung, zeigte auf das Echolot und machte mit der Hand eine Bewegung wie über eine Kante. Ich verstand. Hier sollte es einen Abbruch im Meeresgrund geben, den ich suchen und finden sollte. Solche Abbruchkanten verliefen in der Regel parallel zur Uferlinie, also musste ich mich der kleinen Insel nur von der Seeseite her nähern, um sie irgendwann zu finden. Ich fuhr einen Bogen und steuerte dann genau auf das felsige Eiland zu.

»Kala – gut«, lobte der griechische Skipper, und ich manövrierte den Kutter genau über die steil abfallende Felskante. Ich legte ihn im Standgas bei ausgekuppeltem Gang so auf die Tiefenlinie, dass wir vor dem Wind auf ihr entlang trieben. Jannis hatte eine Spezialangel hervorgeholt und machte sich daran, die vielen fischähnlichen Plastikköder bis auf den Grund hinab zu lassen. Es dauerte nur Sekunden, bis sie von gefräßigen Tintenfischen attackiert wurden. Jannis verstaute seinen Fang in einem Kunststoffbottich, den er jedoch vorsorglich mit einem Deckel verschloss. Dann hielt er mir die Angel hin. Ich tat es ihm nach und ließ die Leine durch meine Hände ablaufen. Kaum hatte das Zuggewicht den Boden berührt, zerrten bereits zwei prächtige Oktopusse an den Ködern und verfingen sich mit ihren Armen an den spitzen Haken. Jannis kam lachend mit zwei Bechern und einer Ouzoflasche aus seiner Bordkombüse. Während ich den gewöhnungsbedürftigen Fang in den Bottich steckte, schenkte er die Becher voll und hielt mir einen hin.

»Ouzoman, yamas«, prostete er mir zu. »Pos ße länä – wie heißt du eigentlich wirklich?«, wollte er wissen, und ich sagte ihm meinen Vornamen. »Claus?«, staunte er und zog die Augenbrauen hoch. »Ah, Nikolaos!«, meinte er dann und stieß erneut mit mir an. Wir leerten die Becher und er schaute mich fragend an.

»You remember my private bay – Erinnerst du dich an meine Privatbucht?«, wollte er wissen und ich nickte. »Ne – Ja!«, antwortete ich auf Griechisch. Natürlich erinnerte ich mich. Zu dieser Bucht fuhr er immer nach dem Angeln. Sie war nur von See her zu erreichen, an Land führte kein Weg dorthin. Hier hatte er eine Art Strandtaverne gebaut, rohe Holzgestelle, über die er Reetmatten als Sonnenschutz gelegt hatte. Es gab einen riesigen Grill, auf dem seine Mannschaft die gefangenen Fische zubereitete, während Jannis einen einmalig guten griechischen Bauernsalat für seine Passagiere schnitt. Grillkohle lagerte in Säcken etwas abseits und frisches Gemüse und Kräuter waren stets in einem Kühlraum vorhanden. Frisches Fladenbrot vervollständigte dann ein köstliches Grillmenü.

»Okay, now you are the captain! Lets drive to that place«, meinte er leichthin und verschwand wieder in den Tiefen seines Schiffes. Ich enterte das Ruderhaus und legte den Gang ein. Gehorsam schwenkte das Boot auf den neuen Kurs ein und ich steuerte die kleine Bucht an, die beinahe am Westkap der Insel lag. Rundherum gab es nur schroffe Klippen und steile Hänge, doch dieser geniale Grieche hatte die Einöde zur Attraktion seines Geschäftes gemacht. Als wir vor der Bucht waren, nahm ich Gas weg, und als wäre es das Normalste der Welt, ging Jannis zum Bug und griff nach dem langen Bootshaken. Ich wusste, dass im Wasser eine Leine trieb, die er am Meeresgrund mit einem starken Anker versehen hatte. Er dirigierte mich genau an die Leine heran, fischte sie mit dem Haken auf und belegte sie an einer Markierung auf dem Bugpoller. Ich drehte das Schiff und mit der vorgegebenen Leinenlänge gelang es mir, das Heck des Schiffes genau an einen Steg zu manövrieren, den Jannis hier errichtet hatte. Eine wackelige Konstruktion, provisorisch und nicht für die Ewigkeit gedacht, man könnte sagen: eben griechisch, doch sie erfüllte ihren Zweck und vermittelte seinen Gästen das Gefühl von Abenteuer pur. Jannis belegte die Heckleine und ich stellte den Motor ab. Himmlische Ruhe umgab uns, keine lärmenden Touristen, keine schreienden Kinder, kein Motorenlärm, nur das Plätschern der Wellen am Kieselstrand und das Meckern einiger Ziegen an den Steilhängen der Bucht. Der Grieche stand neben mir und gemeinsam ließen wir die Blicke über das weite Meer schweifen, ließen sie über die Steilhänge bis zu den Gipfeln der kargen Hügel klettern und sogen die würzige Seeluft, die sich mit dem Thymianduft der Insel mischte, tief ein. Jannis klopfte mir väterlich mit seiner Hand auf die Schulter und breitete die Arme aus.

»Elláda – Griechenland!«, sagte er leise und reckte seinen Körper. Seine Augen blitzten vor Stolz und seine schneeweißen Zähne strahlten in seinem lachenden braungebrannten Gesicht.

»A dream – ein Traum«, sagte ich ebenso leise. Er nickte mir zu und dann kam wieder Leben in den Skipper. Er öffnete eine Kiste, aus der er zwei Tauchermasken mit Schnorcheln fischte, reichte mir zwei Gummiflossen, zog Hemd und Hose aus und streifte sich selbst ein Paar der Gummifüßlinge über. Im nächsten Moment stieg er auf die Reling und sprang über die Bordwand. In einer perlenden Blasenspur tauchte er in das glasklare Wasser ein, kam wieder an die Oberfläche und strebte mit ruhigen Flossenschlägen der steilen Felswand zu, die westlich der Bucht bis ins Wasser reichte. Ich zögerte nur kurz, folgte ihm dann aber. Er wartete schon auf mich, deutete nach unten und tauchte unter. Ich hatte Mühe hinterherzukommen, denn ich war kein geübter Taucher, und so ganz ohne

Bleigurt hatte ich Probleme, bis auf den Grund hinabzutauchen. Jannis hingegen bewegte sich wie ein Fisch. Er schwamm hinab zu einem Drahtkäfig, der sich als Langustenreuse erwies. Er öffnete den Drahtkäfig und entnahm ihm zwei Prachtexemplare, die sich darin gefangen hatten. Mit dieser Beute tauchten wir wieder auf und schwammen zum Strand.

Es war eigenartig. Zwei sich vollkommen fremde Männer, noch dazu aus verschiedenen Kulturkreisen mit unterschiedlichen Sprachen verstanden sich ohne viele Worte. Jannis zeigte mir sein Griechenland, ohne Erklärungen, ohne Sightseeing-Tour, und ich verstand sein Leben, seine Träume, seine Hoffnungen. Wir bereiteten die Langusten und die Oktopusse gemeinsam auf dem Grill zu, Jannis zauberte seinen berühmten Bauernsalat, mit viel Feta und einem gehörigen Schuss Ouzo und wir saßen am Strand und schmausten und tranken, redeten und lachten. Ich erzählte ihm von meinen Träumen, von längst vergangenen Zeiten, berichtete ihm von Schiffen mit Drachenköpfen am Steven und Männern mit blutigen Schwertern. Von dem Blau der Ostsee, dem Gelb der Strände und dem Grün der Wälder. Ich ließ alte Götter wieder auferstehen, beschrieb die Seefahrten Eriks des Roten und die Wikingfahrten der dänischen Seeleute. Der Grieche lauschte meinen Worten während wir aßen und tranken.

Dann zeigte er auf das Schmuckstück an meinem Hals, das Amulett, welches an der groben goldenen Kette hing.

»I thought, that should be an anchor. But now I know, that it is the hammer of Thor, right?«, meinte er nachdenklich. Ich nickte. Er hatte das Amulett zuerst für einen

Anker, Schmuck von Seeleuten gehalten. Jetzt war ihm klar geworden, dass es sich nur um den berühmten Thorshammer handeln konnte. Dann verzog er plötzlich sein Gesicht.

»Nikolaos, the viking warrior«, lachte er und machte mit einem Arm eine Bewegung als wolle er mit einem Schwert gegen mich kämpfen, griff dann aber mit einer allumfassenden Geste zu der Weinflasche und schenkte uns die Gläser erneut voll.

»Yamas, filos. M'aressis – Prost, mein Freund. Du gefällst mir«, erklärte er kurzerhand und wir stießen an. Ich verspürte mehr als nur große Freude, denn mir wurde klar, dass hier gerade eine echte Männerfreundschaft geschlossen worden war. In mir wuchs ein Gefühl, dass mich so aufrecht werden ließ, wie ich es vorhin bei Jannis gesehen hatte. Es erfüllte mich mit Stolz, einen griechischen Seemann zum Freund zu haben.

Das Mädchen mit
den blonden Haaren

Noch hatte die Saison nicht begonnen, die Insel Amrum erwachte gerade aus der Winterstarre und begann sich für die neue Touristensaison herauszuputzen. Hannes war sich nicht sicher gewesen, ob Ziel und Jahreszeit zu seinem Kurzurlaub passten, doch als ihn die Fähre Hilligenlei auf der Insel abgesetzt hatte, war er überzeugt, hier in aller Ruhe ausspannen zu können. Sein Labrador-Rüde Winni fand alles aufregend, er schnüffelte sich durch das ganze Dorf bis zu dem Ferienhäuschen, das Hannes für ein paar Tage gemietet hatte. Es lag am Rand eines ausgedehnten Dünengebietes, und Winni begann sofort damit, tiefe Löcher in den Sand zu buddeln. Er schien besessen von der Idee, die hohen Sandhaufen einfach an einen anderen Ort zu kratzen. Der Sand stiebte im böigen Ostwind davon, wenn der Hund eifrig wühlte.

Es gab nicht viel auf der Insel zu erkunden, und Hannes trieb sich entweder am Strand oder in dem kleinen Örtchen mit dem bezeichnenden Namen Nebel herum. Hier erledigte er auch seine Einkäufe, und in der Inselfleischerei waren er und sein Winni schnell bekannt. Der wohlerzogene Hund machte brav Sitz vor dem Laden und wedelte mit dem Schwanz, wenn eine Verkäuferin ihm ein Stück Wurst brachte. Hannes war schnell die ganze Insel vertraut, er kannte sich aus wie in seiner Sporttasche, die seine Trainingskleidung enthielt. Laufen, das war seine liebste Beschäftigung. Zusammen mit Winni den Strand entlang traben. Hin und zurück, rauf und runter. Der feste Sand war der ideale Untergrund und knirschte leise unter den Sohlen von Hannes' Laufschuhen, bevor er nach hinten wegspritzte.

Es war windig und der Himmel grau in grau. Das Wetter versprach nichts Gutes, doch Hund und Herrchen machte es nichts aus. Sie traten aus dem Schutz der Dünen heraus auf den breiten Sand, an dessen westlichem Rand die Wellen der Nordsee an den Strand brandeten. Hannes zog seine Mütze über die Ohren und fiel in einen leichten Trab. Er war sicher, dass Winni ihm folgen würde und merkte erst nach einer Weile, dass der Hund nicht an seiner Seite war. Abrupt stoppte er und drehte sich um. Winni stand wie angewurzelt auf einer Stelle, seine Augen waren aufmerksam auf eine Frau gerichtet, die bewegungslos am Wellensaum stand und auf das Meer hinausschaute. Hannes hatte sie nicht bemerkt, als sie an den Strand gekommen waren. Jetzt schaute auch er nach der Frauengestalt. Was hatte Winni nur? So ein Verhalten kannte Hannes nicht von seinem Hund. Winni machte ein paar zögernde Schritte auf die Gestalt im grauen Minimantel zu, verhielt dann aber wieder. Ein leises Knurren kam aus seiner Kehle.

Hannes musterte die Gestalt jetzt aufmerksamer. Etwas kam ihm merkwürdig vor, passte so gar nicht ins Bild. Noch immer stand sie regungslos da, nur ihre langen blonden Haare wehten im Wind. Sie war schlank, hatte eine aufregende Figur, die der wollene Mantel noch betonte. Der Stoff endete auf halber Strecke über dem Knie, und ließ den Blick frei auf zwei wohlgeformte Beine fallen. Ein breiter Gürtel schlang sich um die schmale Taille, und ihre Füße steckten in hochsohligen Plateauschuhen, wie man sie in den siebziger Jahren getragen hatte. Es waren weiße Riemchenschuhe, die so gar nicht zu dem noch beinahe winterlichen Frühlingswetter passen wollten. In solcher Kleidung konnte man an kühlen Tagen im Sommer herumlaufen, aber doch nicht jetzt, nicht hier, wo der Wind einen fast wegwehte.

Erneut knurrte Winni und machte einen zögernden Schritt vor. Hannes reichte es. Die junge Frau konnte sich ja gerne eine Erkältung holen, er hatte Besseres zu tun. Er pfiff laut, und Winni drehte den Kopf, unschlüssig, ob er dem Pfiff seines Herrchens folgen sollte. Noch einmal stieß Hannes diesen Pfiff aus, dieses Mal lauter und fordernder. Winni warf sich herum und rannte auf ihn zu, schien die Frau im selben Moment vergessen zu haben. Hannes machte eine auffordernde Geste mit seinem Arm, drehte sich herum und lief davon. Winni folgte ihm willig und sprang spielerisch an seinem Herrchen hoch, der nun ein Stöckchen aus seiner Jacke zog und es weit von sich warf. Laut bellend jagte Winni hinterher und apportierte das Hölzchen.

Von nun an begegnete ihnen die Frau öfter, manchmal sogar mehrfach am Tag. Mal stand sie mutterseelenallein am Wasser, mal weit oben auf einer hohen Düne. Immer umwehte ihr langes blondes Haar ihren Kopf, sodass Hannes nicht einen Blick auf ihr Gesicht werfen konnte.

Er hätte zu gern gewusst, ob es zu dem hübschen Rest passte. Doch war sie immer gerade so weit von ihm weg, dass ein Hinüberlaufen nicht wirklich angesagt war. Und jedes Mal, wenn sie die Frau in dem grauen Mini-Wollmantel sahen, zeigte Winni genau dasselbe eigenartige Verhalten wie beim ersten Mal am Strand.

Abends saß Hannes gemütlich bei einem Grog im ›Strandvogt‹ in Wittdün und erzählte den Wirtsleuten von dieser eigenartigen Person. Er bemerkte den schnellen Blick, den die beiden untereinander tauschten, dann lenkte der Wirt auf ein anderes Thema um, während seine Frau geschäftig in der Küche verschwand. Hannes ging darauf ein, doch hatte dieses Verhalten seine Neugier geradezu angestachelt. Am nächsten Morgen in der Fleischerei startete er den nächsten Versuch, etwas über die Frau zu erfahren. Doch stieß er auch hier auf eine Mauer des Schweigens. In der kleinen Poststelle der Insel ging es ihm nicht anders, und beim Insel-Kaufmann gefroren die Minen zu freundlich lächelnden, doch undurchdringlichen Masken.

»Keen Tied!«, wehrte der Briefträger ihn ab, winkte mit einem Stapel Briefe und schwang sich auf sein Moped. Knatternd jagte er davon.

Hannes beugte sich zu Winni herab, kraulte ihn am Kopf und tätschelte seine Flanke.

»Hier ist was faul, mein Alter!«, murmelte er, und Winni ließ ein zustimmendes Winseln hören. Hannes fasste einen Entschluss, noch an diesem Tag würde er der Sache auf den Grund gehen und sie ansprechen.

Die Sonne strahlte von einem leuchtendblauen Himmel herab, und ihre schon kräftigen Strahlen wärmten Körper und Seele. Hannes und Winni liefen ihre Runde am Strand, bis hinauf zum nördlichen Bogen, wo die Insel einen Knick nach Norddorf hin macht. Beide waren angespannt, und gaben sich heute nicht dem unbefangenen Spiel mit Ball und Stöckchen hin. Ihre Blicke suchten die Umgebung ab, doch die merkwürdige junge Frau zeigte sich nicht.

Erst als die Sonne weit im Westen in der Nordsee versank, und der Abend dämmerte, sah Hannes den grauen Mantel auf einer der Dünen. Er leuchtete kurz im letzten Sonnenlicht auf, dann verschwand das Himmelsgestirn hinter dem Horizont. Winni saß stocksteif im Sand und knurrte leise. Hannes gab ihm einen leichten Stoß.

»Da ist sie. Los, Winni! Lauf zu ihr!«

Doch der Hund machte keine Anstalten, sich zu erheben, geschweige denn loszulaufen. Stattdessen drehte er den Kopf zu seinem Herrchen und warf ihm einen Blick zu, als wolle er sagen: »Das kannst du nicht von mir verlangen!«

Hannes wurde fordernder.

»Winni! Such! Los, Winni! Such!« Sein Finger wies dabei unmissverständlich die Richtung, und plötzlich jagte der Hund los, genau auf die hohe Düne zu, auf der noch immer die Gestalt mit den schönen Beinen und dem langen blonden Haar stand. Sie hielt ihre Schuhe in den Händen und rührte sich nicht, während der Hund über den Strand genau auf sie zu lief. Jetzt hatte Winni die

Düne erreicht, gleich würde er den Hang hochstürmen und bei ihr sein.

Hannes hörte seinen Hund aufheulen. Winni jaulte kläglich, als sei er gegen ein unsichtbares Hindernis geprallt. Er überschlug sich im Sand, sprang dann auf seine Pfoten und rannte wie von Furien gehetzt zurück zu Hannes. Mit eingeklemmter Rute suchte er Deckung hinter seinem Herrchen, drängte sich dicht an seine Beine. Hannes schaute verdutzt auf den Hund, dann zurück zur Düne. Sie war leer, das Mädchen mit dem blonden Haar war nicht mehr zu sehen.

Die Dunkelheit schritt voran, es hatte wenig Sinn noch etwas zu unternehmen. Doch eines war Hannes klar, er würde nicht aufgeben, nicht von der Insel abreisen, bevor er wusste, was hier gespielt wurde. Am nächsten Vormittag waren er und Winni wieder an der Düne. Nichts deutete auf irgendetwas hin, mit dem der Hund hätte zusammenstoßen können. Auf dem Dünenscheitel gab es auch keine Fußspuren, wie Hannes sie erwartet hatte. Der Sand schien seit geraumer Zeit unberührt, der Wind hatte ihn glattgefegt. Winni hingegen schien ein Kaninchen gewittert zu haben. Er schnüffelte aufgeregt am Fuß der Düne umher, begann dann im Sand zu scharren. Hannes stieg vom Dünenkamm und setzte sich neben seinen Hund, der etwas aus dem Sand gebuddelt hatte. Hannes achtete nicht auf ihn, seine Gedanken wirbelten umher auf der Suche nach einer Spur, die ihm die Lösung dieses Rätsels bringen konnte. Seine Finger griffen mehr automatisch tief in den Sand, bis sie auf etwas stießen. Etwas war dort, etwas hemmte das Spiel seiner Finger im Sand. Sein Blick fiel auf Winni, der vor ihm lag und an den Überresten eines alten Schuhes kaute. Es war ein weißer Riemchenschuh mit einer sehr hohen Plateausohle, wie man sie in den siebziger Jahren trug.

Unwillkürlich tasteten seine Finger weiter im Sand herum, bekamen etwas Weiches zu fassen und zogen daran. Sandkörner rieselten zur Seite, als er einen Zipfel grauen Wollstoffes erkannte, den er jedoch nicht weiter aus dem Sand herauszuziehen vermochte. Hannes ahnte dunkel warum. Er hatte das Mädchen mit den blonden Haaren und dem Minimantel gefunden.

Njörd

Der Boden unter seinen Füßen begann zu schaukeln. Die Wellen, die von der weit draußen dahinziehenden Fähre ausgingen, hatten das kleine Ruderboot erreicht und ließen es auf und nieder tanzen. Der Mann in dem winzigen Kahn liebte das. Er schloss die Augen und spürte dem Atem des Meeres nach, der ihn sanft auf und ab wiegte. ›Zuhause‹, schoss ihm ein Gedanke durch den Kopf. Es war eigenartig, denn nirgends war dieses Gefühl so stark wie hier, auf den Wellen der Ostsee, die ihn sein Leben lang angezogen hatten wie der Nordpol die Nadel eines Kompasses. Gedankenverloren folgte sein Blick dem blauweißen Schiff, das seine Fracht von Oslo nach Kiel transportierte. Rein mechanisch wandte er sich um und gewahrte am Strand zwei Gestalten von unterschiedlicher Größe, die ihm zuwinkten. Ebenso mechanisch hob er die Arme, winkte zurück, und die kleinere der beiden fing vor Freude aufgeregt an zu hüpfen. Seine Frau teilte sein Hobby nicht, und seine Tochter war noch zu klein, um ihn auf seinen Angelausflügen zu begleiten. Die beiden Gestalten wandten sich ab und trotteten über den Strand zurück zum Blockhaus, um sich dort mit Spiel und Geschichten vorlesen die Zeit bis zu seiner Rückkehr zu vertreiben.

»Mein Wikinger geht Fische fangen«, ulkte seine bessere Hälfte oft herum, wenn er mal wieder nach den Ruten griff und zum Bootsverleih hinüberstiefelte. Doch was gab es im Urlaub überhaupt anderes zu tun? Sicher, man konnte stundenlang am Wasser spazieren gehen, den Blick über die Weiten der Ostsee schweifen lassen, die würzige, nach Salz, Tang und Fisch duftende Meeresbrise atmen und sich an den Farben der Inseln satt sehen, die in der untergehenden Sonne ganz nah erschienen. Man wollte die Arme ausstrecken und sie berühren, so dicht schienen sie vor einem zu sein. Manchmal konnte man Einzelheiten erkennen, die Rotorblätter der vom Wind getriebenen Stromgeneratoren, Dächer der Bauernhäuser, die durch das satte Grün der Baumkronen schimmerten, einen Trecker, der von der Feldarbeit zurück zum Hof fuhr. Und dann gab es wieder Tage, an denen waren sie so weit entfernt, dass man sie nur schemenhaft am Horizont ausmachen konnte und den Eindruck gewann, sie würden gleich im Meer versinken.

»Mein Wikinger geht Fische fangen«, brummelte er und musste bei der Vorstellung, wie er wohl im Bärenfell mit einem Hörnerhelm und einer Axt aussehen würde, lachen. Ein Abbild des bekannten Comic-Wikingers Hägar des Schrecklichen in Reinkultur. Na gut, den Bart würde er sich wohl noch etwas wachsen lassen müssen, aber selbst der hätte den berühmt-berüchtigten rötlich blonden Farbton, den angeblich alle Wikingerbärte gehabt haben sollen. Er wusste das, denn er hatte ihn irgendwann einmal eine Zeit lang tatsächlich sprießen lassen und sich über die rötliche Färbung der Barthaare gewundert. Der Mann im Boot verzog das Gesicht zu einem amüsierten Grinsen. Vermutlich war der Gedanke an eine Wesensverwandtschaft mit den Axt schwingenden Rauschebärten denn doch ein wenig weit hergeholt, und nur weil ihm eine bestimmte Gegend in der Welt gefiel, musste man ja nicht gleich seine Wurzeln dort haben.

Vielleicht war mal einer seiner Vorfahren Wikinger gewesen? Wer wusste das schon? Es war schier unmöglich, seinen Stammbaum so weit zurückzuverfolgen. Selbst die beste Ahnentafel würde irgendwann einmal mangels vorhandener, geschichtlicher Aufzeichnungen die Auskunft verweigern. Gemächlich warf er den Anker aus und begann die Ruten zu beködern. Heute Abend sollte es fangfrische Schollen geben, und er wollte sich nun ganz auf die wirklich wichtigen Dinge im Leben konzentrieren, also auf die Fische, die er zu fangen gedachte.

»Njörd sei Dank«, schoss es ihm durch den Kopf, als er nach einer Weile bereits einige Plattfische im Boot hatte. »Wenn sie heute weiter so gut beißen, brauchen meine beiden Meerjungfrauen kein trockenes Brot zu essen.«

Ein neues, unbekanntes Gefühl stieg in ihm hoch. Es war Verwunderung darüber, welch eigenartige Worte sich in seinem Kopf gebildet hatten. Wer oder was war Njörd? Der Schutzpatron aller Fischer heißt Petrus! Wie kam der Mann auf Njörd? Die Verwirrung blieb, je länger er ergebnislos darüber nachdachte, denn dieser Name sagte ihm nur so viel, als dass er sicher sein konnte, ihn noch nie gehört zu haben. Plötzlich war er da und brannte sich in sein Bewusstsein ein. Er spürte die Bisse der Schollen an seinem Köder, war aber nicht in der Lage zu reagieren. Gebannt lauschte er in sich hinein und spürte etwas, das aus dichtem Nebel schemenhaft auftauchte. Immer klarer formten sich in ihm neue, vollkommen fremde Gedanken.

Torsten griff an seinen Kopf, als wolle er den Nebel vertreiben, in dem er eine Fülle von schemenhaften Gestalten ausmachte, die jedoch im Dunst unkenntlich blieben. Dann schälte sich eine heraus und gewann an Kontur. Der Mann im Boot wusste plötzlich, dass diese Schemengestalt Njörd war, ein nordischer Halbgott, der Fürst der Wanen, Gebieter über Land und See, Fischfang und Sturm. Seine Macht und sein Reichtum waren so groß, dass er jedem, der ihn anrief und darum bat, irdische Reichtümer in Form von Land, Haus und Hof, aber auch bewegliche Güter, wie etwa eigene Schiffe geben konnte. Doch dieser Gott war nicht Teil der heutigen Zeit, er gehörte ins Reich der nordischen Mythologie, an die alle Nordmänner vor tausend Jahren glaubten.

Torsten schloss für einen Moment die Augen, schüttelte sich wie ein Hund, um das Bild und die Gedanken abzuwerfen und spürte im gleichen Augenblick das Zerren an seiner Angelschnur. Er hievte die Schollendublette ins Boot, versorgte die Fische und legte die Angelrute aus der Hand. Er bemühte sich, ruhig zu bleiben, setzte sich auf die Ruderbank und versuchte seine Gedanken zu ordnen. Mit leiser Stimme zählte er für sich die Fakten auf.

»Gut! Ich weiß jetzt, wer Njörd ist. Allerdings frage ich mich, woher ich plötzlich über dieses Wissen verfüge. Es kann kein Schulwissen sein, denn ich erinnere mich nicht daran, jemals die nordischen Götter im lange zurückliegenden Schulunterricht behandelt zu haben. Auch gelesen habe ich es mit Sicherheit noch nie, zumindest nicht bewusst.«

Er saß da und schaute unschlüssig über die See. Tausend Fragen rotierten in seinem Gehirn, und er fragte sich, was er mit diesem Wissen anfangen sollte? Er war beunruhigt, denn er fand keine Antwort. Er hatte längst weit mehr Fische gefangen, als sie heute Abend essen konnten. Der Rest würde in die Gefriertruhe wandern. Er beschloss aufzuhören und zurückzurudern. Hand über Hand zog er die Ankerleine ein, hievte den kleinen Klappanker an Bord und griff zu den Riemen. Zielstrebig und ruhig ruderte er dem Ufer entgegen, dorthin, wo der Bootsverleih war. Knirschend schob sich der Bootskiel auf den Sand, und Torsten zog den Kahn ein Stück den Strand hinauf.

»Hej, Torsten! Hassst du gefangen viele Fissse?« Henri, der Bootsmann, kam ihm entgegen und begutachtete den Fang. »Oh, tolle viele Fissse, un so große«, staunte er in seinem wundervollen, dänischen Singsang. »Mal ssehn, ob die Däne da auch hat sso viele!«

Ein weiteres Boot war zurückgekommen, und ein junger, blonder Hüne sprang kraftvoll heraus. Ein kurzer Blick aus blauen Augen streifte Torsten, und er fühlte ein Frösteln. Der Däne wandte sich ab, verhielt dann einen Moment, drehte sich wieder zu ihm um und musterte den Deutschen eingehend.

»Thorsteen!?«, fragte er ungläubig und machte einen Schritt auf Torsten zu. »Er du Thorsteen?«

»Nej!«, antwortete der wahrheitsgemäß. »Jeg hedder Torsten. Jeg kommer fra Tyskland.«

Nein, soweit er wusste, war er nicht Thorsteen, auch wenn die Namen sich ähnelten. Aber wie sollte er ihm das klarmachen? So gern er auch in dieses Land kam, zu einem Dänischkurs an der Volkshochschule hatte es noch nicht gereicht. Torsten schien nicht einmal zu bemerken, was er eben in astreinem dänisch gesagt hatte.

»Jeg kender dig«, beharrte der Blonde auf seiner Meinung. »Du er Thorsteen!«

Erneut beteuerte Torsten, dass er mit Thorsteen nichts zu schaffen hätte, und der Blonde machte einen verunsicherten Eindruck.

»Ikke? Det er synd! Undskild, det er jeg ked af«, entschuldigte er sich für das Versehen und wandte sich enttäuscht ab.

»Vaers'go', det var sa lidt«, entgegnete der Deutsche. »Oh, bitte, keine Ursache.«

Der kleine Bootsmann schluckte hörbar und starrte Torsten an wie das achte Weltwunder. Er kannte den jungen Familienvater schon lange und umso überraschter war er über das, was er gerade gehört hatte.

»Ssseit wann kannsst du Dänisss?«, fragte er.

»Wer? Ich? Wie kommst du denn darauf? Kein Wort außer skol!«, beteuerte der.

»Du hasst die gansssse Ssseit Dänisss mit die Mand gesprochen«, behauptete Henri nun allen Ernstes und machte ein ausgesprochen empörtes Gesicht.

»Henri! Ich bin von Natur aus ein fauler Bursche, und wir verbringen unseren Urlaub seit Jahren hier, weil ihr so gut deutsch sprecht. Da kann ich es mir schenken, dänisch zu lernen. Zumal es sich bei eurer Sprache sowieso mehr um eine Halskrankheit handelt, als um zivilisierte Laute.«

Henri drehte sich um und stiefelte davon, laut auf Dänisch schimpfend und fluchend, und Torsten war sicher, dass er kein Wort davon verstanden hatte. Er und dänisch, haha! So ein kleiner Witzbold.

»He, Henri!«, rief er einer plötzlichen Eingebung folgend hinter ihm her. »Sag mal, kennst du einen Njörd?«

Henri blieb stehen und schaute sich nur kurz um.

»Nej!«, schrie er zurück. »Und wenn dasss eine gute Freund von dir issst, ssag ihn, hier ist alle Sssommerhäuser besetzt. Noch ssso eine dumme deutssse Tourist wie du vertrag ich nich!«

Poesie der Meere

Genial

Eine Bank im Ostseeland,
egal, wo sie auch steht,
im Ufergras oder am Strand,
vom Seewind stark umweht.

Ganz egal, wer sie gebaut,
ob Stein, ob Holz als Material,
wenn man von ihr
aufs Meer raus schaut,
findet man sie genial!

An der Hafenmole

Ich sitz so gern in Heiligenhafen,
schaue auf das Haff hinaus,
gegenüber steht der Aussichtsturm
und auch das "Blaue Haus".

An der Hafenmole auf der Bank
denke ich ganz still bei mir,
wenn's eine andre Aussicht wär,
wäre ich vielleicht nicht hier.

Abendlicht

Eine Bucht auf der Insel in Weitfortistan
hat es mir und meiner Seele angetan.
Das Glitzern auf dem Wasser der Bucht,
als ob die Sonne einen Weg zu mir sucht,
um mich im Abendlicht zu baden,
zieht mich an, mit magischer Wucht.

Ich bleibe stehen und schaue hin,
nach weiter Ferne steht mir der Sinn.
Voll Sehnsucht ist meine Seele, tief berührt,
vom Sonnenglitzern auf dem Meer geschürt
der Gedanke, dem Glanze zu folgen,
egal, wohin er mich führt.

Ein Fels am Meer

Ach, möcht ein Stein ich sein am Meeresstrand,
läge mit anderen dort im weichen Sand,
umschmeichelt vom salzigen Nass,
wie wunderbar wär das.

Gestreichelt von des Meeres Wogen,
säh' ich Wolken und den Regenbogen.
Ich läge fest und könnt nicht fort,
wozu auch verlassen diesen Ort,
der mich für Ewigkeiten an sich bindet,
und kein schönerer sich jemals findet.

Möwenballett

Ich schau in die Luft und finde es nett,
wie die Möwen dort tanzen ihr Möwenballett.
Ein paar stehen still fast in der Luft,
bis ein krächzender Schrei sie woandershin ruft.

Sie stieben auseinander, formieren sich neu,
als übten sie tanzen für das Bolschoi.
Doch fliegen sie hier, am Meeresstrand,
in der klaren Luft im Ostseeland.

Zeit wird's

Es purzeln am Strand die Körbe umher,
das ist wohl so im Herbst am Meer.
Der Herbststurm zeigt, wer Herr im Haus,
Sommers Ende, jetzt ist's aus.

Nur Drachenflieger, Surfer am Kite,
stehen schon alle längst bereit,
warten auf des Herbstes Wind,
der sie glücklich macht geschwind.

Bald ist es wieder mal soweit,
die Körbe stehen schon bereit,
um ins Winterquartier zu reisen,
bevor sie am Strand vereisen.

Meeresgrüße

Dieses Sehnen, dieses Hasten,
kurz vorm Ziel nur nicht mehr rasten,
wenige Schritte noch und ich bin dort,
am Strand, am Meer, am Lieblingsort!

In der Meeresbrandung stehen,
in die weite Ferne sehen,
wo Schiffe ihrer Wege ziehen
und Wolken hoch am Himmel fliehen.

Vom Wellenschlag umspült die Füße,
formulier ich schöne Grüße,
an alle, die zuhause blieben,
und nicht, wie ich, die Meere lieben.

Ostseeschätze

Manchmal, wenn ich es so recht bedenke,
macht uns die Ostsee kleine Geschenke.
Meeresglas und Klapperstein,
auch Ostseegold kann 's schon mal sein,
Hühnergott und Donnerkeil
find ich auch prima, alldieweil
es Gaben sind, die nur jene verstehen,
die der Natur kleine Wunder sehen.

Ostseespuren

Wellenmuster im Sand,
Muschelschalen am Strand,
in salziger Luft
würziger Meeresduft.

Möwengeschrei um mich her,
sanft plätschert das Meer,
Wellenrauschen am Kliff,
Wogen tosen am Riff.

Felsengestein voller Algengrün,
Tanglinien sich am Strand hinziehen,
viele Spuren hinterlässt das Meer,
drum zieht's mich immer wieder her.

Es fängt mich ein und bindet mich
mit stärksten Fesseln fest an sich,
die kein andrer sehen kann,
denn ich bin ein Ostseemann.

Und schau ich tief in mich hinein,
find ich Spuren, tief im Sein.
Fährten, tiefer als gedacht,
Zeichen, von der See gemacht.

Ich seh' sie an, genauso gerne
wie übers Meer die weite Ferne,
und schließe sie so klar und rein
in mein Ostseespuren-Album ein.

Ostseeland

Ich schau übern Deich und sehe sogleich
den Strand, das Meer, es erfreut mich sehr,
die blauen Weiten nach allen Seiten,
die Möwen im Reigen, die nicht stille schweigen,
kreischen geschwind ihr Sturmlied im Wind.

Der Leuchtturm steht, wo der Seewind rau weht,
und grüßte von Ferne, ich mag ihn so gerne.
Wo Wellen rauschen, will der See ich lauschen,
die mich so quält, wenn sie vom Fernweh erzählt,
und plätschert am Strand in meinem Ostseeland.

Der Sturmwind mit Macht rüttelt an Strandrosenpracht,
weht Kastanien vom Baum, man glaubt es kaum.
Der Sommer war schön, doch jetzt muss er gehen,
kühl ist der Sand, leer wird's am Strand,
bald ist es so weit, Herbst ist meine Zeit.

Lied der Sehnsucht

Wenn die Sonne im Meer versinkt,
der Abendwind vom Fernweh singt,
klingt übers Meer die Melodei,
soll ich's tun, bin ich so frei?

Wo die Sonne im Meer versinkt,
ein letzter Strahl herüberblinkt,
dort will ich hin, so wahr ich hier steh,
morgen steche ich in See.

Wellenrauschen

Wellen und ein klitzekleines Stück
blauen Himmels, welch ein Glück,
bringen mich in Gedanken
an mein Lieblingsmeer zurück.

Ach, wie so unendlich fein
können die Ostseewellen sein,
doch sind sie auch Verdruss,
wenn ich sie verlassen muss.

An Küste und Strand,
voll Sonne und Sand,
dort würd ich gern leben,
das ist mein Streben.

Ich höre der Wellen Melodie,
wenn ich nur seh' ihre Fotografie.

Ostsee im Winter

Wie schön wäre es jetzt an der Ostsee zu sein,
wenn Winterruhe trifft auf kalten Sonnenschein.

Wenn frostiger Schnee knirscht unterm Schuh,
mit Stille und Wellenrauschen auf Du und Du.

Kaum einer da und alles hat zu,
das Ostseeland erstarrt in der Winterruh.

Herbstlied

Wenn der Sonne milde Strahlen
Herbstlaub sanft erglühen lässt,
kann man noch am Strand sich aalen,
bevor ihre Wärme uns verlässt.

Die Farben wirken wie verwischt,
wenn Herbstlicht sich mit ihnen mischt,
der Himmel hat ein anderes Blau,
Herbstwind weht, die Luft noch lau.

Am Strand wird's kühl, am Dünenrand
leuchten feuerrot Hagebutten im Sand.
Die Zeit der Drachen ist gekommen,
ich bestaune ihren Flug, ganz versonnen.

Fliegen möcht ich, so wie sie,
über die Meere, folgen einer Melodie,
die sacht erklingt. Wenn Wellen rauschen,
möchte ich nur noch ihren Liedern lauschen.

Des Herbstes Lied singen sie im Chor,
es kommt mir ganz oft so traurig vor.
Doch trägt's in sich ein Versprechen gar,
der Sommer kommt wieder im nächsten Jahr.

Herbstsonne

Noch wärmt die Herbstsonne
die Körbe und den Sande,
von jenseits der Förde grüßen
Schilksee und Strande.

Der Sommer scheint nicht
zu Ende zu gehen,
wenngleich bereits am Wasser
kühle Winde wehen.

Die Saison vergeht,
doch schon im nächsten Jahr
ist alles wieder so schön,
wie es in diesem Jahr war.

Zuhause

Wenn ich so am Ufer steh
und auf meine Ostsee seh,
werde ich ganz ruhig und still,
weil's Meer mir was erzählen will.

Die Wellen plappern vor sich hin,
ganz entzückt ich von ihnen bin.
Tausend Geschichten erzählen sie mir,
Schicksale von fern und auch von hier.

Ganz leise singt das Meer mir sein Lied,
von Ankunft aber auch von Abschied,
von Freud und Leid, da unten am Strand,
ich fühl mich daheim im Ostseeland.

Ostseestille

Frost liegt in der Morgenluft,
die Sonne wird nicht wärmen.
Möwen fliegen durch die Luft,
sie schreien und sie lärmen.

Morgenrot am Himmel brennt,
es wird heute nicht klar bleiben.
Januarkälte, die man kennt,
wird heut der Schnee vertreiben.

Dann wird's weiß im Ostseeland,
im Flockenwirbel unsichtbar
liegt das Meer und liegt der Strand,
Ostseestille, wunderbar.

Der Ring

Die ›PEGASUS‹ lag in einem der größeren Yachthäfen am Fluss. Die Motoryacht gehörte Wolf und war sein liebstes Hobby. Er schrieb für eine große Wassersport-Zeitschrift und hatte bereits mehrere Bücher zum Thema Boote verfasst. Katie mochte das Schiff, sie liebte die Abende an Bord, denn sie stellten eine willkommene Abwechslung im Einerlei der öden Gartenpartys mit Wolfs Freunden dar. Sie lehnte sich an die Reling. Eine leichte Brise wehte kühl über das Wasser und ließ die Hitze des Tages vergessen. Katie fröstelte, auf ihren entblößten Armen bildete sich eine Gänsehaut. Sanft wiegten die Wellen das Schiff, ihr Plätschern am Rumpf war wie ein Wispern aus einer anderen Welt.

Larissa trat zu ihr und legte ihr eine Hand auf die Schulter.
»Alles in Ordnung mit euch?«, fragte sie unvermittelt.
Katie schaute sie irritiert an.
»Ja. Warum fragst Du?«
»Weil du nicht sehr glücklich aussiehst. Eine Braut kurz vor ihrer Hochzeit sollte fröhlicher sein. So bedrückt kenne ich dich gar nicht.«
Katie schwieg. Hatte die Freundin Recht? Stimmte etwas nicht zwischen Wolf und ihr?

»Nein«, sagte sie schließlich leise. »Es ist alles in bester Ordnung. Nur die Vorkommnisse der letzten Wochen liegen mir im Magen.«

»Was meinst du? Welche Vorkommnisse?«, bohrte die Freundin nach.

»Ach, irgendwie habe ich eine Pechsträhne. Es fing vor ein paar Wochen an, als aus unerklärlichen Gründen plötzlich der Spiegel im Schlafzimmer zersprang. Einfach so, ohne ersichtlichen Grund.«

»Pechsträhne? Na, hör mal, du wirst in ein paar Tagen den bestausehendsten und erfolgreichsten Buchautor von der Küste heiraten. Da bist du vielleicht ein wenig aufgeregt, das passiert. Und dass ein Spiegel zerbricht, kann schon mal vorkommen«, versuchte die Freundin sie zu beruhigen.

»Ja, sicher. Aber als dann eine Blumenvase umkippte und das Wasser in Wolfs PC floss, obwohl niemand in der Nähe war, fand ich es doch etwas merkwürdig. Alle Daten waren gelöscht. Oder der Morgen, als Wolf mit dem Auto zum Verlag fahren wollte und der Motor plötzlich zu brennen anfing.«

»Alles Dinge, die passieren können, Katie. Mach dich nicht verrückt.«

Katie schaute Larissa an. Es tat ihr gut, mit jemandem darüber zu sprechen.

»Warum nur habe ich dann das Gefühl, für diese Dinge verantwortlich zu sein? Für den Windzug im Haus, der Wolfs Manuskript durch die ganze Wohnung verteilte. Für das Klingeln des Telefons, das immer schweigt, wenn ich abnehme. Für das unerklärliche Fortrollen des Wagens aus der Einfahrt, obwohl ich die Handbremse angezogen hatte. Für die Fischvergiftung, die Wolf sich in der Sushi-Bar eingefangen hat. Für das Herabfallen von Gegenständen und Kleidungsstücken, wenn Wolf oder ich etwas aus dem Schrank nehmen wollen.«

»Zufall!«, hörte sie Larissa sagen. Aber die Freundin schaffte es nicht, sie zu beruhigen. Katie spürte in sich so etwas wie Panik aufsteigen. Sie schüttelte den Kopf.

»Nein, das kann ich nicht glauben. Und immer habe ich das Gefühl, irgendetwas falsch gemacht zu haben. Ich weiß, dass ich daran Mitschuld trage, obwohl ich an manchen Sachen nicht unmittelbar beteiligt bin.«

»Vorlesen! Vorlesen!«, forderten drüben in der Runde mehr und mehr Stimmen. Wolf hatte von seinem neuen Roman erzählt und dem speziellen Stil, in dem er den Text halten wollte. Damit hatte er die Neugier der anderen Autoren geweckt, die es ganz genau wissen wollten.

»Ich hatte mich auf einen geselligen Abend mit euch eingerichtet«, wehrte Wolf lachend ab, »und nicht auf eine Lesung. Sorry, Freunde.«

»Sag nicht, du hast das Manuskript nicht dabei«, tönte Markus. »Das glaubt dir eh keiner!«

»Nein, ich habe das Manuskript unten in der Kajüte«, gab Wolf zu und alle lachten.

Katie stieß sich von der Reling ab und trat zu den bereits leicht alkoholisierten Freunden.

»Ich werde es dir holen«, bot sie an, und die Runde applaudierte ihr. Wolf warf ihr einen dankbaren Blick zu.

»Das würdest du wirklich tun? Das ist lieb von dir!«

»Bin gleich zurück«, sagte sie entschuldigend zu Larissa und ging über das Deck zum Salon, von dem aus man über eine Treppe den Bereich der Yacht erreichen konnte, in dem die Kabinen lagen. Als sie die letzte Stufe erreichte, war es ihr, als wehe ihr ein kalter Hauch entgegen. Sie sah auf und ihr Blick wurde starr. Sie wollte schreien, doch ihre Stimme versagte. In dem Gang zu den Kabinen schwebte eine Handbreit über dem Boden eine Erscheinung und starrte sie an. Katie empfand Panik, obwohl sie die Gestalt erkannte. Umgeben von einem hellen leuchtenden Schein starrte Gerald, ihr verstorbener Mann, sie aus brennenden Augen an.

Katies Mund war trocken. Ein Stöhnen entrang sich ihrer Kehle.

»Gerald! Was tust du? Was willst du?«

Geralds bleiches Gesicht verzerrte sich, sein Mund formte einen lautlosen Schrei. Wütend schlug er mit der Faust gegen die Wand, hob seine Hand und streckte sie ihr fordernd entgegen. Das grelle Licht schien zu explodieren und verschwand zusammen mit Gerald. Geblendet und verängstigt sank Katie in die Knie. Erst jetzt spürte sie, dass der dicke Teppichboden nass war. Aus den Ritzen der Tür, die zum Maschinenraum führte, quoll Wasser. Trübes, kaltes Flusswasser. Katie sprang auf und hastete die Stufen hoch, noch immer unfähig ein Wort über die Lippen zu bringen. Sie rannte zu den Männern, die lachend auf dem Sonnendeck saßen. Das fröhliche Lachen verstummte, als sie Katie sahen. Ihr Gesicht drückte Entsetzen aus, die panisch geweiteten Augen, ihr verzerrter Mund sagten ihnen, dass etwas nicht in Ordnung war. Katies zitternde Hand wies nach hinten in den Salon. Die Männer sprangen auf, liefen zum Niedergang und stürmten die Stufen hinab.

Katie sank in Larissas Arme. Sie weinte und heftiges Schluchzen schüttelte ihren Körper.

»Ich habe ihn gesehen«, stieß sie hervor. »Es war Gerald!«

Sie hörten, wie unten die Männer aufgeregt durcheinander riefen. Sie hatten die Tür zum Motorraum geöffnet und ein Schwall Wasser ergoss sich über sie. Wolf entdeckte sofort, wo es sprudelnd in das Schiff eindrang. Ohne zu zögern hastete er zu der Stelle und fand den Schlauch der Kühlwasserzuleitung. Er war vom Borddurchlass gerutscht, und das Wasser schoss in einem dicken Strahl aus dem Ventil. Hastig drehte er es zu und der Wassereinbruch stoppte sofort.

»Wie kann so etwas passieren?«, fragte Markus und betätigte den Schalter, der tief im Bauch des Schiffes die Lenzpumpen in Gang setzte. Augenblicklich begann der Wasserspiegel im Raum zu sinken. Wolf bückte sich und tastete in der trüben Brühe umher. Als er sich erhob hielt er die Schelle, die den Schlauch auf dem Ventilstutzen sichern sollte, in der Hand. Sie wirkte wie aufgesprengt und war vollkommen zerfetzt.

»Langsam reicht es mir«, schimpfte er. »Irgendwann muss diese verflixte Pechsträhne doch auch wieder aufhören.«

»Wenn du mich fragst, nach Pech sieht das nicht aus«, brummte Heiner und besah sich das Metallstück, das einmal eine Sicherungsschelle war, nachdenklich. »Hier waren gewaltige Kräfte am Werk. Und ich weiß beim besten Willen nicht, was die hier im Maschinenraum ausgelöst haben soll.« Er folgte den anderen, die bereits wieder auf dem Weg an Deck waren.

Larissa hatte Katie inzwischen beruhigt und legte ihr eine Decke um die Schultern. Die Kälte des Schreckens wich nur langsam aus ihr.

»Gut, dass Katie nach unten ging um das Manuskript zu holen. Der Dampfer wäre uns unterm Hintern abgesoffen«, meinte Markus. Larissa drückte jedem ein Glas Brandy in die Hand, und als die Männer sie erstaunt ansahen, meinte sie: »Ihr werdet ihn brauchen, denn Katie hat da unten mehr gefunden als einströmendes Wasser. Los, erzähl es ihnen!«

Stockend berichtete Katie über ihr Erlebnis am Fuße des Niedergangs.

»Ich habe das Gefühl, dass Gerald hinter unserer Pechsträhne und den ganzen unerklärlichen Geschehnissen steckt. Und ich glaube, es hängt mit mir zusammen. Ich fürchte, dass er nicht will, dass wir heiraten, Wolf«, schloss sie ihren Bericht. Sie schaute ängstlich zu Wolf.

»Gerald ist tot, daran gibt es keinen Zweifel. Also haben wir es hier mit seinem Geist zu tun. Ein Widergänger, irgendetwas lässt ihn nicht zur Ruhe kommen. Ich kenne da einen Schamanen, der sich mit so etwas befasst. Wir werden ihn fragen«, meinte Wolf bestimmt. Seine Entschlossenheit wirkte beruhigend auf Katie. In seinen Armen fühlte sie sich sicher.

»Es ist bestimmt kein schöner Anblick nach so langer Zeit«, meinte der Mann in dem weiten Umhang, als die Friedhofsarbeiter den Sarg aus dem Grab gehoben hatten und sich anschickten, den Deckel abzuheben. Zusammen mit dem Gemeindepastor hatte er durchgesetzt, dass Geralds Grab geöffnet wurde. Er hoffte, im Sarg einen Hinweis zu finden, warum der Geist des Verstorbenen nicht aufsteigen konnte.

Katie wandte sich ab. Sie wagte es nicht, in den Sarg zu schauen, dessen Deckel eben angehoben wurde. Sie hörte den erstaunten Laut, den die umstehenden Männer von sich gaben, als sie den Leichnam sahen. Längst hätte die Verwesung einsetzen und der Körper in Zerfall übergehen müssen. Doch nichts dergleichen fanden sie vor. Gerald lag im Sarg, als wäre er gestern beerdigt worden. Jetzt beugte sich auch Katie über den Körper. Der Schock traf sie vollkommen unvorbereitet und sie prallte entsetzt zurück.

»Gerald!«, stöhnte sie gequält auf. Vor ihr im Sarg lag ihr verstorbener Mann, doch seine Augen waren nicht geschlossen. Sie schienen Katie anzusehen, aber ihr Blick war leer und leblos. Das konnte nicht sein! Sein Tod war schon fast drei Jahre her! Wie konnte seine Leiche jetzt, hier, nahezu unversehrt im Sarg liegen?

»Ich habe es mir gedacht«, sagte der Schamane befriedigt und deutete auf Geralds rechte Hand. Aus irgendeinem Grund war sein Arm vom Körper herabgerutscht und sein

Unterarm und die Hand wiesen senkrecht aus dem Sarg nach oben. »Haben sie ihm damals allen Schmuck abnehmen lassen? Wo ist sein Ehering? Er trägt ihn nicht am Finger«, wollte der Schamane wissen.

Katie stöhnte laut auf. Tatsächlich hatte das Beerdigungsinstitut allen Schmuck an sie zurückgegeben. Und sie trug Geralds Ring seither an ihrer Halskette. Wolf hatte nie etwas dagegen gesagt, und so trug sie ihn auch heute.

»Geben Sie ihm, was er verlangt. Er hat ein Recht darauf. Es ist ein Zeichen seines christlichen Anspruchs auf seine Ehefrau«, forderte der Mann in dem dunklen Umhang sie auf und der Pfarrer neben ihm nickte. Katie öffnete die Kette, nahm den Ehering und steckte ihn Gerald auf den Finger. Sie sah die erschreckende Veränderung an dem Leichnam, die augenblicklich eintrat und schreckte zurück. Geralds Gesichtszüge veränderten sich, die Haut wurde runzelig und spröde. Das Fleisch wurde moderig und löste sich von den Knochen. Sein ausgestreckter Arm fiel haltlos zurück in den Sarg. Vor den Augen der Anwesenden verfiel sein Körper, begleitet von einem langen, stöhnenden Laut zu einer übel riechenden Masse toten Fleisches.

Katies Kräfte waren am Ende. Wolf legte seine Arme um sie und hielt sie.

»Es ist vorbei, Katie. Er ist gegangen und wird nie wieder zurückkehren«, sagte er. Seine feste Stimme löste in ihr eine unendliche Erleichterung aus. Der Schamane trat zu ihnen und legte seine Hände auf ihre Schultern.

»Jetzt wird er Ihre Ehe akzeptieren. Sie können getrost heiraten. Nichts wird mehr geschehen«, fügte er hinzu.

Erst wenn es Eier regnet ...

Der Winter war lang und trübe gewesen und die Zeit drängte. Erst seit wenigen Tagen waren die Temperaturen so erträglich, dass man daran denken konnte, die großen Hallentore zu öffnen, um der lauen Frühlingsluft den Zutritt in die noch ungemütliche winterkalte Bootshalle zu gewähren. Hier lagerten sie, die Segel- und Motorboote, mit denen die Vereinsfreunde in den Sommermonaten auf kleine und große Reisen zu gehen pflegten. Emsiges Treiben und hektische Betriebsamkeit ließen die Luft vibrieren, es wurde gesägt, gewerkelt und geschraubt, dass man seine helle Freude haben konnte. Die Skipper hatten alle Hände voll damit zu tun, ihre Boote wieder seeklar zu machen. Ging es doch darum, sie nicht nur wieder schmuck aussehen zu lassen, sondern auch die Sicherheit für die Mannschaft zu gewährleisten. Und an allen Ecken und Enden gab es etwas zu verbessern. Hier war es ein Regal in der Kombüse, aus dem ständig die Tassen purzelten, und das man nun trickreich so verändert hatte, dass es seinen zerbrechlichen Inhalt bei sich behielt. Dort galt es, die Seereling zu erhöhen, weil der Hersteller denn doch am Material gespart hatte und das viel zu niedrige Geländer einem bei Wind und Wellen keinen vernünftigen Halt bot. Oder man hatte eingesehen, dass es mit zunehmendem Alter des Vorschoters, meist ja der Vorschoterin, doch eine gehörige Plackerei war, die Fock oder Genua auf dem schwankenden Vordeck zu setzen oder zu bergen. Also musste eine Rollfock her, die – zugegeben – nicht sehr sportlich wirkte, dafür aber den Verbleib der Mannschaft auf dem Segler garantierte. Was es auch war, es gab genug zu tun.

Auch Kuddel hatte in den letzten Tagen schon tüchtig in die Hände gespuckt und war jetzt so weit, dass es nur noch darum ging, seinem schmucken Segler den letzten Schliff zu verpassen. Oberhalb der Wasserlinie war der Schiffsrumpf bereits spiegelblank poliert, und die Vereinskameraden hatten den fleißigen Segler schon lachend ermahnt, bloß nicht so viel zu polieren.

»Warum das denn nich?«, wollte Kuddel erstaunt wissen und hatte Heini überrascht angesehen. Der alte Fuchs hatte doch wieder irgendwas vor. Wenn er mit so einem listigen Gesicht seine guten Ratschläge verteilte, kam meistens noch was nach. Da konnte man sicher sein.

»Als alter erfahrener Segler solltest du das doch selbst wissen«, hatte der kleine und schmächtige Mann gemeint und Kuddel, der ihn gut und gern um eine Haupteslänge überragte, gönnerhaft auf die Schulter geklopft. »Die Bootsrümpfe sind heute auch nicht mehr, was sie früher mal waren, und wenn du mit so viel Schmackes polierst, wird er immer dünner und dünner und eines Tages bricht er dir mitten auf der Ostsee auseinander!«

Aha! Wollte ihn sein alter Kumpel also tatsächlich wieder veräppeln. In Kuddel fing es an zu grummeln.

»Oooch, Heini! Aus deinen Worten spricht doch der blanke Neid! Du hättest wohl auch ganz gern mal den schönsten Segler am Steg, aber solange ich auch nur einen Finger rühren kann, bleibt meiner das Schmuckstück im Verein!«, hatte Kuddel mit stolzer Stimme geantwortet und sich den Schweiß von der Stirn gewischt. Heini hatte sich daraufhin wortlos umgedreht und war zwischen den anderen aufgepallten Rümpfen verschwunden. Von irgendwo aus den Tiefen der Bootshalle hatte man noch eine ganze Weile sein undeutliches Gebrumme gehört, mit dem er seine Verärgerung über den gründlich danebengegangenen Versuch, seinen Freund zu ärgern, kund tat.

Kuddel hingegen hatte sich wieder seinem ›Schmuckstück‹ zugewandt. Er legte großen Wert darauf, dass sein Segler nicht nur über Wasser etwas hermachte. Jede Sprotte sollte auch das Unterwasserschiff bewundern. Kuddel hasste es, wenn sich an dem makellosen Rumpf im Laufe der Saison ein Algenbart bildete und war wildentschlossen, alles zu tun, damit das nicht passierte. Jetzt war er dabei, den Unterwasserteil des Bootsrumpfes mit neuer schwarzer Schutzfarbe zu bemalen. Keine leichte Aufgabe, und Kuddel mühte sich redlich im Schweiße seines Angesichts.

»Naaa? Machst du wieder Schwarzarbeit, Kuddel?«, ulkten die Vereinsfreunde, denen diese Arbeit allerdings auch noch bevorstand. »He, Kuddel! Kannst ja gleich die Ostereier für deine Enkel mit anmalen! Falls es zu Ostern doch noch mal schneit, findest du sie wenigstens alle wieder! Hahaha!«

Oha, da war das Stichwort gefallen: Ostern! Der ganze Verein wusste, dass Kuddel mit dem Osterhasen auf

Kriegsfuß stand. Mochte es ja vielleicht noch angehen, dass vor Urzeiten der Herr Jesus von den Toten auferstanden war, wer wollte das schon nach so langer Zeit genau wissen, aber dieser Blödsinn mit dem eierlegenden Osterhasen war zu viel des Guten.

»Karies! Ich sage euch, das ist alles von den Zahnärzten gesteuert. Die wollen doch bloß, dass Karius und Baktus wieder fröhliche Urstände feiern, damit sie sich dumm und dämlich verdienen können«, schimpfte er auch prompt los.

»Das muss ausgerechnet einer sagen, der sein Esszimmer zur Überholung morgens beim Zahnarzt abgibt und mittags wieder abholt«, ereiferte sich Eicke Lüers, der in luftiger Höhe auf dem Vordeck seines Bootes stand und am Vorstag bastelte. »Sag mal, Kuddel, gönnst du denn deinen Enkeln gar nichts? Nicht mal die Vorstellung, dass ein niedliches kleines Häschen zu Ostern durch den Garten hoppelt und …«

»… und Karies verteilt? Ne, Eicke, das gönne ich meinen Enkelkindern wirklich nicht! Ich weiß, wie schmerzhaft Zahnweh sein kann. Habe ich euch eigentlich schon mal die Geschichte erzählt, wie wir damals in der Biscaya lagen und Sturm aufzog? Und ich mit der dicken Backe und Zahnschmerzen …«

»Jaaaa!«, brüllte es vielstimmig aus allen Ecken der großen Halle. »Die Geschichte erzählst du jedes Jahr zu Ostern. Bald können wir sie singen!«

Kuddel wandte sich beleidigt wieder seiner Malarbeit zu. Pah, sollten doch diese Ignoranten in ihrem sentimentalen Wahn an den Osterhasen glauben. Er war ein weltoffener Mann mit langer Erfahrung und was er wusste, das wusste er. Es hatte nie einen Osterhasen gegeben und es würde nie einen geben. Und um ihn von diesem Wissen abzubringen, müsste es zu Ostern schon Eier regnen.

»Habt ihr gehört? Eier regnen!!! Vorher glaube ich nicht an den Osterhasen! Und wenn das passieren sollte, verkleide ich mich als Osterhase und bringe jedem von euch persönlich ein Ei!«, brüllte er wütend über die Schulter und ärgerte sich noch mehr, als ihm das laute Gelächter der Vereinsfreunde antwortete. Von da an sagte er gar nichts mehr und pinselte verbissen vor sich hin.

Und dann war endlich der Tag da, den alle Skipper jedes Jahr herbeisehnen. Die großen Tore der Bootshalle waren weit geöffnet und der alte Trecker düste emsig zwischen Slipanlage und Halle hin und her. Mal hatte er einen leeren Wintertrailer am Haken, der erst mal auf dem Hof abgestellt wurde, mal manövrierte der Fahrer geschickt und mit viel Gefühl eines der großen Boote vorsichtig aus seiner Lücke, um es über die Deichstraße bis zur Bootsslippe zu ziehen. Die Boote gingen zu Wasser und wurden zum Steg verholt. Man half sich gegenseitig bei den Manövern und auf dem Steg herrschte ein Gewusel von Skippern, Mannschaften und Leuten, die das alles ganz spannend fanden.

Spannend fand das auch die Möwe, die das rege Treiben von hoch oben bestaunte. Was ging da bloß vor sich? Vor wenigen Tagen war hier noch nichts los gewesen, und der hohe Dalben, auf dem sie saß, war ihr als der ideale Nistplatz erschienen. Und jetzt war da unten ein Getöse und Gelärme wie auf einem Jahrmarkt. Hätte sie nicht schon zwei Eier gelegt, sie wäre stante pede wieder ausgezogen. Mit so vielen lärmenden Nachbarn wollte sie eigentlich nichts zu tun haben. Was machten die denn da unten bloß?

Neugierig lupfte sie den Steert an um besser über die Kante des Dalbens nach unten spähen zu können. Direkt unter ihr lehnte Kuddel lässig an dem Stahlpfosten und verteilte gerade seine guten Ratschläge nach allen Seiten. Die Vereinskameraden waren natürlich sehr froh darüber, dass ein erfahrener Segler allen mit Rat und Tat zur Seite stand. Es gab immerhin einige, die mit ihren zwanzig Jahren Segelkenntnissen bei weitem nicht an die vierzigjährige Erfahrung des Oldies herankamen und daher noch unsicher waren. Die freuten sich dann ganz besonders über Kuddels hilfreiche Worte.

»Also, habe ich euch schon erzählt, wie wir damals in Panama durch den Kanal wollten und der Smutje an Deck kam und …«

»Jaaaaa, Kuddel!«, brüllte es Steg auf und ab. »Hast du auch schon erzählt!«

Panama? Der Kerl da unten war in Panama? Von Panama hatte die Möwe auf dem Dalben über ihm schon mal gehört, das musste weit weg sein. Eine zugereiste Seemöwe hatte ihr mal davon erzählt, wie schön warm es da war und dass man da das ganze Jahr über brüten konnte. Es musste ein Paradies sein. Sie machte einen langen Hals um sich den Typen da unten besser anschauen zu können, und merkte nicht, wie die kleinen gefleckten Dinger unter ihr zu rollen anfingen und ihr Nachwuchs in Spe sich selbständig machte. An beiden Seiten kollerten die Eier an ihr vorbei, und das erste trudelte über die Kante des Dalbens.

Es klatschte, als es zielgenau auf Kuddels Kopf landete. Der gelbe Eierbrei lief Kuddel übers Gesicht, welches einen fassungslosen Ausdruck annahm. Kuddel breitete die Arme aus als wolle er prüfen, ob es regnete. Da erreichte ihn auch das zweite Ei. Ebenso zielsicher knallte es auf Kuddels Haupt und ergoss seinen Inhalt in seinen Hemdkragen.

Urplötzlich war es still auf dem Steg. Alle sahen Kuddel an, schauten dann fassungslos nach oben und fragten sich genau wie der bekleckerte Skipper, wo das wohl hergekommen sein mochte.

»Kuddel!«, gluckste der Erste Vorsitzende, der direkt neben ihm stand. »Ich glaub, es regnet Eier!«

Und dann brach auf dem Steg ein wahrer Tumult aus. Alle lachten über Kuddels dösiges Gesicht, von dem das Eigelb tropfte und schlugen sich vor Schadenfreude auf die Schenkel. Heini trat an den immer noch verdutzten Vereinsfreund heran und steckte ihm ein Stück Papier zu.

»Was'n das?«, wollte Kuddel wissen und schielte um das Eigelb herum auf den Zettel.

»Ooooch, nichts weiter! Man bloß die Adresse vom Kostümverleih! Kuddel, habe ich dir eigentlich schon gesagt, dass ich mich noch nie so auf Ostern gefreut habe, wie in diesem Jahr?«

Nachtangeln – wie öde

Es war einer jener ungemütlich kalten und dunklen Abende im Spätwinter. Ich saß mit einem alten Klassenkameraden beim Griechen, und wir quatschten über die ›guten, alten Zeiten‹. Um uns herum herrschte das Gemurmel von sich unterhaltenden Paaren, ein paar Tische weiter ging es schon lebhafter her. Eine kleine Damenrunde erzählte sich gegenseitig fröhlich Witze, die man sonst nur hinter vorgehaltener Hand von sich geben würde. Jede Pointe wurde mit lautem Gelächter quittiert. Plötzlich schien meinem Schulfreund etwas einzufallen.

»Sag mal, du bist doch früher immer angeln gegangen. Machst du das eigentlich immer noch?«, wollte er wissen.

»Klar, und seit wir damals nie nahe genug an die Fische herankommen konnten, haben wir es sogar von allerlei schwimmenden Untersätzen aus probiert. Darüber bin ich sogar noch zu einem Motorboot gekommen«, erklärte ich. Ralph nahm einen Schluck Bier, sah mich offen an und meinte: »Angeln ist doch soooo langweilig, und in einem kleinen Boot zu hocken und auf seine Angelrute zu starren, ist doch nun der ödeste Vorgang überhaupt.«

Öde? Der Mann hatte keine Ahnung. Der hätte mal mit mir nachts unterwegs sein müssen, wenn andere Leute sich in ihrem warmen, sicheren Bett räkeln, und zwischen sich und der Welt da draußen eine feste Tür haben, die sie hinter sich abschließen können.

»Pass mal auf: Ich entnehme Deinen Worten, dass du noch nie eine Nacht in einem Boot verbracht hast. Wenn ich da an die vielen Nächte denke, in denen meine Freunde und ich auf den Nebenarmen der Weser unterwegs auf Aalfang waren…! Zur Schwärze des Himmels kam die unheimlich gurgelnde Schwärze des Wassers, geheimnisvoll, bedrohlich…!«

Ich hatte wohl meine Stimme ein wenig erhoben, um meinen Worten den nötigen Nachdruck zu verleihen. Es wurde merklich ruhiger um uns herum, Köpfe drehten sich in unsere Richtung, was meinen Redefluss allerdings in keiner Weise beeinträchtigte.

»Alles, was außerhalb des kleinen Lichtkreises unserer Petroleumlampe war«, fuhr ich fort, »ließ sich nur ahnen. Schaltete man die Taschenlampe ein, so funkelten einen tausend Augen aus der Dunkelheit an, und du wusstest nicht, ob sie zu einem Fleischfresser oder friedlichen Lebewesen gehörten. Merkwürdige Dinge geschahen unter dem Boot, und du wusstest, dass dieser Fluss ins Meer mündet. Wer gibt dir die Sicherheit, dass es hier keine Haie gibt? Woher wolltest du wissen, ob nicht gerade ein Riesenkalmar auf Futtersuche ist? Leises Klopfen entlang des Rumpfes, merkwürdige Schleifgeräusche, und genau vor dir taucht ein riesiges Büschel Gras oder Schilf auf. Du nimmst deine Rute auf, weil es nicht in deiner Schnur hängen bleiben soll, da siehst du in dem fahlen Licht der Lampe einen Stiefel verkehrt herum in dem schwimmenden Gras stecken. Und eigentlich möchtest du nicht wissen, ob da noch etwas unter dem Gras und in dem Stiefel steckt…!«

Ich merkte nicht, dass es in dem Gastraum still geworden war. Alle Gespräche waren verstummt, einige Gesichter waren blass geworden. Der Kellner stand mit dampfenden Gerichten auf den Tellern inmitten der Tische und vergaß, die Menüs zu servieren. Nichts davon konnte mich stoppen. Der Vorwurf der Langweiligkeit meines Hobbys musste widerlegt werden, konnte so nicht im Raume stehenbleiben.

»Oder du möchtest den Anker lichten«, erzählte ich weiter, »und ziehst und ziehst, aber etwas hält dich fest. Selbst der zäheste Schlick kann dich nicht so halten, und du zerrst an der Leine, und vor dir taucht etwas Riesiges, Dunkles aus dem Wasser, und es ist an deiner Ankerleine. Du schreist! Du schüttelst dich! Du lässt die Leine los, und das Furchtbare versinkt gurgelnd in der Tiefe. Erst nach einer halben Ewigkeit traust du dich erneut, die Leine ins Boot zu ziehen, weil du nur noch weg willst. Der Anker folgt willig und ohne zu haken …

Ich erinnere mich an eine Nacht, die wir auf unserem Boot am heimatlichen Steg verbrachten. Ich wurde wach, weil etwas rhythmisch von unten gegen das Boot schlug. Mit einer starken Lampe leuchtete ich die Umgebung des Bootes ab, da ich annahm, es sei ein Baum oder ein Stück Holz, das sich unter Steg und Boot verfangen hatte. Mit dem Bootshaken versuchte ich unter dem Schiff zu ertasten, was da so klopfte. Ich fand … nichts! Ich legte mich bäuchlings auf den Steg und leuchtete in das düstere Wasser. Ich schaute direkt in zwei Augen …, sie sahen mich an, kalt, tot, unwirklich! Sie konnten einem Reh oder Schaf, einer Kuh oder was auch immer gehören, und bevor ich mich entschließen konnte, das tote ›Was auch immer‹ mit einem Strick zu sichern, verschwand es in der Tiefe und das Klopfen hörte auf.«

Der Kellner brachte die Teller mit den Speisen zurück in die Küche, da sie mittlerweile aufgehört hatten zu dampfen. Einige der Gäste griffen zu ihren Gläsern, kippten Ouzo, Bier und Wein in einem Zug herunter, da sie offensichtlich trockene Kehlen bekommen hatten. Ich aber holte tief Luft, denn einen hatte ich noch.

»Ein brennendes Boot trieb eines Nachts mit der Flut den Fluss herauf, trieb quer vor unseren Steg und setzte zwei Boote und den Ponton in Brand. Eimerweise kippten wir Flusswasser über die Schiffe, und konnten so die Boote retten. Der Steg wurde beschädigt, die brennende Yacht brannte völlig aus. Als man sie bergen wollte, fand man achtern an der Reling eine Leine, die in den Fluss hing. Daran, im Wasser treibend, hing der Skipper, der sein Boot angezündet und sich selbst erschossen hatte.

Ich könnte dir noch ein paar von diesen ›öden‹ Langweilergeschichten erzählen, aber natürlich hast du recht: Wann passiert einem das schon mal?«

Im Gastraum herrschte Stille. Einige Gäste atmeten pfeifend aus, da sie vor Aufregung die Luft angehalten hatten. Die Augen meines Gegenübers waren groß geworden. Mit starrem Blick sahen sie mich an. Sein Mund war weit geöffnet, die Härchen an seinen Armen hatten sich aufgestellt und auch sein Kopfhaar schien fülliger geworden zu sein. Lag es daran, dass ihm die Haare zu Berge standen? Er schluckte trocken, setzte sein Glas Bier an die Lippen und trank es in einem Zug aus. Dann wanderte sein Blick zum Fenster und hinaus in die Dunkelheit.

»Ich glaube, ich fahre mit dem Taxi nach Hause«, murmelte er.

Die Wundertüte

»Britzel!«, machte die Sicherung und schmolz dahin.
Verflixte Tat! Das war jetzt schon die dritte Sicherung, die ihren Geist aufgab. Das war doch gar nicht möglich! Warum wollte die dösige Pumpe nicht das tun, was der Hersteller und ich von ihr erwarteten? Schließlich waren wir zu zweit und die Pumpe ganz allein. Somit schienen die Machtverhältnisse geklärt, doch dieses angebliche, technische Wunderwerk hatte sich entschieden, einen Partisanenkrieg gegen uns zu führen.
Ich schaute auf die Uhr! Oh, Himmel! Zu Hause saßen Frau und Kind und warteten mit dem Essen, denn ich hatte heute früh, als ich das Haus verließ, unvorsichtigerweise versprochen, zum Essen zurück zu sein. Ich hatte in den letzten Tagen auf dem Schiff den Waschraum umgebaut, denn im Atomzeitalter das Wasser per Fußpumpe aus dem Hahn zu drücken, erschien mir nicht ganz zeitgemäß. Auch nahm das Waschbecken viel zu viel Platz ein und rühren konnte man sich in dem engen Loch sowieso kaum. Also raus damit und ein neues Becken sauber in die Ecke gesetzt. So war das schon eher nix!
Einen elektrischen Wasserhahn sollte das Ding auch noch bekommen …, nein, natürlich sollte kein Strom aus dem Hahn kommen, sondern Wasser! Aber der Hahn würde einen Schalter haben, der beim Aufdrehen eine

elektrische Pumpe in Gang setzen sollte, die nun ihrerseits wiederum die Aufgabe hatte, für reichlich sprudelndes Nass zu sorgen. War es schon nicht leicht, das nur zu erklären, so war es noch eine Kleinigkeit schwieriger, es zu bauen.

Heute wollte ich ja nur die paar lächerlichen Drähte anschließen und eigentlich hätte es jetzt funktionieren sollen. Tat es aber nicht! Ich feuerte den Schraubenzieher in die Ecke und begann, meine Knochen zu sortieren. Wer schon mal in einem Schiff etwas eingebaut hat, weiß, wovon ich rede. Der kennt diese Verrenkungen und Verdrehungen, die man nicht beschreiben kann, und weiß auch, dass man, nur alleine um wieder aufzustehen, artistische Höchstleistungen vollbringen muss. Wer nicht gerade im Zirkus als Schlangenmensch auftreten kann – und wer kann das schon? – ist hier hart gefordert.

»Du hättest doch nur mal eben zum Telefon zu gehen brauchen!«, ist der Standardvorwurf aller Skipperfrauen. Na klar, ganz einfach! Nur mal eben zum Telefon, es hängt ja am anderen Ende der Halle, gut zu erreichen, nicht zu hoch, nicht zu niedrig. Nur, wer kopfüber im Batteriefach hängt, das eine Bein im Kühlschrank, das andere locker lässig und geschickt in die Speichen des Steuerrades verwoben, eine Hand zum Abstützen in der leeren Kloschüssel, in der anderen das benötigte Werkzeug, Messer, Zange, Prüflampe, Schraubenzieher, Lötkolben und so weiter, mit der dritten Hand die Bierflasche auffangend, die gerade von der Spüle kippt, der hat ganz andere Sorgen, als zum Telefon zu gehen.

Ich tat es dennoch! Und ließ den ganzen Frust meines Smutjes wegen des am Herd verbrachten vormittags und der Mühe um das liebevoll zubereitete Essen über mich ergehen. Sie hatte ja Recht. Aber ich hatte hier ein Problem und das musste gelöst werden. Das Essen hatte Zeit. Es gab ja auch Mikrowellen, in denen man so ein Menü schnell mal eben wieder warm bekam.

»Ja, ja! Fünf oder sechs Uhr, denke ich! Ja, heute ist Sonntag! Ich weiß. Aber bin ich Rentner, dass ich die ganze Woche Tag für Tag hier in der Halle am Schiff basteln kann? Nein! Die Bande muss ich von Montag bis Freitag auch noch ernähren. Und so kann ich mich eben nur am Wochenende um m e i n Schiff kümmern!« Wütend knallte ich den Hörer auf.

Schon gestern hatte mich einer der Vereinsfreunde genervt, als er mir jovial auf die Schulter geklopft hatte: »Na, auch mal da? Dich sieht man ja die ganze Woche nicht! Hast du nichts an deinem Schiff zu tun?«

Nur die Tatsache, dass unser Verein überaltert war und sowieso schon von Nachwuchssorgen geplagt wurde, hatte mich von einem Mord zurückgehalten. Ein freier Platz im Verein war im Moment schlecht neu zu besetzen.

Also, wieder hoch die Leiter! Rein ins Boot und ran ans Vergnügen. Ist ja Hobby, macht ja keine Arbeit und ist sooo entspannend. Wo war der blöde Fehler? Was waren das hier überhaupt für Kabel? Quer durch die Bank waren alle Farben vertreten, keine der Strippen war jedoch beschriftet und so fing das Rätselraten an. Manche Kabel fingen irgendwo an oder hörten mitten im Nichts auf. Wahnsinn!

So, nun war ich richtig in Brass. Jetzt würde ich hier erst mal Tabula rasa machen, dieses Chaos musste ein anderes werden. Ich begann hinten im Schiff und verfolgte die einzelnen Strippen bis hin zur Verteilung. Alles, was übrig blieb oder sinnlos in der Gegend herumlag, flog gnadenlos raus. Langsam bekam ich da unten Luft und Übersicht. Aber im Bereich des Steuerstandes sah es böse aus, alles war verdeckt durch Verkleidungen, Schotten, Schapps und Schränke und der Tag war vorbei. Also, ab nach Hause und Bericht erstattet. Mein treues Weib hatte Verständnis dafür, dass ich das nächste Wochenende für diese Arbeiten reservierte.

Und dann legte ich los! Alles wurde ausgebaut, was mir den Einblick in die tiefsten Tiefen meines Bootes verwehrte. Nachdem ich mir Zugang zu allen Schächten und doppelten Böden verschafft hatte, fing ich an, auch dort auszumisten.

Der Dampfer war die reinste Wundertüte. Alles in allem fand ich etwa drei Kilometer überflüssiges Kabel, drei Kämme, einen Teller, ein versteinertes Brötchen, exakt zwei Mark fünfunddreißig in kleinen und kleinsten Münzeinheiten, vier alte Lottoscheine, eine Socke, einen Badeschuh, zwei zerschlissene Schwimmflossen, eine Taucherbrille ohne Glas und eine ›Vergebruchwising für mach Solar der Dusch‹.

Ich ahnte, dass ich mit der Menge Kupfer, die ich aus dem Schiff geholt hatte, die Preise für dieses Edelmetall an der Börse zum Absturz bringen konnte. Darum ließ ich erst einmal alles unter dem Boot liegen.

Oh, Freude! Meine Kabel lebten noch! Obwohl ich noch nie etwas vom Liebesleben der Stromkabel gehört hatte, brachten es die Strippen fertig, sich auf wundersame Weise zu vermehren. Als ich am nächsten Wochenende in die Halle kam, war aus meinem Häuflein Draht eine halbe Wagenladung geworden. Himmel, das war ja schlimmer, als bei den Karnickeln. Na gut, sollten sie noch etwas ihren Spaß haben. Ich ließ wiederum alles unter dem Boot liegen.

Erwartungsvoll fuhr ich am darauf folgenden Samstag wieder hin und betrat die Halle. Toll! Wahnsinn! Wie hatten die Kabel das nur gemacht? Der Schrottberg war wieder gewachsen! Ein rostiger Anker, zwei Pfannen, drei löcherige Wasserkessel, ein alter Kocher und ein Blechkanister hatten sich auf wundersame Weise dazu gesellt. Ich konnte mir nicht vorstellen, dass jemand ernsthaft erwartete, dass ich den ganzen Schrott abfahren würde. Also ließ ich ihn liegen.

Mit bösen Vorahnungen betrat ich die Halle und … – genau! Eine alte Sackkarre ohne Räder, vier Radfelgen, ein kaputter Kompressor, eine zersägte Aluminiumleiter mit gebrochenen Sprossen, ein 50-Pfund-Amboss, Überreste von Schaufeln und Spaten, zwei Rollen Maschendraht und der geplatzte Motorblock eines kleineren Schiffsdiesels. Die zehn Bleibatterien allerdings waren sauber neben dem Haufen aufgestapelt.

»Hör mal, willst du aus deinem Dampfer 'nen Gleiter machen?«, frotzelte einer der Vereinskameraden. »So wie du die Kiste ausgeschlachtet hast, kann sie ja wohl kaum noch Tiefgang haben. Wann willst du denn überhaupt mal 'nen Schrottcontainer bestellen? Ich hätte da nämlich noch eine alte Spüle, die auch mit weg kann. Hättest du etwas dagegen, wenn ich …?«

Macht doch alle, was ihr wollt! Gebrochen wankte ich aus der Halle und ließ mich bis zum Frühjahr nicht mehr blicken. Irgendwann erzählte mir jemand, dass der Schrotthändler, den man beauftragt hatte, einen Haufen Altmetall abzuholen, unter einem riesigen Berg rostigen Schrottes ein noch völlig intaktes Schiff gefunden hatte. Wer, frage ich Sie, wirft denn so etwas weg?

Der Pirat von Sønderborg

»God dag, Sønderborg! Jeg er her, hvem ogso?«
Genau, wir waren hier, wer noch? Wenn man in einem so großen Sportboothafen wie dem von Sonderburg ankommt, ist es nicht auszuschließen, dass man Bekannte trifft. Darum ist ein Rundgang über die Stege des weitläufigen Jachthafens schon beinahe Pflicht. Man stelle sich nur einmal vor, dass man in dem ganzen dichten Gedränge der Masten den Vereinspräsi oder sonst einen hohen Würdenträger des Clubs übersieht. Aus dem »Tut mir leid, habe dich nicht gesehen!« können Verwicklungen von ungeheurer Tragweite entstehen.

Es könnte sein, dass ...

... einem unterstellt wird, man stehe kurz vorm Verlust des Augenlichtes, was den sofortigen Entzug des Führerscheines nach sich zieht.

... der Übersehene mit Unverständnis reagiert: »Jetzt fahre ich schon einen 37-Fuß-Segler, und falle trotzdem nicht auf. Was soll ich denn noch tun? Ihn feuerrot lackieren?«

... man zu Hause folgendes Gespräch mitbekommt: »Stell dir vor, wen ich noch in Sonderburg getroffen habe: Claus mit seiner DODI! Er hat mich aber nicht gesehen!« – worauf hin der andere freundlich erwidert: »Weiß ich, hat er mir erzählt!«

… der Übersehene sich fragt: »Was habe ich auf dem letzten Ansegelfest bloß Verkehrtes gesagt, dass er mit mir in der Öffentlichkeit nichts zu tun haben will?«

So schlenderten wir über die zahllosen Stege des Jachthafens und genossen den Sonnenschein. So scharf wir auch Ausschau hielten, es war niemand da, den wir hätten kennen müssen. Vor uns lag der letzte Steg, den wir noch besichtigen mussten, und wir stellten verwundert fest, dass der letzte Teil des hölzernen Bauwerkes abgesperrt war. Beim näher herangehen sahen wir, dass an den hölzernen Teilen Brandspuren zu sehen waren.

»Hoppla! Was ist denn hier passiert?«, fragte ich mehr mich selbst und war überrascht, als ein Däne von seinem Boot auf den Steg sprang.

»Oh, dasss war eine gansss bekloppte Mand ausss Deutsssland! De kam von Bremen un hatte an ssseine Lampenmast die Jolly Roger wehen. Un de Mand hatte eine Sssäbel um un eine ssswarze Ding über das Auge. Kennt ihr den Mand vielleicht?«

Meine blitzgescheite Gattin schaltete sofort, und wir schüttelten wie auf Kommando beide die Köpfe. Eigentlich war es nicht unsere Art, nun sagen wir mal zu flunkern, aber noch sahen wir nur den angekohlten Steg und wussten nicht, was wirklich geschehen war. Also nahmen wir erst einmal ein wenig Abstand zu dem ollen Piratenkapitäns-Urenkel Kalli Flint, der uns sehr wohl bekannt war.

»Aber ihr ssseid von die gleiche Stadt, da müsst ihr doch den kennen!«, meinte der dänische Skipper ein wenig skeptisch. Ich beeilte mich, ihm zu erklären, dass Bremen eine Großstadt sei, die sich über viele Kilometer am Fluss entlang ziehe und mehrere Jachthäfen von der Größe Sonderburgs hat. Da konnte man nicht jeden kennen. Aber neugierig waren wir schon. Natürlich wollten wir jetzt ganz genau wissen, was denn da passiert war.

Kalli war mit seiner LUIGI vor etwa einer Woche in Sonderburg eingelaufen. Langsam tourte er durch das Hafenbecken auf der Suche nach einem freien Platz. Heute war mal wieder alles unterwegs, was schwimmen konnte, stellte er fest und fluchte leise vor sich hin. Alle Plätze waren belegt, und die wenigen, die frei waren, zeigten mit dem kleinen roten Schildchen an, dass ihr Besitzer noch heute wiederkommen würde. Da, am letzten Steg war noch etwas frei. Kalli zeigte Gina, wohin sie mussten und sein weiblicher Steuermann gab kurz und gefühlvoll Gas. Der Piraten-Bottich rauschte durch das Hafenwasser. Schnell war er, erheblich schneller als der Däne, der noch bäuchlings auf dem Steg lag um das Belegschildchen von Grün auf Rot zu drehen, als Kallis Bug vor ihm auftauchte. Kalli stand wie ein Berg in voller Piratenmontur auf dem Vorschiff, während seine Gina meisterhaft das Manöver fuhr.

»Du hast die Wahl!«, dröhnte der Hüne und stemmte seine Arme angriffslustig in die Seiten. »Entweder du nimmst die Finger von dem Schild, oder ich werde dich über die Planke laufen lassen, dich kielholen, vierteilen und den Rest in die Takelage deines Mastes hängen. Überleg 's dir, mein Freund!«

Der dänische Skipper, der den Platz neben sich wohl für einen Freund reservieren wollte, machte sich wortlos davon, stieg auf sein Boot und ward bis zum Abend nicht mehr gesehen.

»Na also!«, freute sich Kalli. »Geht doch! Man muss nur freundlich zu den Dänen sein, dann klappt alles wie verrückt!«

Staunend versammelten sich einige Kinder vor Kallis Schiff und tuschelten untereinander.

»Na, Kinnings? Was gibt es zu flüstern?«, dröhnte Kallis Bariton durch den Hafen und die Nachwuchs-Jantjes machten erschrocken einen Schritt zurück. Das entlockte dem Selfmade-Piraten einen Heiterkeitsausbruch, der seinen Bauch vor Lachen ins Wanken brachte.

»Gina!«, rief er nach hinten. »Bring mal die Büchse mit meinen selbstgemachten Toffees, sonst machen mir die Mäuse hier noch vor Angst in die Büx!«

Kalli, von Beruf Koch, und nur in der Freizeit Hobby-Pirat und Skipper, liebte spektakuläre Auftritte. Am Liebsten war es ihm, wenn Kinder schreiend davonliefen, während ihre Mütter bei seinem Anblick ohnmächtig zu Boden sanken.

Dann konnte er nämlich alle verblüffen, wenn er zeigte, wie sanft und umgänglich er wirklich war. Außerdem liebte er es, so aus dem Stehgreif für andere Leute zu kochen. Er hielt den Kindern eine Büchse hin und verteilte erst einmal seine wundervollen Toffees, die er selber herstellte und die so lecker schmeckten, dass er mit dem Rezept ein reicher Mann hätte werden können. Schnell hatten die Kinder auf dem Steg Zutrauen zu dem komischen Gesellen gefasst und Kalli erzählte ihnen die Geschichte von seinem Urururururgoßvater, der damals als berüchtigter Piratenkapitän Flint sein Unwesen trieb.

»Und wisst ihr, was wir heute Abend machen? Da grillen wir. Ihr bringt alle etwas Wurst, Fleisch oder Fisch mit und Onkel Kalli baut seinen Grill auf. Bis nachher!«

Kalli drehte sich um und stiefelte davon, schließlich hatte er als Skipper dieses Luxusdampfers ja auch noch so seine Pflichten. Er vertäute den Dampfer fachmännisch, klarte alles auf und schrieb in sein Logbuch:

»Nach erbittertem Kampf ergab sich heute die dänische Stadt Sonderburg. Es ist alles vorbereitet, heute Abend wird geplündert (die Speisekammer), gebrandschatzt (gegrillt), und alle flüssigen Vorräte der Stadt konfisziert (tierisch einer genommen)!«

Tatsächlich kamen am Abend viele der Kinder, teilweise auch in Begleitung ihrer Eltern, um wie versprochen mit dem Piraten-Enkel zu grillen. Der allerdings hatte sich total verwandelt. Weder Augenklappe noch Säbel, Kopftuch oder Kapitänsrock waren zu entdecken. Dafür stand ein lachender Koch auf dem Steg, neben sich den riesigen Grill, der zur Ausrüstung des Motorbootes zu gehören schien. Kalli hatte mächtig Kohle auf den Grill geschüttet und es qualmte und räucherte, dass es eine Pracht war.

Kalli, der alle anderen auf dem Steg um beinahe Haupteslänge überragte, hatte das Sagen. Er teilte den Hungrigen Fleisch und Wurst zu, hatte für ein paar Körbe mit Weißbrot gesorgt und ein paar leckere Salate vorbereitet. Die Skipper revanchierten sich mit allerlei geistigen Getränken, so dass es nicht verwunderte, dass Kallis Kochmütze, die zu Beginn noch stolz und steif auf seinem

Haupte thronte, immer mehr an Fassung verlor, bis sie dem Koch schließlich über die Augen rutschte.

»He! Wer hat das Licht ausgemacht?«, dröhnte Kalli und machte einen tapsigen Schritt, jedoch leider in die verkehrte Richtung. Er stolperte gegen seinen Riesengrill und die Mütze, des Kochs stolzes Wahrzeichen, fiel auf den heißen Rost. Augenblicklich verbreitete sich ein sengender Geruch und Kalli versuchte mit flinken Fingern seine brennende Mütze vom Grill zu retten. Die ging jedoch im gleichen Augenblick in hellen Flammen auf und Kallis Augen suchten hilfeheischend nach irgendetwas flüssigem, womit er den Brand löschen konnte. Sein Blick fiel auf einen Eimer, der ganz unschuldig etwas abseits auf dem Steg stand. Schon war der Koch bei ihm, und, Lukull sei Dank, er war gefüllt mit einer Flüssigkeit. Kalli konnte nicht wissen, dass es sich dabei nicht um Wasser handelte, sondern um Waschbenzin, mit welchem einer der benachbarten Motorbootfahrer heute Teile seines Außenborders gereinigt hatte. Kalli holte mit der Pütz aus und eine riesige Stichflamme ließ die Menge schreiend auseinander laufen. Jetzt brannte nicht nur Kallis Mütze, nein, das flammende Benzin ergoss sich über den hölzernen Steg, der sofort Feuer fing.

Wieselflink griff der Koch zu dem schweren Fleischermesser, welches in seinem Gürtel steckte. Wild um sich schlagend rannte er über den brennenden Steg, und mit jedem Hieb der blanken Klinge durchtrennte er einen Festmacher nach dem anderen. Die Boote trieben aus der Gefahrenzone, teils mit, teils ohne ihre Skipper. Es entstand ein ungeheures Tohuwabohu, als sich einige Männer ins Hafenwasser stürzten, um an Bord ihrer Boote zu gelangen, die sich eben selbständig machen wollten. Andere drängten sich mit Eimern heran, um den Brand zu löschen, und dann traten zwei Feuerlöscher in Aktion und nebelten den Ort des fürchterlichen Geschehens inklusive seinem Verursacher ein.

Kalli plumpste hustend auf einen der Pfähle. Kreidebleich vor Schreck und vom Pulver der Feuerlöscher hockte er wie ein Häuflein Elend da. Er stand regelrecht unter Schock.

»Alles meine Schuld!«, murmelte er fassungslos.

»Unsinn! Da hat wi nur Pech gehabt! Los, Mand, nimm eine Sssluck, dasss wird di helfen!«, meinte einer der Dänen und hielt Kalli eine Flasche Aquavit hin. Kalli bediente sich dankbar und nahm einen tiefen Zug.

»Die Schiffe isss nix passsiert! Alles heil!«, rief ein anderer.

»Und die Leute auch nicht!«, rief ein Dritter.

»Und nur, weil du ssso gut mit die sssafe Messser sssneiden kannsss!«, meinte der mit der Flasche und machte eine weitere einladende Bewegung.

Kalli verstand die Welt nicht mehr. Beinahe hätte er den ganzen Hafen abgefackelt, aber diese Leute hier ließen ihn hochleben. Sie klopften ihm auf die Schultern, und auch die herbei geeilte Polizei konnte kein Verschulden seinerseits feststellen.

»Ein Unglück!«, meinte einer der Beamten achselzuckend, man nahm alles auf und fuhr wieder davon, während im Hafen die Party jetzt erst richtig losging.

»Ssso eine komissse Mand, der musst du doch kennen!«, meinte der Däne, als er mit seinem Bericht fertig war. »De isss ssso verrückt, de musss eure ganssse Ssstadt kenne!«

»Öhm, nö! Ich glaube, den kennen wir nicht. Aber wenn wir ihn mal treffen, werden wir ihn sicher erkennen. Und dann grüßen wir ihn von Sonderburg!«, meinte ich lachend.

»Und wenn er wiede mal eine Ssstadt abbrennen will, sssoll er herkom. Wi habt neue Feuerlöscher aufgehängt!«, lachte der Däne.

Vilkomm til Sønderborg!

Träume

Missmut stieg in mir auf. Ich hasste Sonntage an denen die Sonne schien. Und ich hasste sie noch mehr, seit ich wusste, dass es eines der letzten, wirklich freien Wochenenden sein würde. Bald würde der ›Ernst des Lebens‹ beginnen, wie meine Eltern zu sagen pflegten, als für mich die Schule anfangen sollte. Das Wort hatte etwas von Zwang und eingesperrt sein für mich, denn noch sah ich nicht die Chancen die sie mir bot. Der Einstig in die Pflichten des Erwachsenseins schien mir nicht sehr verlockend. Vielleicht sollte ich heute doch dem Ausflug mit Mutter und Schwestern mehr Aufmerksamkeit schenken. Es erschien mir möglich, dass meine bisher freie Kindheit zukünftig etwas eingeschränkt sein könnte.

Mit allem Widerwillen, den ein sechsjähriger Junge nur empfinden konnte, reihte ich mich in die Menge der Schwestern ein, die laut schnatternd darauf warteten, dass sie im Gänsemarsch ins Freie geführt wurden. Es versprach, einigermaßen interessant zu werden, denn wir gingen heute in eine Richtung, die uns Kindern strengstens untersagt war allein zu gehen. Aufgeregt marschierten wir dem großen Fluss entgegen in Richtung Brücke, von der aus man so hervorragend auf die unten vorbeiziehenden Lastkähne spucken konnte. Das machte Spaß, denn es waren viele Schuten und Kähne unterwegs. Die Weserhäfen, die etwas weiter flussabwärts lag, waren vollgestopft mit Seeschiffen, die Waren aus aller Herren Länder brachten oder Produkte aus unserem Land in die Welt hinaustrugen. Alles, was sie in ihrem Bauche brachten oder transportieren sollten, schafften unzählige kleinere Lastkähne herbei oder verteilten es bis tief ins Binnenland. Es roch überall am Fluss nach Salz und Teer und Abenteuer.

Mutter bog mit uns vor der Brücke in einen kleinen Fußpfad ein, der am Weserufer entlangführte. Unserer Enttäuschung über diese Kursänderung schenkte sie keine Beachtung, denn anderen Leuten auf den Kopf zu spucken, entsprach nicht ihrem Verständnis über gute Erziehung. Eine Möwe strich heran, landete auf dem Wasser und fischte etwas mit dem Schnabel heraus, das ihr wohl schmackhaft erschien. Sofort waren andere Möwen um sie herum und versuchten, ihr die Beute abzujagen. Laut schreiend und mit heiserem Kreischen jagten sie eine Weile umeinander herum, in der Hoffnung, die erste würde ihren Fang fallen lassen. Die jedoch dachte nicht im Traum daran. Was sie hatte, das würde sie nicht mehr hergeben. Im Flug verschlang sie gierig, was sich in ihrem Schnabel befand. Dann strich sie ab und landete in einiger Entfernung auf etwas, das sich im hohen Ufergras unseren Blicken verbarg. Sorgfältig begann sie, ihr Gefieder zu putzen und würdigte die anderen Vögel keines Blickes mehr, die sie noch immer mit lautem Gezänk umschwirrten.

Träge zog der Strom dahin und genauso träge stapfte ich hinter der Familie her, die sich an den Blumen am

Wegesrand ergötzte, kleine Sträuße pflückte und sich über die summenden Bienen und Hummeln unterhielt. Schließlich waren wir auf gleicher Höhe mit der sich noch immer putzenden Möwe, und ich sah, worauf sie sich niedergelassen hatte. Meine Trägheit verflog im Nu, und ich sprang mit übermütigen Sätzen die Uferböschung hinab. Auf halber Höhe lag ein alter Kahn, heruntergekommen und offenbar von seinem Besitzer aufgegeben. Ein herrenloses Boot, das nur darauf wartete, von mir entdeckt zu werden.

Es war, gemessen an meiner Größe, schon ein sehr beachtliches Boot. Gezimmert aus schwerem Eichenholz, das an einigen Stellen unter der abblätternden, weißen Farbe zu sehen war. Die Möwe schwang sich mit einem empörten Schrei in die Luft und flog davon, als ich das Boot erreichte und mich sofort über die Reling schwang. In seinem Inneren gab es nichts mehr, was einer Einrichtung gleich kam. Keine Bänke, kein Fußboden, kein Motor und kein Steuerrad. Die offene Vorschiffskajüte war ebenfalls vollkommen leer. Nur noch der blanke Rumpf war vorhanden. Doch das störte mich nicht. Für mich war es das perfekteste Boot, das man sich nur denken konnte.

»Kapitän! Die Piraten greifen an! Was sollen wir tun?«

Was soll man schon tun, um sich seiner Haut zu erwehren? Die Halunken würden kurzen Prozess mit uns machen, uns ersäufen, erwürgen, vierteilen und über die Planke laufen lassen. Was blieb uns also an Möglichkeiten?

»Zu den Waffen! Rennt die Kanonen aus, laden und feuerbereit halten. Bootsmann, bringt das Schiff an den

Wind! Rudergast, hart Backbord! An die Brassen, Männer! Herum mit den Segeln auf mein Kommando!«

Das Manöver klappte ausgezeichnet. Wir umliefen den Bug der Piraten und boten ihnen so kein Ziel, da ihre Kanonen nicht nach vorn, sondern nur zu den Seiten feuern konnten. Dann hatten wir die Wende vollzogen, und passierten die Seite ihres Kaperschiffes, die nicht feuerbereit war.

»Feuer!«, kommandierte ich, und dumpf hallten die Schüsse unserer Schiffsgeschütze über das Meer. Meterweit züngelte das Mündungsfeuer aus den eisernen Rohren und brachte die tödliche Ladung auf den Weg. Drüben splitterte das Holz des Rumpfes, als die Kugeln einschlugen. Der Mast des Piratenseglers fiel beim ersten Treffer. Schreiend rannten die Schurken über das Deck. Offenbar hatten sie mit einer solchen Gegenwehr nicht gerechnet. Unser letztes Geschütz spie donnernd seine Kugel aus, die sich mittschiffs in den Leib des Seeräuberschiffes bohrte. Sie fand die Pulverkammer und brachte die Fässer zur Explosion. In einer mächtigen Detonation zerriss es das Schiff der Schurken, und wir sahen zu, wie es unterging und die Piraten mit sich ins Verderben zog.

Ich sprang aus dem Schiff und lief aufs Vordeck.

»Hurra! Sieg! Männer, wir haben gesiegt! Eine Extraration Rum für alle!«

Die Hand meiner Mutter packte zu und erwischte mich im Genick. Sie schüttelte den siegreichen Kapitän hin und her und mahnte: »Habe ich dir nicht gesagt, du sollst auf dem Weg bleiben? Was ist, wenn du ins Wasser fällst?«

Nun, abgesehen davon, dass ich dann nass wäre, bestünde noch die Möglichkeit, dass auch ich den Seemannstod sterben und der Fluss meinen kleinen Körper in die Unendlichkeit des Meeres spülen würde.

»Ich sehe schon, eines Tages kommst du nach Haus und bist ertrunken«, meinte Mutter erschüttert über so viel Unvernunft.

Ich liebte Sonntage an denen die Sonne schien. Ich sehnte sie herbei, kaum in der Lage, die übrigen Wochentage schnell genug hinter mich zu bringen. Da bei der Planung des Ausflugsziels meistens der Vorschlag berücksichtigt wurde, der am lautesten und schnellsten kam, drängte ich mich in ungewohnter Weise nach vorn und verlangte Gehör. Ich hatte Glück und konnte mich durchsetzen. Kaum kam der Rest der Familie hinterher, als ich im Laufschritt meinem Ziel entgegeneilte, wobei ich geflissentlich die Rufe meiner Mutter zu überhören wagte.

Ich hatte keine Zeit, musste an Bord. Der Tag war weit fortgeschritten und Fischer mussten doch früh raus. Ich startete den Motor, der mit lautem Brummen ansprang, löste die Leinen und nahm Kurs auf die Fischgründe, die mir volle Netze bescheren sollten. Bereits nach kurzer Zeit kamen mir die anderen Fischerboote, die schon in der Nacht ausgelaufen waren, entgegen. Ihre Kapitäne lachten, die Matrosen johlten, alle amüsierten sich über den ›Zuspätkommer‹.

»Du brauchst gar nicht erst hinauszufahren, wir haben heute Morgen nichts gefangen und um diese Tageszeit wirst du auch nichts mit nach Hause bringen«, riefen sie. Doch ich hielt nichts von solchen Ratschlägen, behielt meinen Kurs bei und mein Kutter zog stolz aus der Flussmündung hinaus auf die offene See. Ich kannte da eine Sandbank, etwas abseits, die mir Erfolg versprechend erschien. Ich ließ das Netz hinab und umfuhr die Untiefe in großen Kreisen. Das Meer schaukelte mich sacht, das Boot hob und senkte sich im Rhythmus seines Atems. Möwen umkreisten schreiend das stolze Schiff. Dann kam der spannende Moment. Was würde der erste ›Hiev‹ bringen? Ein leeres Netz oder das Silber des Meeres? Noch nie hatte die Winde so viel Mühe gehabt, das Netz vom Grund an die Oberfläche zu holen, und der Kutter krängte weit nach Steuerbord, als der Lastarm des Mastgeschirrs das Netz hoch aus dem Wasser zog und es über die Bordwand schwenkte. Es war gefüllt mit dem größten Heringsschwarm, den ich mir hatte vorstellen können. Ein lohnender Fang, für einen ›Zuspätkommer‹.

Gnadenlos packte die Hand zu und zog mich von meinem Stolz der Meere herab. Selbst das Argument, dass ich doch noch meine Fische versorgen müsste, zählte nicht. Die Geschwister hatten genug frische Seeluft geschnuppert und wollten nach Hause. Was blieb mir als mich zu fügen? Doch ich würde wiederkommen. Und ich würde notfalls auch allein wiederkommen, nur so, um nach dem Rechten zu sehen. Um Kisten und Kästen mitzubringen, die als Einrichtung für mein Schiff dienen würden. Um einen alten Kochtopfdeckel an das Paneel zu nageln, der mir mein Ruderrad seien sollte. Mein Schiff wurde immer schöner.

Oft lag ich auf dem Deck der Vorschiffskajüte schaute in den blauen Himmel, folgte mit dem Blick den weißen

Wolken und stellte mir vor, es seien Segel, die auf dem Ozean dahinzögen. Mal war ich der Kapitän eines Frachtschiffes, der seine Ladung vor der Küste Afrikas in kleinere Boote leichtern musste, weil der Hafen zu klein war, mal war ich Leiter einer Arktis-Expedition, deren Schiff vom Packeis gefangen war. Mal war ich ein U-Boot-Kommandant, der auf Feindfahrt ging, ein anderes Mal der Kapitän eines Walfangschiffes, der Moby Dick jagte. Mein Schiff ließ mich alles sein, was ich nur wollte. So wurde es Herbst.

Das Wetter wurde schlechter, Sturm und Regen peitschten von See her den Fluss hinauf und schoben unglaubliche Wassermassen vor sich her. Die Flüsse schwollen an, die Fluten traten über die Ufer. An der Küste brachen Deiche, Hamburg wurde überflutet und auch Bremen blieb nicht verschont. Ich hatte Angst um mein Schiff, würde es den Naturgewalten standhalten? Eine Woche dauerte es, bis ich Gelegenheit hatte, mich an die Weser zu stehlen, dorthin, wo meine Träume waren.

Leer! Der Platz wo das Boot gelegen hatte, war leer. Treibgut und allerlei Unrat lagen an seiner Stelle und zeigten mir, wie hoch das Wasser aufgelaufen war. Es hatte alles fortgespült, was sich an dieser Stelle befunden hatte. Ich lief am Ufer entlang, so weit es ging, doch es war fort. Als ich das begriff, sank ich zu Boden.

»Boot!«, rief ich laut in den Wind. »Boot! Warum bist du ohne mich gefahren?«

Strandkorb-Kobolde

Hauke Toste riss die Tür zur Werkstatt auf und stürmte in den halbdunklen Raum. Schwung- und geräuschvoll schloss sich der Türflügel hinter ihm. Haukes Herz hämmerte wie verrückt, und er spürte seinen Herzschlag bis in die Schläfen. Das Blut war ihm in den Kopf geschossen, und sein Gesicht hatte mal wieder die Farbe einer reifen Tomate angenommen.

»Ohauahauane! Ich halte das nicht mehr aus!«, schimpfte er und warf sich in den nächstbesten Strandkorb, der in Haukes Werkstatt auf seine Reparatur wartete. Es war Saison an der Nordsee, und der Strandkorb-Aufsteller Hauke Toste hätte eigentlich alle Hände voll zu tun gehabt, wenn da nur nicht immer dieses Mädchen wäre.

»Hat sie wieder geguckt?«, tönte ein dünnes Stimmchen aus einem der anderen Strandkörbe.

»Jo, hat sie! Und wie. Ich sage dir, das sind Blicke, die gehen mir einfach so überall hin, so richtig durch und durch…!«, bestätigte Hauke und warf einen Blick hinüber zu dem kunstvoll geflochtenen Strandmöbel, in dem sich etwas bewegte. Ächzend kletterte dort ein kleines Männchen von der Sitzfläche herab und schlenderte gemächlich zu Hauke hinüber. Die eigenartige Gestalt war nur etwas größer als Haukes Hund und reichte ihm nur knapp übers Knie. Das Männchen war von unbestimmbarem Alter, hatte ein von Wind und Wetter gegerbtes Gesicht und trug derbe Seemannskleidung. Auf seinem kleinen Kopf thronte ein verbeulter Südwester, unter dem lange strähnige Haare herabhingen. Das Männchen schaute den Strandkorb-Aufsteller mitleidig an.

»Und du bist wieder weggelaufen? Hauke, was bist du? Eine Maus oder ein stolzer Friese?« In der Stimme des Winzlings klang Missbilligung, die in Hauke sofort Trotz hervorrief.

Was war das für eine Frage? Das Geschlecht der Tostes ließ sich bis weit ins Mittelalter zurückverfolgen und war schon seit Urzeiten hier ansässig. Fischer, Landbauern und Kahnschiffer hatte es in seiner Familie gegeben. Schon beim Bau des ersten Deiches hatten seinerzeit die Tostes mitgewirkt und später sogar einen Deichgrafen gestellt. Hauke zog die Beine an und machte sich in dem Strandkorb ganz klein. Ihm war gar nicht wohl zumute.

»Was verstehst du denn davon? Du bist ein Klabautermann, du wohnst im Holz von Schiffen, hast keine Ahnung von Weibern und willst mir 'nen Rat geben? Vergiss es!«, maulte er das Männchen an.

»Och, so ein paar kleine Elfen gab es da gelegentlich schon, und auch die eine oder andere Seejungfrau war dabei«, sinnierte der Kobold. »Aber außerdem, mein lieber Hauke, besitze ich einen gesunden Menschenverstand, und der sagt mir, dass du endlich was unternehmen musst. Du hast die Deern doch lieb, oder?«

Anstelle einer Antwort hob Hauke den Kopf und sein Blick wanderte verträumt in weite Fernen. Nur Haukes Herz wusste, was seine Augen dort sahen. Das Männchen, von dem der Mann im Strandkorb behauptete, es sei ein Klabautermann, verzog sein bärtiges Gesicht zu einem Grinsen, breitete die dürren Ärmchen aus und sagte: »Na also. Dann musst du sie doch nur fragen!«

»Fragen? Was muss ich sie fragen?«, staunte Hauke und tauchte aus seinen Tagträumereien auf.

»Na, ob sie mit dir mal abends einen Strandspaziergang durch die Dünen macht, Segeln geht oder ins Kino. Vielleicht könnte sie dir ja auch beim Reparieren eines Strandkorbes helfen, oder eben irgend so was.«

Hauke bekam große Augen und schaute seinen eigenartigen Gesprächspartner erschrocken an. Er schluckte trocken und meinte: »Ich? Ich soll sie das fragen? Nie und nimmer!«

Hauke war ein ganzer Kerl, er fürchtete weder Tod noch Teufel. Wenn es darum ging, bei Sturm und haushohen Wellen mit dem Rettungsboot hinauszufahren, um das Leben anderer Menschen zu retten, war er stets der erste an Bord. Doch diesem holden weiblichen Wesen in die Augen sehen und ihm sagen, was er für sie empfand, das war zu viel. Das konnte niemand von ihm verlangen. Haukes Stimmung sank auf einen absoluten Nullpunkt und er seufzte abgrundtief. Er ahnte, dass er ein Problem hatte, das wohl niemand zu lösen imstande war.

Fiene senkte betrübt den Kopf, als Hauke auf dem Absatz kehrt gemacht hatte und in Richtung seiner Werkstatt davon gerannt war. Er mochte sie nicht, das war ganz offensichtlich. Sie hatte es schon des Öfteren bemerkt, dass er ihr aus dem Weg ging. Kaum, dass sie ihn irgendwo traf, hatte er es stets so verdammt eilig, dringend etwas zu tun, oder er lief rot an und stotterte herum. Es gab einfach keine gemeinsamen Themen, über die sie sich hätten austauschen können. Fienchen Freter seufzte und wandte sich wieder den Strandgästen zu. Sie war bei der Stadtgemeinde beschäftigt und musste die Gäste auf ordnungsgemäße Entrichtung der Kurtaxe hin überprüfen. Fiene machte das mit Bravour, sie war freundlich und scherzte mit den Sommergästen, und noch nie war ihr einer böse gewesen, wenn sie den fälligen Obolus einkassierte.

Doch heute war Fienchen nicht so ganz bei der Sache. Ihre Gedanken waren bei Hauke, dem großen und kräftigen Mann, der ihre Fantasie beflügelte und Gefühle in ihr weckte, die sie als so angenehm empfand. Immer wenn sie ihn sah, stellten sich die kleinen Härchen auf ihren Armen auf und heiße und kalte Schauer rieselten abwechselnd über ihren Rücken. Hauke war so stark, so männlich. Den Trecker brauchte er nur, wenn er die schweren Strandkörbe über große Entfernungen transportieren musste. Ansonsten bewegte er sie mit reiner Muskelkraft, und Fienchen sah es gern, wenn er die schweren Lasten hoch über den Kopf stemmte. Sie beobachtete dann das Spiel seiner kräftigen Muskeln, die sich deutlich unter dem engen Shirt abzeichneten. Wenn er abends seine Strandkörbe geschlossen hatte und danach nur mit der Badehose bekleidet über den Strand ins Wasser lief, um zu schwimmen, schmolz das Friesenmädchen dahin. Hauke hätte von ihr alles haben können, wenn er denn nur gefragt hätte.

Es war nicht so, dass Hauke Toste ein anderes Mädchen gehabt hätte. Hauke lebte nur für seinen Beruf, und als Strandkorb-Aufsteller hatte er viel zu tun, wenn die Touristen da waren. Wenn sie nicht da waren, musste er sich mit den kaputten Körben beschäftigen und sie reparieren, denn sie waren das Kapital seines Geschäftes und neue Körbe waren teuer. Fiene wusste das, aber sie wollte sich nicht damit abfinden, dass der Junge denn so gar keine Augen für sie hatte. Wenn immer sich die Gelegenheit bot, suchte sie seine Nähe, lächelte ihn an und blinzelte ihm zu. Das Ergebnis blieb jedoch immer das gleiche, Hauke ergriff blitzartig die Flucht und machte, dass er davonkam. Das konnte nur bedeuten, dass er an Fienchen keinen Gefallen fand, obwohl sie gertenschlank war, wo es sein musste, und dort gut gepolstert, wo ein Mann es gern hatte. Nein, Fienchen war eine schmucke Deern, der alle jungen Männer aus dem Dorf nachliefen. Doch war es wohl so, dass sie nur Augen für den einen hatte, und ausgerechnet der wollte nichts von ihr wissen. Sie ahnte, dass sie ein Problem hatte, das wohl niemand zu lösen imstande war.

Das kleine Männchen handhabte das Werkzeug virtuos. Niemand konnte besser mit Holz umgehen, als dieser Kobold. Vielleicht lag es daran, dass Klabautermänner die Fähigkeit hatten, im Holz zu leben. Sie konnten durch eine wundersame Metamorphose ihren Körper dazu bringen, sich in jedes Stück Holz einzufügen. Auf diese Weise hatte er auch den Untergang des großen Segelschoners überstanden, als im Sturm die Ladung verrutschte und der ganze alte Kasten kenterte und sank. Der bei den Seeleuten unterschiedlich beliebte Kobold rettete sich, indem er einfach in das Holz des Schiffes ging und es sich in der geschnitzten Galionsfigur so bequem wie möglich machte. Wie lange er hier überleben konnte, wusste er nicht, aber eine Zeit lang würde er es hier schon aushalten. Vielleicht, so hoffte er, geschah etwas, das ihn aus seinem unfreiwilligen Gefängnis wieder befreien würde.

Das kleine Wunder geschah tatsächlich. Der hölzerne Rumpf des Schoners sank immer schneller werdend dem Grund des Meeres entgegen. Er neigte sich dabei über den Bug nach vorn und trudelte in die bodenlose Finsternis der Tiefe. Nach schier endloser Fahrt schlug er hart auf dem Grund auf, und der gesamte vordere Rumpfteil zerbrach in viele Einzelteile. Eines dieser Teile war die Galionsfigur, die zusammen mit einem Stück des Bugstevens aus dem Schiff heraus brach und sich auf den langen Weg zurück an die Wasseroberfläche machte. Dort angekommen wurde das Wrackteil zum Spielball der Wellen, Strömungen trugen es davon und der Wind trieb es bald in die, bald in eine andere Richtung. Lange Zeit vagabundierte der Klabautermann über die Meere, bis ihn die Strömung an einen der weißen, friesischen Strände trieb.

Ein Mann mit rotblondem Haar fand das Treibgut und hob es aus dem Wasser. Dem Gesetz nach war es jetzt sein Eigentum und er trug es über den Deich in einen Schuppen, in dem viele Strandkörbe lagerten, und auf den nächsten Sommer warteten. Der Mann staunte zwar, als er feststellte, dass sein geborgener ›Schatz‹ bewohnt war, aber er zeigte keinerlei Angst vor dem Klabautermann. Im Gegenteil, er freute sich darüber, dass er in dem Kobold einen Experten gefunden hatte, was Holz und seine Bearbeitung betraf. Hauke Toste bestand darauf, dass der Klabautermann ihm wenigstens zwanzig Jahre als Tischlergeselle dienen sollte, bevor er ihn wieder freigeben würde. Für Hauke würde er eine unschätzbare Hilfe bei der Reparatur und Verschönerung seiner Strandkörbe darstellen, während für den kleinen Mann diese Zeitspanne nichts bedeutete. Klabautermänner hatten ein nahezu unbegrenztes Leben, vorausgesetzt, sie kamen nicht durch ein Unglück zu Tode.

Der Strandkorb-Aufsteller sorgte gut für seinen kleinen Helfer. Er ließ es ihm an nichts fehlen, und es entwickelte sich sogar eine kleine Freundschaft zwischen den Männern. So nahm der Klabautermann denn auch mit Freude und Genugtuung wahr, dass sein Herr sich zeitweise ganz eigenartig benahm. Meistens dann, wenn ein ganz bestimmtes Mädchen ins Spiel kam. Dass sein Menschenfreund sich verliebt hatte, wusste das Männlein lange vor diesem. Es bereitete ihm ein diebisches Vergnügen, zu sehen, wie Hauke an der schönsten aller Krankheiten litt, ohne es selbst zu ahnen.

Die Situation fing an, sich zuzuspitzen. Für den Klabautermann war klar, dass diese beiden Menschen für einander bestimmt waren. Nur stellten sie sich dabei so dösig an, dass irgendjemand ihnen den rechten Kurs peilen musste. Der Kobold ahnte, dass er hier ein Problem hatte, welches er jedoch auch in seinem Sinne zu lösen gedachte. So schaute er nur kurz auf, als Hauke die Werkstatt betrat und sich seufzend in einen großen Familien-Strandkorb fallen ließ, der in dem Raum stand. Die schwenkbare, aus Korbgeflecht gefertigte Dachkonstruktion war defekt und musste unbedingt repariert werden. Als Hauke sich in den Stuhl warf, klappte der Deckel denn auch prompt zu. Haukes Flüche drangen gedämpft aus dem Strandkorb und veranlassten den Klabautermann dazu, amüsiert zu grinsen.

»Sag mal, Hauke, wenn …, hm ja …, wenn ich dir jetzt helfen würde bei dem Mädchen, wärest du bereit, mich aus deinem Dienst zu entlassen?«, fragte das Männchen lauernd, und in seinen Augen funkelte es. In seinem Kopf keimte ein Plan, der am Ende auch ihm dienlich wäre und dafür sorgen würde, dass er wieder frei und ohne Zwang dorthin gehen konnte, wo er sich wohl fühlte. Irgendwo musste es ein Schiff geben, auf dem er ›anmustern‹ konnte, und das ihn wieder aufs Meer hinaustrug.

»Wenn du die Sache klarkriegst, werde ich darüber nachdenken«, versprach Hauke Toste ohne sich festzulegen, und versuchte, den eigenwilligen Strandkorb zur Raison zu bringen. Spukgestalten und Sagenwesen gegenüber musste man sich immer ein Hintertürchen offen halten, fand er, auch wenn es sich bei dem kleinen Männchen beinahe schon um einen guten Freund handelte. Kobold blieb Kobold.

Fiene zog erstaunt die Hand aus der Tasche ihrer Jacke und betrachtete den Zettel, den ihre tastenden Finger soeben darin entdeckt hatten. Mehr als das Rätsel, wie er in ihre Jacke hineingekommen war, beschäftigte sie die Frage, was wohl darin stehen mochte. Hastig faltete sie das Blatt Papier auseinander. Es war eine Nachricht von Hauke, und ihr Herz machte einen schnellen Hüpfer. Er bat sie, ihm bei der Reparatur des großen Strandkorbes zu helfen und am Nachmittag zu ihm in die Werkstatt zu kommen. Fienchen war selig. Nichts lieber als das wollte sie tun und sie konnte es kaum abwarten. Sie drückte das Papier an ihre Brust, als sei es ein inniger Liebesbrief, führte ihn dann an ihre Lippen und hauchte einen zärtlichen Kuss auf die Zeilen.

»Na also! Geht doch!«, freute sich der Klabautermann und war zufrieden. Er stand nur wenige Schritte von dem Mädchen entfernt, doch sie bemerkte ihn nicht. Das war kein Wunder, denn der Kobold besaß die Fähigkeit, sich für den Menschen unsichtbar zu machen. Auf den Schiffen mussten die Klabautermänner den Seeleuten aus dem Weg gehen, denn sie galten als unheimlich und einige glaubten sogar, sie würden Unheil bringen. Nur wenige wussten, dass ein Klabautermann an Bord die beste Lebensversicherung für Schiff und Mannschaft war, und um unnötigen Schereien aus dem Weg zu gehen, zeigten sich die Schiffskobolde nur im äußersten Notfall den Seeleuten.

Solchermaßen für Menschen unsichtbar, steckte der Klabautermann das Papier in Fienes Jackentasche, ohne dass sie es gemerkt hatte. Und er erzielte damit genau den Erfolg, den er sich mit dieser Aktion erhoffte hatte. Jetzt musste er nur noch Hauke dazu bringen, am Nachmittag an dem Familienkorb zu arbeiten. Auch das würde ihm gelingen, da war er sich sehr sicher. Vergnügt rieb er sich die Hände und stiefelte mit seinen kurzen Beinen durch den tiefen Sand davon in Richtung Deich, hinter dem der Schuppen mit Haukes Werkstatt lag.

Hauke hatte den Hinweis des Klabautermannes ernst genommen, dass der defekte Strandkorb bei dem Andrang der sonnenhungrigen Kunden mehr als totes Kapital sei.

So saß er in dem Korb und bastelte in seinem Inneren an dem Klappmechanismus herum. Er hörte nicht, dass die Tür zur Werkstatt geöffnet wurde und jemand den Raum betrat. Fienchen hatte das Gefühl, als schlüge ihr das Herz im Hals, so laut dröhnte es. Unsicher schlich sie um die Strandkörbe herum, bis sie Haukes Schimpfen aus dem größten Korb hörte. Sie nahm allen Mut zusammen und ging hinüber.

»Hallo, Hauke! Da bin ich«, sagte sie leise und schlug verschämt den Blick nieder. Sie mochte ihn nicht direkt ansehen. Hauke jedoch blickte das Mädchen verdutzt an und unterbrach dabei einen Augenblick seine Reparaturarbeiten.

»Äh, ja, toll!«, murmelte er heiser, räusperte sich und sah sich nach einer Fluchtmöglichkeit um. Dummerweise hockte er in dem großen Familienkorb und Fiene stand direkt davor. Damit war der einzige Fluchtweg versperrt.

»Kann ich Dir helfen?«, fragte Fine und machte noch einen Schritt auf ihn zu.

In Haukes Kopf jagten sich die Gedanken. Was wollte das Mädchen hier? Wieso war sie einfach so hierhergekommen? Und, sah sie nicht wieder zum Knuddeln aus? Und sie duftete wieder so gut. Und wenn sie schon mal da war …!

»Äh, ja. Du könntest das hier mal eben festhalten«, meinte er mit zitternder Stimme und deutete auf das Teil, das er mit seinen Händen festhielt. Eigentlich wollte er jetzt lieber etwas ganz anderes festhalten, aber das konnte man doch nicht so einfach tun. Fine beugte sich vor, um besser sehen zu können, als sie von unsichtbarer Hand einen heftigen Stoß erhielt, der sie mit Schwung in den Strandkorb beförderte. Sie purzelte auf Hauke, der vor Schreck das Dachteil losließ und Fine mit seinen starken Armen auffing. Im nächsten Moment klappte das Dach des Strandkorbes zu und die beiden waren gefangen. Niemand sah, wie draußen ein kleiner Holzkeil heranschwebte, sich zwischen das Gestänge schob und damit den Korb fest verschloss. Er würde sich von innen nicht so leicht öffnen lassen.

Fine und Hauke sahen sich im Halbdunkel an.

»Jemand hat mich gestoßen«, sagte Fine leise, um sich zu entschuldigen. Hauke starrte in die schönsten blauen Augen, die er jemals gesehen hatte.

»Ja, ich weiß«, sagte er, ganz heiser vor Aufregung. »Hat er gut gemacht, nicht? Ich meine, das ist ja furchtbar. Wer das wohl war?«

Fine fing an, sich in den Armen des Strandkorb-Aufstellers wohl zu fühlen. Sie veränderte leicht ihre Position und schmiegte sich noch enger an Hauke.

»Ist doch eigentlich egal«, flüsterte sie. »Ich wusste gar nicht, wie gemütlich so ein Strandkorb sein kann.« Sie strich dem Mann eine der rotblonden Haarsträhnen aus der Stirn und Hauke fühlte die schlanke Gestalt in seinen Händen. Stürmisch zog er das Mädchen jetzt ganz eng an sich.

»Ist nicht egal!«, sagte er mit rauer Stimme. »Dem muss man einen Orden für diese Heldentat verleihen.«

Als sich ihre Lippen trafen, versank die Welt in einem wundervollen Rosarot. Nichts war mehr wichtig. Weder Strandkörbe noch Kurabgaben zählten in diesem Moment, kein Gedanke wurde an Klabautermänner und Kurgäste verschwendet. Es gab wichtigere Dinge, denen man sich mit voller Hingabe widmen musste. Nur Hauke verspürte ein leichtes Gefühl von Wehmut. Warum waren sie nicht schon viel früher auf diese wundervolle Sache gekommen?

Hauke steuerte das Ruderboot im kargen Licht des beginnenden Morgens mit kleinen Riemenschlägen längsseits an den alten Schoner heran. Dann griff er nach dem Scheuerholz, welches von der Reling herabhing und hielt das kleine Boot dicht an dem Rumpf des Seglers. Er schaute kurz nach oben, aber an Deck war alles ruhig.

»Was anderes habe ich auf die Schnelle nicht gefunden«, sagte er entschuldigend zu dem kleinen Männchen, das sich ächzend von der Ruderbank erhob und nach seinem Seesack griff.

»Das ist das schönste Schiff, das ich seit langer Zeit gesehen habe«, beteuerte der Klabautermann, und das Leuchten in seinen Augen zeigte, wie wahr seine Worte waren.

»Und du willst wirklich nicht bis zu unserer Hochzeit bleiben?«, fragte Hauke Toste. Seine Stimme klang ein wenig traurig, doch der Schiffskobold schüttelte den Kopf und meinte: »Wer weiß, wann wieder so ein altes Schiff aus Holz hier anlegt. Es ist eine willkommene Gelegenheit, die so schnell nicht wiederkehrt. Aber wenn ihr vor dem Traualtar steht, werde ich in Gedanken neben dir sein und werde euch von Herzen alles Glück dieser Welt wünschen. Versprochen!«

Hauke hob den Klabautermann, der ihm nur bis knapp zum Oberschenkel reichte, hoch und half ihm, über das Scheuerholz an Bord des Segelschiffes zu klettern. Der alte

Segler würde noch am selben Tag mit der Flut auslaufen, und mit den Kadetten an Bord des Schulschiffes würde ein weiteres, nicht offiziell angeheuertes Besatzungsmitglied heimlich mit auf Weltreise gehen. Ein kurzes Winken, dann verschwand der kleine Mann zwischen den Deckaufbauten, und Hauke ließ sich seufzend auf die Ruderbank fallen. Während er zu den Riemen griff, pfiff er leise ein Liedchen, das ihm in den Sinn kam. »Rolling home, rolling home …!«

Vielleicht, so überlegte er, vielleicht würde er Fiene ja eines Tages einmal erzählen, wer ihr den Stoß versetzt hatte, der sie in seine Arme beförderte. Und vielleicht würde er eines Tages einmal seinen Kindern von dem Klabautermann berichten, der sein Freund war.

Der Wikinger und das Einhorn

Ragnar stand am Bug seines Langschiffes. Mit einer Hand hielt er sich am Steven fest, dessen Spitze zu einem furchterregenden Drachenkopf geschnitzt war. Kein Muskel in seinem starren Gesicht zuckte, mit unbewegter Miene starrte er hinaus in die grauen Wogen des Nordatlantiks. Der raue Wind wühlte das Meer auf und ließ das Schiff tanzen. Kurz wandte er den Kopf, um nach den anderen Booten zu schauen. Er sah die Konturen der Schiffsleiber, die prallen Rahsegel trieben sie voran, ließen den Bug gischtend durch die Wellen schneiden. Weißer Schaum flog nach den Seiten davon. Sie machten schnelle Fahrt, schon bald würden sie die Landabdeckung der Äußeren Hebriden erreichen. Ragnar spürte die tausend Nadelstiche nicht, die das eiskalte Wasser auf seiner Haut verursachte. Wohl aber nahm er die Bewegung hinter sich wahr, als Thore zu ihm trat.

»Ich hatte nicht verstanden, warum du unsere Snæcke mit Holz beladen ließest! Ich dachte, wir seien auf Wikingfahrt, aber bislang hast du nur Handel getrieben.« Ragnar hörte den Vorwurf in der Stimme seines Sohnes. Er wandte seinen Kopf und schaute den Jungen, der an der Schwelle zum Mannsein stand, an. Er war dem Vater wie aus dem Gesicht geschnitten, seine Schultern begannen breit zu werden, seine Arme waren bereits mit starken Muskeln bepackt. Es war die erste Fahrt, an der er Thore teilnehmen ließ.

»Auf den Schafsinseln ist Holz zum Bau von Booten und Häusern knapp«, entgegnete er ruhig. »Außerdem sind die Färöer unsere Verbündeten, in deren Häfen wir willkommen sind und gute Bedingungen vorfinden. Haben wir nicht einen ausgezeichneten Preis für die Hölzer erzielt? Warum also sollen wir kämpfen? Es wäre töricht, vor der eigenen Haustür Händel zu betreiben, wo der Handel genauso gut funktioniert und keine Toten fordert.«

Thore verstand. Er lernte schnell und begriff, dass man stets den Einsatz niedrig halten musste, wollte man den maximalen Gewinn erzielen. Die unwirtlichen Schafsinseln waren also nur eine Zwischenstation gewesen, die Kämpfe, auf die er so brannte, würden erst noch stattfinden.

»Steuerst du auf Scotia?«, fragte er Ragnar. Verwunderung ergriff ihn, als sein Vater den Kopf schüttelte.

»Was sollen wir dort? Bei den Pikten ist nichts zu holen, sie stehen im Kampf mit Northumbria und haben selber kaum das Nötigste zum Leben. Das Land ist karg, es gibt nichts her. Wir steuern nach Eirin, also Irland. Dort gibt es nahe der Küste christliche Kirchen und Klöster, und die heiligen Brüder horten ungeahnte Schätze in ihren Mauern.«

»Aber wir könnten ebenso gut Northumbria oder Mercia ansteuern, auch dort gibt es Klöster«, wandte Thore ein.

»Wenn du das beste Wasser willst, musst du an die Quelle, nicht in den Sumpf«, erwiderte Ragnar. »Die

Christen sind aus Eirin über Wales und Mercia gekommen, also befinden sich die ältesten und reichsten Kirchen und Klöster dort. Wir werden unermessliche Schätze mit uns nehmen.«

Weit vor dem Bug des Wikingerbootes tauchten die schemenhaften Umrisse einer Landmasse auf. Es war die nördlichste und gleichzeitig größte Insel der Hebriden, Lewis oder Leòdhas, wie sie in der gälischen Sprache hieß. Zwischen ihr und weiteren Inseln einer ganzen Kette und dem schottischen Festland, sowie den vorgelagerten Inneren Hebriden würden sie ruhige See haben und mit schneller Fahrt ihrem Ziel näherkommen. Thores Neugier war befriedigt, er kehrte an seinen Platz zurück. Neben Snorre ließ er sich auf die Ruderbank sinken und zog ein Fell um seine Schultern. Der starke Seewind ließ ihn frösteln.

»Er will nach Irland, stimmt's?«, fragte Snorre. Er brummte kurz auf als Thore nickte. »Verdammt! Ich habe es mir doch gedacht. Sonst sagt er vorher immer, wohin er will. Wenn er es nicht sagt, kann unser Ziel nur etwas Unangenehmes sein.« Das Gesicht des Alten verzog sich, es drückte Unwillen und Besorgnis aus.

»Was ist an Irland denn so unangenehm?«, fragte Thore unbekümmert. »Haben sie so starke Krieger wie wir, vielleicht gar Berserker?«

Snorre grunzte.

»Viel schlimmer. Sie haben das kleine Volk«, meinte er dann im Flüsterton und schaute sich besorgt um, ob jemand seine Worte gehört hatte. Der junge Krieger starrte den Alten an, als wäre er nicht bei Sinnen. Ganz offensichtlich wartete er auf weitere erklärende Worte. Doch

Snorre schwieg beharrlich. Erst als Thore sich abwenden wollte, griff der Alte seinen Arm.

»Das sind Trolle. Meistens sind sie unsichtbar, doch sie sind überall, lauern unter jedem Stein, hinter jedem Baum und trachten einem nach dem Leben. Sie verstecken sich in Nebelbänken, fallen in Rudeln und unter schaurigem Geheul über die Menschen her und leeren ihre Taschen, und alles, was sie an wertvollen Dingen finden, kommt in ihre Schatzkammern. Ein jeder weiß, dass sie unermessliche Schätze besitzen.«

Thore lachte kurz auf. Zuhause in Norwegen gab es auch Trolle und Kobolde. Scheinbar suchten sie nur Kontakt mit älteren Menschen, denn er selbst hatte auf seinen Streifzügen in den weiten Wäldern noch nicht einen gesehen. Doch wurde auch ihnen nachgesagt, dass sie Gold horten würden.

»Unsere Trolle sind viel friedfertiger als die Irischen«, meinte Snorre. »Sie lassen dir in der Regel dein Leben. Doch die Leprechauns sind blutrünstige Bestien, sie lauern dir auf, sobald du die Wege verlässt. Es stört sie dabei nicht, ob es Tag oder Nacht ist, und sie sind in großer Überzahl. Ich habe schon oft Männer einfach verschwinden sehen. Eben waren sie noch hier, im nächsten Moment fort. Ohne eine Spur zu hinterlassen. Meist fanden wir sie auf dem Rückweg zum Schiff neben den Wegen. Entsetzlich zugerichtet, ohne Kopf, nur noch an ihren Kleidern zu erkennen.«

»Snorre! Du willst mir Angst machen? Du weißt doch genau, dass ich mich vor nichts fürchte. Deine Märchen können vielleicht kleine Kinder oder alte Frauen zum

Zittern bringen, ich aber bin Thore, Sohn von Ragnar dem Wikinger. Ich fürchte mich vor nichts, nicht einmal vor Ragnaröck oder der dunklen Totenwelt der Hel.« Thore war aufgesprungen, der Umhang von seinem Körper gefallen. Blitzschnell hatte er sein Schwert unter der Bank hervorgezogen und hieb damit durch die Luft, dass die Klinge ein hohles Sausen verursachte.

»Odin möge dir beistehen. Du lästerst die Götter? Sie werden dich bestrafen«, flüsterte der Alte tonlos. Er wandte sich ab, hüllte sich in sein Fell und lehnte sich an die Bordwand. Hinter seinem Schild fand er Schutz vor dem Wind, schloss die Augen und schlief ein.

Der starke Leif stand auf, nahm Thore das Schwert aus der Hand und legte ihm väterlich seine Hand auf die Schulter.

»Steck es weg, Junge. Und höre: Es gibt genügend Dinge zwischen hier und Walhall, die niemand erklären kann, die es aber dennoch wert sind gefürchtet zu werden. Vor nichts Angst zu haben ist keine Tugend, sondern Dummheit!«

Ragnars Sohn schwieg. Beschämt steckte er seine Klinge wieder unter die Bank zurück. Als er sich den Umhang erneut umlegte, bemerkte er den Blick seines Vaters, der nachdenklich auf ihm ruhte.

Sie waren der schottischen Insel sehr nahe gekommen, eben umrundete die kleine Flotte ihre nördliche Spitze, als Ragnar das Segel streichen ließ. Die Männer nahmen ihre Plätze auf den Ruderbänken ein und brachten die Riemen aus. Peer steuerte das Boot dicht unter Land und lief eine geschützte Bucht an. Die Kiele schoben sich knirschend auf den Strand, und die ersten Männer sprangen ins Wasser, um an Land zu waten. Im Nu hatten sie die Boote auf runden Hölzern ein Stück auf den Sand gezogen, einige schwärmten aus und sammelten Treibholz, sodass alsbald drei prächtige Feuer am Strand loderten. Von jedem Boot wurde ein Mann als Wache abgestellt und diese rund um das Lager auf die Felsen verteilt. Noch bevor die Nacht hereinbrach waren die Männer gesättigt und tranken den Rest des Bieres, das sie in Fässern mitführten. Dann wurde es ruhig im Lager, die Feuer brannten herunter, und alle paar Stunden wurden die Männer geweckt, welche die Wachen auf den Felsen ablösten. Die Zeit verstrich.

Sie hatten Björns Insel, die südlichste der Äußeren Hebridenkette hinter sich gelassen und mit südwestlichem Kurs auf die irische Westküste zugehalten. Ragnar fand die Mündung des Erne mit traumwandlerischer Sicherheit, und die kleine Flotte segelte den Fluss empor. Auf ein Zeichen Ragnars steuerten sie eine Bucht in einer seenartigen Verbreiterung an und ließen die Boote auf den schmalen Strand auflaufen. Der Wald stand bis dicht an das Ufer heran, er bot ihnen guten Schutz vor frühzeitiger Entdeckung.

»Keine Feuer, wir warten die Nacht ab und greifen im Morgengrauen den Ort an. Von dort aus ziehen wir zum Kloster im Wald und werden den Heiligen Brüdern einen Besuch abstatten. Wir werden sie zu einer milden Gabe zugunsten unserer Kollekte überreden müssen, doch werden sie sich unseren Gebetbüchern beugen.«

Mit diesen Worten klopfte er beinahe zärtlich auf die Klinge seines mächtigen Schwertes, sodass sie leise zu singen begann.

»Hört ihr? Es singt das Lied der Hel! Welch lieblicher Ton, der Reichtum und Ehre verspricht«, flüsterte er mit leuchtenden Augen.

Nach Mitternacht begannen sich die Männer in den Booten zu rüsten. Sie legten ihre Waffenkleider an und kontrollierten ein letztes Mal die Klingen ihrer Schwerter und Streitäxte. Gewissenhaft hatten sie das tödliche Metall in den letzten Tagen immer und immer wieder geschliffen. Ein kraftvoller Hieb ihrer Schneiden konnte einen ganzen Mann in der Mitte zerteilen. Was sich ihnen in den Weg stellte war des Todes. Die Bauern der kleinen Ortschaft am Erne konnten ihr Heil nur in der Flucht suchen, so sie denn noch dazu kamen. Die Krieger würden die Häuser plündern, alles, was von Wert war, wechselte den Besitzer. Günstigstenfalls würden die Leute aus dem Dorf ihr Leben behalten, wenn sie schnell genug das Weite suchen konnten. Nordmänner auf Wikingfahrt gewährten keine Gnade, ob Mann, Weib oder Kind, alles würde ihnen zum Opfer fallen.

Thore schaute auf, als er das Glühen auf dem nahen Hügel bemerkte. Er stieß Snorre an, der die anderen auf das Phänomen aufmerksam machte.

»Der Wald brennt! Vielleicht ein Kohlemeiler«, meinte der.

»Unsinn! Riecht es nach Rauch?«, fragte Ragnar gereizt zurück. Das rötliche Glimmen hatte sich weiter verstärkt, und jetzt leuchtete die ganze Umgebung in einem hellen Weißrosa. Das unwirkliche Licht zog durch den Wald, es schien sich von den Bergen her der Ortschaft zu nähern, die Ragnars Leute am Morgen überfallen würden. Von einem Moment auf den nächsten war der helle Schein erloschen. Dunkelheit nahm seinen Platz ein, und nichts ließ auf die Ursache des unheimlichen Lichts deuten.

»Leprechauns!«, flüsterte Snorre mit heiserer Stimme. »Diese verfluchten Trolle! Männer, bleibt im Dunkeln dicht bei einander und lauft nicht in den Wald. Es wäre euer aller Tod!«

»Snorre!«, tönte scharf Ragnars Stimme. »Es ist genug! Ich will nichts mehr von diesem Unsinn hören. Thor und Odin sind mit uns, wir werden reiche Beute machen, Männer!«

Die Rufe der Wikinger klangen verhalten, was wohl auch der Tatsache zu schulden war, dass man das Überraschungsmoment für sich zu nutzen gedachte und daher keine Aufmerksamkeit auf ihre Anwesenheit lenken wollte.

Mit dem ersten Dämmerlicht ruderten die Wikinger aus der Bucht und nahmen Kurs auf das irische Dorf. Die Bootskiele schoben sich knirschend auf den Sand, die Männer sprangen über die Bordwände herab und eilten ans Ufer. Schilde und Schwerter, die gegeneinander stießen, gaben leise Geräusche von sich, dann stürmten die Männer in die Gassen des Dorfes. Sie ließen ihr ohrenbetäubendes Gebrüll ertönen, drangen in die ersten Hütten und hieben auf alles ein, was sich bewegte. Thore und Snorre hatten sich der Schmiede zugewandt, und der ältere der beiden Krieger zerschlug die Tür mit seiner Axt. Noch bevor er ihn zurückhalten konnte, war Thore an ihm vorbei und tauchte in das Dunkel des dahinterliegenden Raumes ein.

Snorre vernahm den dumpfen Laut, mit dem sich ein Pfeil in einen menschlichen Körper bohrte. Thore torkelte rückwärts aus der Tür, sein ungläubiger Blick musterte den Pfeil, der in seiner Brust steckte, er hob die Hand, um sie nach dem Älteren auszustrecken. Da traf ihn der zweite Pfeil aus dem Inneren des Hauses. Thores Blick brach, während er vor Snorre zusammensackte. Gleichzeitig ertönte Geschrei aus dem Haus, der hünenhafte Schmied sprang aus der Tür und schwang seinen Hammer gegen Snorre.

»Ich habe es doch gewusst!«, schrie er. »Ich habe das Glühen gesehen, da wusste ich, dass ihr verfluchten Wikinger wieder da seid!«

Mit wuchtigen Hieben drang er auf den Nordmann ein, der geschickt auswich. Obwohl das Tageslicht noch auf sich warten ließ, wurde es hell. Feuer fraß sich in Windeseile durch die Hütten und Häuser des Dorfes, von überall ertönten angsterfüllte Schreie und das Gebrüll der Krieger. Der Schmied schwang sein schweres Werkzeug gegen Snorre, als ihn von hinten Ragnars Axt traf und seine Wirbelsäule spaltete. Von der Wucht des Schlages wurde der Mann umgerissen und prallte hart gegen einen Pfosten, der zersplitterte. Ein Vordach stürzte ein und begrub den Mann unter sich.

»Wo ist Thore?«, keuchte der Wikinger und schaute ungläubig auf den Körper seines Sohnes, der leblos auf dem Boden lag. Ein ungeheurer Schrei entrang sich Ragnars Kehle, stieg empor bis zum Himmel, füllte die Umgebung, wehte durch die Wälder und drang bis nach Asgard.

»Oooooodiiiiiin!«, brüllte Ragnar, fast verrückt von dem Schmerz, der sich in seine Seele bohrte. Kein Schwertstreich konnte schmerzhafter sein als der Tod des eigenen Kindes. Sein Sohn lag vor ihm, niedergestreckt von einem irischen Schmied. Ragnar fuhr herum, blind vor Zorn und ohnmächtiger Wut raste er durch das Dorf, mähte nieder, was ihm in den Weg kam, erkannte selbst seine eigenen Männer nicht mehr. Drei seiner Krieger konnten sich nur durch rasche Flucht aus der Reichweite seiner doppelschneidigen Axt retten. Wie ein Berserker wütete der Nordmann, eine breite Blutspur durch das ganze Dorf ziehend.

»Männer! Voraaaan! Zum Kloster!«, brüllte er, schwang seine Axt und wandte sich dem Weg zu, der aus dem Ort in den Wald führte. Er erreichte den Rand des Forstes, unter dessen Bäumen noch immer die Schatten der Nacht lagen. Der Großteil der Krieger folgte ihm, nur wenige würden im Dorf bleiben, um zu Ende zu bringen, was man begonnen hatte.

Ragnar prallte jäh zurück, als der düstere Weg vor ihm plötzlich zu glühen begann. Das Licht wurde immer heller, es blendete die Männer. Schemenhaft erschien vor ihnen eine Gestalt auf dem Klosterweg. Ein weißes Pferd, das von innen heraus blendend hell leuchtete, trat ihnen entgegen.

»Leprechaun!«, schrie Snorre mit sich überschlagender Stimme. Die gesamte Kriegerschar wich zurück, als die Erscheinung weiter auf sie zutrat. »Schaut nur, der Kobold glüht! Er hat sogar ein glühendes Horn vor seinem Kopf!«

»Komm nur her, was immer du auch bist! Ich werde dich zu Hel schicken, dort kannst du dein Licht verbreiten!«, schäumte Ragnar, noch immer vom Schmerz um seinen toten Sohn übermannt. Er hob seine Axt und schleuderte sie mit voller Wucht gegen das glühende Geisterpferd. Das Einhorn hob seinen Kopf und zielte mit der Hornspitze auf die heranfliegende Axt, die ihm im nächsten Moment den Schädel spalten würde. Als sei sie gegen ein unsichtbares Hindernis geprallt, wurde die Waffe zur Seite geschleudert und bohrte sich mit der Schneide viele Schritte entfernt in den Boden.

»Dann eben so!«, tobte der Anführer der Wikinger und riss sein Schwert aus der Scheide. Er streckte es weit vor und rannte auf das merkwürdige Wesen zu. Dieses richtete sein Horn nun gegen Ragnar, und im Rennen sah der, wie es anfing zu leuchten. Es glühte heller als die Kohle im Ofen eines Schmieds, und Ragnar spürte die Hitze, die es auf sein Schwert übertrug. Auch das Metall in seiner Hand begann zu glühen, und Ragnar schleuderte es mit einem Schrei von sich. Sofort ließen die Schmerzen in der verbrannten Hand nach, die blutige Wunde schloss sich augenblicklich. Ragnar konnte seine Finger wieder bewegen. Automatisch griff er zu dem Dolch, der in seinem Gürtel steckte.

»Halt!«, hörten alle das Einhorn sagen, obwohl es ohne eine Stimme sprach. Das Wort schien plötzlich in den Köpfen der Männer zu entstehen. »Lass deine Waffe im Gürtel, Ragnar! Du kannst mich nicht töten. Ich bin nicht von dieser Welt und gehöre doch zu ihr.«

»Du kennst mich? Woher weißt du meinen Namen?«, keuchte der Wikinger. Er beobachtete das Tier, dessen Horn nun wieder weiß wie sein Körper war. Das Glühen war verschwunden.

»Ich weiß noch mehr. Ich kenne den Namen deines Sohnes, den du in den Tod geführt hast. Und ich kenne die Namen all derer, die du hier im Ort gemeuchelt hast. Ich bin ein Einhorn und schütze den Ort und seine Bewohner. Wenn ihr fort seid, so werde ich einen nach dem anderen ins Leben zurückholen und ihre Wunden heilen. Das ist meine Berufung. Nur zu diesem Zweck bin ich hier.«

In Ragnars Gehirn arbeitete es. Wenn das stimmte, was dieses Geschöpf behauptete, so gab es vielleicht einen Weg, der … Er mochte den Gedanken kaum zu Ende denken.

»So wirst du uns also töten?«, fragte er, der einzigen denkbaren Möglichkeit folgend, die einen Rückzug der Wikinger glaubhaft erscheinen ließ.

»Nein! Ich kann euch nicht töten, und ihr könnt mich nicht töten! So steht es geschrieben. Doch ich kann Tote zum Leben erwecken. Es steht in meiner Macht.«

Ragnar breitete die Arme aus. Was sollte er tun? Sie waren Wikinger, Männer deren Familien im hohen Norden ein karges Dasein fristeten, und die sich von anderen nahmen, was sie brauchten. Entweder als friedliche Händler oder als Männer auf kriegerischer Wikingfahrt. Manchmal auch als beides. Es ging kaum um Reichtum, als einfach nur ums Überleben. Sie kannten es nicht anders. Doch hier galt es, Thores Tod ungeschehen zu machen, seine Seele zurückzuholen. Es war fraglich, ob Odin ihn in Walhalla akzeptieren würde, obwohl er mit dem Schwert in der Hand starb. Thore war noch kein vollwertiger Krieger gewesen. Was war, wenn dieses Wesen wirklich die Wahrheit sprach und Ragnars Sohn, sein einzig Fleisch und Blut aus Hels Totenreich zurückholen konnte?

»Dein Sohn Thore, war er nicht noch zu jung, um zu morden und zu plündern?«, klang die Stimme des Einhorns erneut in den Köpfen der Männer auf. Einige stöhnten und griffen sich an den Kopf. Das war fast mehr, als sie ertragen konnten. »Und war er nicht noch zu jung, um in Odins Halle der Helden einzuziehen?«

»Bei Asgards Göttern, das war er!«, schrie Ragnar. »Doch was erwartest du? Was soll ich tun? Ich kann nicht nach Hause segeln, ohne Gold und Silber, denn das allein lässt uns die Winter überstehen.«

Das Einhorn war neben Ragnar getreten. Es schritt an ihm vorbei, weiter über den Weg auf das rauchende Dorf zu. Die Wikinger wichen zur Seite, und Ragnar holte es mit wenigen schnellen Schritten ein. Am Wegrand stand Kari und hielt sich eine Wunde am Arm zu, aus der unaufhörlich das Blut quoll. Nahezu im Vorbeigehen drehte das Einhorn seinen Kopf und strich mit dem Horn über den blutenden Arm. Augenblicklich schloss sich die Wunde und Kari starrte verwundert auf die Stelle, wo er eben noch das rohe Fleisch gesehen hatte. Nichts war mehr von einer Verwundung zu sehen. Ungläubiges Erstaunen überkam die Männer der See, und zögernd begleiteten sie das Einhorn in den Ort. Es ging von Leichnam zu Leichnam und berührte sie mit der Hornspitze, die wieder zu leuchten begonnen hatte. Wunden schlossen sich, leblose Körper begannen zu atmen und schlugen die Augen auf. Abgetrennte Glieder und Köpfe befanden sich plötzlich wieder an ihrem ursprünglichen Ort und die Menschen erhoben sich.

Kein Wort fiel, über dem ganzen Geschehen lag ein ehrfürchtiges Schweigen, während das Einhorn seine Runde durch das Dorf machte. Geflohene Bewohner kamen zurück und ließen ihre Wunden von ihm berühren, sie wurden auf der Stelle geheilt. Ragnar deute auf einige seiner gefallenen Wikinger.

»Was ist mit ihnen? Warum hilfst du ihnen nicht?«, fragte er ungehalten. Er zuckte unter dem Blick des Einhorns zusammen. Er begriff, dass er eine ungeheuerliche Forderung an das Wesen stellte. Dann standen sie vor Thores Leichnam. Die Augen des Jungen blickten ohne Leben in die Weite des Himmels. Die Pfeile steckten in seiner Brust, die sich nicht mehr vom Atem hob und senkte.

»Er ist zu jung für all das!«, stellte das Einhorn fest. »Er hätte nicht hier sein sollen!«

»Was rätst du mir?«, fragte Ragnar, der ganz offensichtlich mit sich und seinem Wikingertum kämpfte.

»Ich kann dir nichts raten. Wenn dir kein gangbarer Weg einfallen will, so wird es sein, wie es ist!«

»Wir können das Geschehene nicht rückgängig machen«, knurrte Ragnar. Er war zornig auf sich selbst. Sonst wusste er immer, was zu tun war, doch jetzt, hier, da fühlte er sich so klein, unwürdig und hilflos.

Er schaute wütend auf, als Snorre sich räusperte und ihn am Arm berührte. Der alte Kämpe, mit dem er schon viele Wikingfahrten gemacht hatte, beugte sich zu ihm herüber.

»Was ist, wenn wir das tun, was wir schon vorher getan haben?«, fragte er leise. Ragnar holte hörbar Luft.

»Was meinst du?«, fragte er, denn er konnte Snorres Gedanken nicht folgen.

»Hier ist Wald genug, lass uns Bäume fällen und verladen. Wir segeln zurück zu den Schafsinseln und verkaufen sie dort. Dann segeln wir nach Island und handeln uns Waren ein, die wir in Dänemark und Norwegen mit Gewinn verkaufen. Birka, Haithabu und Roskilde sowie Bornholm sind große Handelsorte, wo wir guten Gewinn erzielen könnten.«

Ragnar starrte den Kampfgefährten an, als sähe er ihn zum ersten Mal. Die Idee war nicht schlecht, dass sie ausgerechnet von Snorre kam, erstaunte ihn allerdings. Er wandte sich um.

»Wer ist euer Sprecher?«, fragte er die Dorfbewohner, die einen Mann mittleren Alters vorschoben. »Wenn wir für euch Holz mit einschlagen und helfen, das Dorf wieder aufzubauen, würdet ihr uns von eurem Wald Stämme geben?«, fragte Ragnar.

Es mochte an dem friedenstiftenden Einfluss des Einhorns gelegen haben, denn innerhalb kurzer Zeit kam ein entsprechender Handel zustande. In demselben Moment, da Ragnar und der Mann aus dem irischen Dorf sich die Hände reichten, senkte das Einhorn den Kopf und berührte Thore mit der Hornspitze. Es wartete nicht darauf, bis der Junge sich erhob, sondern ging weiter zu den leblosen Körpern der Wikinger, die es, einen nach dem anderen, zurück ins Leben holte. Bevor es im Wald verschwand, ließ es seinen Blick über das Dorf schweifen, in dem Wikinger und Überfallene nun friedlich nebeneinander saßen und beratschlagten, was man als erstes in Angriff nehmen würde. Es galt Häuser und Hütten neu zu errichten, und gemeinsam die zu fällenden Bäume auszuwählen. Ein Glücksgefühl durchströmte das Wesen, das auf seinen vier Beinen in den dunklen Forst hinein trabte, zu jenem geheimnisvollen Ort, an dem es zusammen mit Kobolden, Trollen und Leprechauns, Elfen und Zauberern lebte, und von dem aus es Menschen helfen konnte, solange sie daran glaubten, dass es übernatürliche Wesen gab. Sie würden zur Stelle sein, wenn man sie rief.

Dem Käpten seine Hühner

Bootsmann Willy war auf hundertachtzig. Wütend rollte er mit den Augen, so dass der neue Matrose erschrocken einen Schritt zurück machte.

»Hab ich dir nich gesacht, du sollst sie nich an den Käpten seine Hühner lassen?«

Er stampfte in die Messe und riss ein Schapp auf, doch da war sie auch nicht. Verdammt, wo konnte die blöde Katze nur geblieben sein? Jahrelange Erfahrung hatte ihn gelehrt, dass außer Frauen nur Katzen an Bord schlimmer waren, und ausgerechnet der neue Matrose Schorsch, der aus dem tiefsten Bayern stammte, brachte so ein Mistvieh mit auf die Reise. Und nun war es weg. Die gesamte Freiwache suchte seit einer Stunde vergeblich.

»Henner, Henner!«, meckerte Schorsch. »Jo, mei, wieso hot dera Käpten a so an Viehzeugs an Bord?«

»Weil er das Federvieh liebt!«, brüllte Willy. »Und snack Duetsch, wenn ik di verstahn schall!«

Auf der Brückennock erschien der Erste Offizier und schaute voller Befremden auf das merkwürdige Treiben an Deck. Nahezu alles, was Beine hatte wuselte über das Schiff und schien etwas zu suchen.

»Olaf!«, rief Willy zu ihm hoch, »Hest du Schorses Katt sehn?«

»Ja, sie hatte dem Käpten seine Hühner gejagt und sich dabei kräftig Prügel eingefangen. Guck mal unter die Plane vom Rettungsboot, ich glaube, da isse hin!«

Willy löste die Verschnürung und blinzelte in das Dunkel.

»Miau!«, kam es ziemlich kläglich aus dem Boot, und Willy griff beherzt zu und angelte das Häufchen Elend heraus. Überglücklich schloss Schorsch seine Musch in die Arme, deren Fell arg ramponiert aussah.

»Und wo san jetza die bleeden Henner? I hob no ka Federvieh net gsehn!«

Willy nahm ihn am Arm, führte ihn nach Achtern und zeigte auf den Kapitän, der an der Reling stand und die Kombüsenreste vom Frühstück an die Möwen verfütterte.

»Putt, putt, putt!«, rief er fröhlich und freute sich, wenn eine der Möwen ihm im Sturzflug ein Stück Brot aus der Hand riss.

Santa Nikolas

Ich wusste nicht, wie lange ich schon hier draußen war. Seit meinem Auslaufen aus dem kleinen Küstenhafen mussten ein paar Tage vergangen sein, und ich war froh, dass sich das Boot noch auf der Wasseroberfläche halten konnte. Es war inzwischen zwar etwas abgesackt, und in Kajüte und Motorraum stand das Meerwasser hüfthoch, aber noch trieben wir auf der See. Der Vorrat an Wasser und Lebensmitteln war längst aufgebraucht, und ich saß frierend, und von der Gischt durchnässt, auf dem Schandeck und suchte mit den Augen den Horizont ab. Doch weder ein Segel noch die Rauchfahne eines Frachters war zu sehen.

Eigentlich wollte ich mit dem Boot zum Fischen rausfahren, so wie ich es immer in der Woche vor Weihnachten tat, denn am meisten mag ich an dieser Zeit, dass im Geschäft nichts los ist. Endlich komme ich mal dazu, an mich zu denken und Dinge zu tun, zu denen ich das ganze Jahr über keine Zeit hatte. Diesen Blödsinn mit Heiligabend und Weihnachtsbaum, Lichterglanz und Firlefanz, dem Weihnachtsmann und teuren Gaben konnte man sich getrost schenken. Es ist etwas für kleine Kinder, aber erwachsene, gestandene Männer haben für diesen Humbug nichts übrig. Noch nie stand bei mir ein Weihnachtsbaum in der Wohnung, aber trotzdem wäre ich zu Heiligabend lieber wieder daheim gewesen. Ich hatte nicht daran gedacht, meinen Angeltörn mit dem Motorboot so lang auszudehnen.

Dann hatte es plötzlich und unvermittelt einen Knall gegeben, als die Batterie explodierte. Es gelang mir zwar, den Brand im Motorraum zu löschen, doch das Boot hatte Wassereinbruch und ohne Batterie ließ sich die Maschine nicht mehr starten. Somit waren auch das Funkgerät und die Lenzpumpe außer Betrieb. Notdürftig hatte ich mit der Handlenzpumpe das Boot so lange über Wasser halten können, bis das Leck notdürftig geflickt war. Dabei riss die Gummimanschette der Pumpe und sie fiel ebenfalls aus. Das Wasser lief seither nicht mehr so schnell ins Boot, doch nun, nach einigen Tagen, hatte ich auch nicht mehr die Kraft, es mit dem Eimer aus dem Rumpf zu schöpfen. Ich war am Ende, und es begann dunkel zu werden. Wieder ein Abend, war es nicht sogar der Heilige Abend? Es war egal, welcher Tag da zu Ende ging, denn der Weihnachtsmann würde an keinem Abend über mich hinwegfliegen und mich finden. Es gab ihn schlicht nicht, und es gab kaum noch Hoffnung, dass mich überhaupt jemand finden würde. Die Düsenjets, deren Kondensstreifen ich am Himmel sah, flogen viel zu hoch, sie würden mich nicht sehen. Der Ozean hatte mich weit abgetrieben, ich wusste nicht, wo ich mich in dieser Wassereinöde befand.

Ich musste eingeschlafen sein, denn als ich hochschreckte, war es um mich stockdunkel. Das leise Klingen von Schlittenglocken ließ mich aufhorchen, und ich sah von Achtern ein winziges Licht aufkommen. Es näherte sich rasch, schien über der Meeresoberfläche auf mich zuzuschweben. Apathisch saß ich da und schaute auf das Wunder, das so irreal auf mich wirkte. Ein Rentierschlitten hielt neben meinem Boot und ein weißbärtiger alter Mann beugte sich zu mir herüber.

»Schau an, was haben wir denn da gefunden?«, hörte ich seinen tiefen Bass, und ich wusste, dass ich halluzinierte. Der Wassermangel machte sich bemerkbar. Mein Gehirn ließ mich Dinge sehen, die gar nicht da sein konnten. Hatte man jemals davon gehört, dass Schiffbrüchige vom Weihnachtsmann gerettet wurden?

»Hör zu, mein Freund. Ich habe leider heute nur wenig Zeit, das verstehst du doch? Aber ich werde dir jemanden schicken. Es wird nicht lange dauern.« Der Alte mit dem weißen Bart und dem roten Mantel machte Anstalten, seinen Rentieren die Zügel freizugeben, als er innehielt. »Oh, ich werde vergesslich«, murmelte er kopfschüttelnd. »Heute ist Heiligabend, und auch du sollst ein Geschenk bekommen. Fröhliche Weihnachten.«

Er griff hinter sich in den großen Sack, der auf der Ladefläche festgezurrt war und warf mir ein rollenähnliches Päckchen zu, schnalzte mit der Zunge und die Rentiere zogen an. Ich fing das Geschenk mit einer matten Bewegung auf, es bereitete mir Schwierigkeiten, das bunte Papier zu zerreißen. Meine Finger waren wund vom Salzwasser, die Kuppen blutig. Mit schmerzenden Fingern öffnete ich das Päckchen und glaubte meinen Augen nicht zu trauen, als eine Wasserflasche zum Vorschein kam. Ich drehte sie auf und trank und trank, bis die Flasche leer war. Gern hätte ich mehr getrunken, doch die die kleine Flasche gab nun mal nicht mehr her.

Mit Bedauern schaute ich sie an und bemerkte, dass sie noch vollständig gefüllt war, wobei ich mir sagte, dass dies eigentlich alles unmöglich war. Es gab keinen Weihnachtsmann, und folglich konnte es auch keine Wasserflasche geben, die nicht leer wurde. Und doch trank und trank ich.

Dann wurde es hell, die Nacht war vorbei und im Licht der aufgehenden Sonne ertönte drei Mal ein lautes Schiffshorn. Die Besatzung eines Frachtschiffs hatte mich gefunden, der Dampfer drehte bei und seine Mannschaft fischte mich auf. Am Bug stand in großen weißen Buchstaben ›Santa Nikolas‹ und der Kapitän begrüßte mich mit einem freundlichen »Felice Navidad! Merry Christmas! Sie hatten verdammtes Glück, denn wenn unser Autopilot nicht plötzlich gesponnen und den Kurs geändert hätte, wären wir meilenweit an ihnen vorbeigefahren. Man könnte es ein kleines Wunder nennen.«

Ein Wunder? Ja, das war es wohl. Verlegen drehte ich die Wasserflasche, die nun plötzlich leer war, in den Händen. Was sollte ich auch sagen, außer danke?

Das war im letzten Jahr, und in diesem Jahr steht bei mir zuhause ein bunt geschmückter Weihnachtsbaum in vollem Lichterglanz, vor dem Kamin ein Glas Milch und ein paar selbstgebackene Plätzchen. Die kleine Tanne trägt als Spitze natürlich die Wasserflasche, die mich vor dem Verdursten rettete. Ich bin in diesem Jahr übrigens nicht zum Fischen gefahren.

Noch mehr Splitter ...

Schattenspender

Blauer Himmel, blaues Meer,
ein blauer Schirm, der passt sehr
gut als Schattenspender am Ostseestrand,
zu grünem Gras und weißem Sand.

Sehnsucht

Egal, wie kalt die Ostsee ist,
mir wärmt sie immer das Herz.
Sie weiß, wie groß meine Sehnsucht ist,
von April bis in den März.

Wochenende am Meer

Es lacht die Möwe, es plätschert die See,
heute ist Freitag, Wochenende in spe.

Sinnlos

Ob von oben oder unten,
von der Seite oder mittendrin,
das Leben ohne Ostsee wär
für mich ganz ohne Sinn.

Kalkfrei

Nach dem Duschen denkt sich's fein,
wenn der Mensch ist wieder rein.
abgespült der Alltagsdreck,
auch der ganze Kalk ist weg.

Auf und davon

Sturmkobolde sind nicht treu
und windige Gesellen.
Kaum sind sie da, fliehen sie
mit Gebraus über die Wellen.

Kunstwerk

Dünengras, wie hoch wächst das,
umrahmt mit seinem Gelb und Grün
Strand und Meer zum Kunstwerk hin.

Flimmern

Ich liebe das helle Flimmern,
das silberne Schimmern,
wenn sich's Sonnenlicht
auf den Wellen bricht.

Die Sonne

Sie ist doch da, wenn auch fad ihr Licht,
doch hat's den Vorteil, es verbrennt dich nicht.
Denk dir doch einfach nur die Wolken fort,
dann scheint sie für dich an jedem Ort.

Landraub

Es tost die See,
schlägt wütend aufs Land,
spült davon den gelben Sand.
Doch verraucht ihr Zorn,
und morgen schon
spült sie den Sand
zurück auf den Strand.

Das Meer ruft

Mich ruft es nicht, es brüllt nach mir,
doch komm ich grad nicht weg von hier.
So muss die See denn eben
noch eine Weile ohne mich leben.

Wen juckt's

Es lässt sich so herrlich dösen im Sand,
und schubbern und scheuern am Ostseestrand.

Die hohe Kunst

Das Meer liefert das Material,
der Mensch die Fantasie
etwas draus zu machen,
zusammen sind sie
ein Dichtergenie.

Schätze

Ein kleiner Schatz, den ich heut fand,
waren Muschelschalen am Ostseestrand.
Ich nehme sie mit in mein Alltagsleben,
weil sie mir die Kräfte geben,
die lange Zeit zu überstehen,
bis das Meer und ich uns wiedersehen.

Post vom Meer

Im Morgenlichte einst ich fand
eine Flasche, angespült am Strand.
In ihr ein Brief, ein Brief vom Meer,
es schrieb: »Komm nur immer wieder her!«
Das tue mit großer Freude ich,
mein Ostseeland vergesse ich nicht.

Das Zeitfenster

Die Feldgeneratoren des Gleiters summten leise, als ich das auf Anti-Schwerkraftpolstern schwebende Fahrzeug aus dem Hangar steuerte. Nur eine Handbreit über dem Boden ließ ich den Gleiter über die Straßen des Dorfes hinunter zum Meer gleiten. Auf diesen Fahrbahnen hatten sich früher die bodengebundenen Fahrzeuge auf primitiven Rädern fortbewegt. In dem kleinen Küstenort an der Flensburger Förde herrschte Stille, außer mir war zu dieser nachtschlafenden Zeit noch niemand unterwegs. Ich lenkte den Gleiter über die Rampe hinaus auf das Wasser, über das ein flacher Dunst zog. Eine leichte Brise wehte über die See, trieb die Schleier vor sich her in Richtung Dänemark. Der kleine dänische Hafen Sonderburg auf der anderen Seite der Förde gelegen, war im Nebel nicht mehr zu sehen.

Ich hatte mir einen freien Tag genommen und freute mich darauf, den uralten Mustern der Evolution, die uns das Jagen und Fischen erlernen ließen, wieder einmal folgen zu können. Im Stillen pries ich die Erkenntnis der Wissenschaftler, dass nur ein freies Ausleben solcher psychologischer Grundbedürfnisse ein aggressionsfreies Miteinander in der Gesellschaft gewährleisten konnte. Nach ihren Erkenntnissen durften sie nicht unterdrückt werden. So hatte jeder Bürger das Recht, diesen Urinstinkten mehrmals im Jahr ungestört nachgehen zu dürfen. Kurzfristig konnte man dafür sogar den Arbeitsprozess unterbrechen. Man tat einfach alles, um die Zufriedenheit der Menschen zu fördern.

Ich ließ meinen Blick über die Weite des schimmernden Meeres schweifen. Im Osten glomm verhalten das erste Tageslicht auf, und die Sterne am Himmel fingen an zu verblassen, als drehte jemand ihr Licht wie mit einem Dimmer aus. Die See war ruhig, eine leichte Dünung hob das Fahrzeug sanft an, um es gleich darauf wieder in ein flaches Tal sinken zu lassen. Das Fluggerät verhielt sich wie eines der altertümlichen Boote, es bewegte sich in ständigem Auf und Ab der Wellen über die Wasserfläche. Es war genau die richtige Zeit, den Dorschen aufzulauern, den gefleckten Räubern der See, die man darum auch Ostseeleoparden nennt. Sie folgten den Schwärmen der kleineren Fische in die seichteren Meeresgebiete, wo diese in dem vom Seegang aufgewühlten Wasser nach Nahrung stöberten. Die Dorsche waren auf der Jagd, und sie würden alles in sich hineinschlingen wollen, was nur entfernt an einen silbrig glitzernden Fisch erinnerte. Sie würden auch vor meinen metallenen Ködern nicht Halt machen.

Mit einem Blick auf das Navigationssystem vergewisserte ich mich, dass der rechte Kurs anlag. Mein Ziel war Kalkgrund, eine vor der Schleswig-Holsteinischen Küste unter Wasser verlaufende Felsnase, auf der man einen Leuchtturm erbaut hatte, um der damaligen Schifffahrt auch bei Nacht eine sichere Ansteuerung der Flensburger Förde zu ermöglichen. Gleichzeitig diente er als markante Landmarke, die tagsüber den Sportbooten die Orientierung erleichterte. Es gab nicht mehr viele Menschen, die dem Segelsport nachgingen. Obwohl ich zugeben musste, dass auch ich der Faszination dieser altertümlichen Fortbewegung auf dem Wasser erlegen war. Allerdings war diese Freizeitbeschäftigung sehr zeitraubend, unterlag man doch den physikalischen Gesetzmäßigkeiten des Vortriebs durch bewegte Luftmoleküle und der bremsenden Wirkung bei der Bewegung eines festen Körpers durch eine flüssiges Medium.

Vor dem Riff senkte sich der Meeresgrund bis auf beinahe dreißig Meter ab, und die an der Felskante entlang ziehende Strömung lenkte die Heringsschwärme und somit auch die Dorsche aus dem tiefen Wasser in die flacheren Bereiche der weit ins Land reichenden Bucht. Ich bremste den halboffenen Gleiter ab, bis ich genau über einer dieser Abbruchkanten schwebte, dann stoppte ich den Vortrieb. Ich ließ den Antigrav im Leerlauf arbeiten, sodass die Position in einem Meter Höhe über der Wasserfläche gehalten wurde. Bis auf das leise Summen des Generators war es fast still um mich herum. Erste Möwen hatten sich in den dämmernden Morgen geschwungen und begrüßten ihn mit lauten Schreien. Sie zogen am Himmel ihre Bahn, während das entfernte Plätschern der Wellen am Strand zu mir herüber klang. Sanft wiegte sich mein Gefährt auf den Wogen, die Luft roch würzig nach Tang und hinterließ einen salzigen Geschmack auf den Lippen. Ich verhielt, um diesen Augenblick zu genießen.

Nach einer Weile betrat ich die Handlungsfläche im Fond des Gleiters. Ruhig und konzentriert montierte ich die

Rute, fädelte die kräftige Schnur durch die Führungsringe und band am Ende eine Schlaufe, in die ich den metallenen Pilker einhängte, der durch seine auffälligen, taumelnden Bewegungen die Dorsche zum Anbiss verleiten sollte. Ich trat an die Bordwand. Mit viel Schwung beförderte ich den Köder weit hinaus in die See, wartete bis er auf den Grund abgesunken war und begann dann, ihn mit gefühlvollem Zupfen langsam wieder heranzukurbeln. Als wären keine Fische da, so tauchte der Köder aus dem Meer auf. Erneut warf ich die Montage aus und holte sie wieder ein. Doch die Haken blieben leer. Rätselhaft! Es war genau das Wetter, bei dem ich schon so oft Dorsche gefangen hatte, und doch …! Irgendetwas musste heute anders sein als sonst. Mein Blick wanderte umher, streifte über das Land, das Wasser und hinaus aufs Meer. Ich war sehr überrascht, als ich eine dunkle Wand sah, die sich mit großer Geschwindigkeit näherte. Ich stellte die Rute weg und griff zum Fernglas. Eine Nebelwand kroch über das Wasser, und es würde nicht lange dauern, bis sie mich erreicht hatte.

Seenebel, kalt und schnell, ein zäher Brei aus undurchdringlichem Grau waberte über das Meer. Im Nu hatte er mich und das Fahrzeug verschluckt und rings herum herrschte trübes Zwielicht. Egal wohin das Auge schaute, der Blick verlor sich nach wenigen Metern im Nichts. Ich machte mir nicht viel daraus und nahm wieder die Angelrute zur Hand. Um Fische zu fangen, bedurfte es keiner klaren Rundumsicht. Mich fröstelte jedoch, als ich erneut an die Bordwandung des Gleiters trat, um die Angel auszuwerfen. Im Nebel sanken die Temperaturen erfahrungsgemäß immer ein wenig ab, aber diesmal griff ich doch lieber zur Jacke und zog den Magnetverschluss bis an das Kinn hoch. Selbst die Finger wurden klamm und ich streifte ein Paar Handschuhe über.

Noch bevor ich zur Rute greifen konnte, vernahm ich leise Geräusche aus dem Nebel. Ich verhielt mich ruhig, um besser hören zu können, was dort vor sich ging. Leises Knarren, wie von Seilen, die auf Holz scheuern, drang gedämpft herüber, wurde jedoch ständig lauter. Das Schlagen eines schweren, im leichten Wind killenden Segels ließ ahnen, dass sich dort draußen ein größeres Segelschiff näherte. Ich betätigte den Schalter des akustischen Nebelwarners und gab die vorgeschriebenen Warnsignale. Durchdringend tönte die elektronische Hupe in den Nebel hinaus, jedoch schien es nicht so, dass irgendjemand sie dort gehört hatte. Außer den lauter werdenden Geräuschen blieb alles ruhig. Wieder tönte das Horn, und auch diesmal reagierte niemand auf die Signale.

Der Nebel schien sich zu lichten, denn es wurde heller. Für einen Augenblick riss der Dunst auf und ich erkannte in einiger Entfernung ein vorüber ziehendes großes Boot, das in seiner ganzen Erscheinung so gar nicht in die heutige Zeit passen wollte. Das aus groben Holzplanken gezimmerte Boot musste an die fünfzehn Meter lang sein und besaß einen mächtigen Mast, an dem ein Rahsegel lose herabhing. Die schwache Brise vermochte es kaum zu blähen. Es erschien mir genauso fremdartig wie die Männer auf seinem Deck, die angestrengt in den Nebel hinaus lauschten. Verwegene, wild aussehende Kerle, gekleidet in lederne Hosen und Felljacken, einige trugen sogar ein Kettenhemd und einen eisernen Helm. Sie hielten Äxte und Schilde in den Händen, manche waren mit starken Bogen und Pfeilen bewaffnet.

Ich hastete in die Fahrerkanzel und schaute auf den Bildschirm der elektronischen Navigation. Meine Finger flogen über die Tasten und schalteten das Radar ein. Mit einem Blick aus dem Seitenfenster vergewisserte ich mich, dass jenes unbekannte Boot noch da war, doch zu meiner Verwunderung wurde es auf dem Ortungsschirm nicht angezeigt. Ratlos sank ich auf den Pilotensitz, ordnete meine Gedanken. Wer hier an der Ostsee wohnte, noch dazu an der Grenze der ehemaligen Staaten Deutschland und Dänemark, kam nicht umhin, sich mit deren Geschichte zu befassen. Ich hingegen fühlte eine solch starke Verbundenheit mit dem Land und seiner Geschichte, dass ich sogar das Segeln erlernt hatte und mit den Bräuchen und Riten der alten Wikinger vertraut war, die hier vor unsagbar langer Zeit Handel trieben und Kriege führten.

Ich kehrte zurück auf die offene Heckfläche meines Gleiters und schaute erneut hinüber zu den Fremden. Ich erkannte die typische hochgezogene Stevenform des in Klinkerbauweise ausgeführten Schiffes. Es musste ein nordisches Boot sein. Gedämpfte Anweisungen in einer kehligen Sprache ließen einen unwirklichen Eindruck entstehen. Da ich des dänischen Idioms dieser Gegend mächtig war, erkannte ich einzelne Worte wieder. Es konnte sich also nur um die sehr alte, nordische Sprache, das ›Nordisk Tunga‹ handeln, von dem ich damals in der Schule gehört hatte. Es war die nordische Muttersprache, aus der sich später alle skandinavischen Sprachen entwickelt hatten.

Ich fuhr aus meinen Überlegungen auf, als aus einer anderen Richtung laute Rufe sowie das schnelle Schlagen von Ruderblättern im Wasser ertönten. Wie aus dem Nichts flog ein langes und schlankes Schemen aus dem Nebel heran und nahm Kurs auf das erste, behäbigere Boot, bei dem es sich nur um einen Knorren, ein Handelsschiff der alten Wikinger handeln konnte. So tief, wie es im Wasser lag, war es voll beladen mit Waren, die man auf der Handelsfahrt weit im Osten eingetauscht haben mochte. Vielleicht kam es sogar aus dem damaligen Byzanz, wo die Händler orientalische Kostbarkeiten erstanden hatten.

War das der Grund für den Angriff? Wikinger machten keinen Unterschied zwischen Fremden oder eigenen Leuten. Sie kannten nur den Gegensatz von Arm und Reich, den sie gerne auszugleichen versuchten. Es bestand kein Zweifel, dass der Knorren hier auf ein Kriegsschiff der Wikinger traf, welches mit einer Übermacht an Männern in voller Waffenmontur eine tödliche Bedrohung war. Angst einflößend thronte der geschnitzte Drachenkopf auf dem Bugsteven des herannahenden Bootes.

Atemlos stand ich auf der Ladefläche des Gleiters, starrte mit brennenden Augen hinaus und konnte nicht glauben, was ich dort sah. Das Langboot schoss heran und war im Nu neben den Händlern, deren Bogenschützen einen Pfeil nach dem anderen von der Sehne jagten. Schreiend brachen die Krieger zusammen, als die spitzen Geschosse in ihre Körper einschlugen, einige kippten über Bord und versanken gurgelnd im Wasser der Ostsee. Dann waren sich die Schiffe zu nah, um noch die Bogen erfolgreich einsetzen zu können. Enterhaken flogen von der ›Snekke‹ herüber und bohrten sich in das hölzerne Dollbord der Reling. Mit mächtigen Sätzen sprangen die Kämpfer des Langbootes auf das Handelsschiff hinüber, wo die Händler sie mit wuchtigen Axtschlägen und Schwerthieben empfingen. Eine Weile waren die Angreifer in der Übermacht, doch die Händler wehrten sich mit dem Mute der Verzweiflung und fügten ihren Widersachern schwere Verluste zu. Dabei erwiesen sich die Männer, die schwere Streitäxte führten, als klar im Vorteil. Mit mächtigen Hieben drangen sie auf die Gegner ein, schlugen die Klingen tief in deren Körper. Schwerter wurden geschwungen und trennten Arme vom Rumpf, Köpfe von den Schultern. Ein Blutbad von unvorstellbarer Grausamkeit. Noch nie hatte ich Ähnliches gesehen.

Voller Panik betätigte ich das Nebelhorn, wollte mit seinem durchdringenden Ton den Kampflärm übertönen und den Männern dort drüben zeigen, dass ihnen jemand bei ihrem entsetzlichen Tun zuschaute. Ich wollte, dass sie aufhörten, sich gegenseitig niederzumetzeln. Ein lang gezogener, qualvoller Schrei mischte sich in den Ton der elektrischen Fanfare, es war mein eigener. Ich winkte mit meinen Armen, bis sie lahm wurden, doch niemand beachtete mich. In mir regte sich ein Verdacht. War es möglich, dass mich die Männer auf den Wikingerbooten gar nicht sehen konnten?

Fassungslos und mit Tränen der Verzweiflung, die mir über das Gesicht liefen, sank ich auf einen der Sitze. Meine Gedanken überschlugen sich. War es real, oder träumte ich? War das hier die Wirklichkeit, und wenn ja, welche?

Die von heute oder eine frühere? Der Gedanke, dass das, was ich dort drüben sah, womöglich gar nicht jetzt, in diesem Moment geschah, ließ mich ein wenig ruhiger werden. Aber was war das hier? Etwas, dass schon vor langer Zeit an diesem Ort geschah? Fast schien es mir, als sähe ich eine Art Luftspiegelung, nur hier nicht von einem Ort zum anderen, sondern aus einer vergangenen Zeit ins Heute.

Ich wusste es nicht, fand keine Erklärung für das, was ich sah. Drüben auf den beiden Booten wurde der Kampflärm geringer, ja schließlich kehrte sogar fast Stille ein. Es waren kaum noch Männer am Leben, und die wenigen, die sich noch bewegten, waren schwer verletzt und grausam verstümmelt. Rauch stieg auf, vermutlich hatte jemand die Feuerschale umgestoßen und die glühenden Kohlen fanden jetzt genügend Nahrung, um lodernde Flammen zu entfachen. Zwei Männer standen noch schwankend auf den Füßen, und während sich die Schwertklinge des einen in die Brust des anderen bohrte, spaltete dessen Axt den Schädel seines Feindes.

Dann war es ruhig. Totenstille umgab mich, kein Laut war mehr zu hören. Nur das Prasseln der emporzüngelnden Flammen drang noch herüber. Die Boote trieben davon, ineinander verkeilt und brennend, dem Untergang preisgegeben. Das Feuer an Bord würde beide Schiffe vernichten und alle Spuren des Kampfes beseitigen. Was übrig blieb, würde für immer und alle Zeiten auf den Grund der Ostsee sinken. Für alle Zeiten?

Ich stand an der Bordwand meines Gleiters und starrte ins Leere. Ich spürte keine Kälte mehr, obwohl mein

Körper zitterte. Ich sah nicht, wie der Nebel sich verzog und die Sicht wieder klar wurde. Ich blickte hinaus auf die See, die ich nicht einmal wahrnahm. Stumpf brütete ich vor mich hin. Meine Empfindungen waren gelähmt, mein Verstand weigerte sich, das Erlebte zu begreifen. Benommen sank ich auf die Sitzpolster und versuchte, in das Jetzt und Heute zurückzufinden.

Weshalb war ich hergekommen? Was wollte ich eigentlich hier? Urinstinkte befriedigen, Jagen, Fischen. Was ich stattdessen erlebt hatte, weckte eine tiefe Neugier in mir. Ich war sicher, dass man mich für verrückt erklären würde, wenn ich von diesem Ereignis erzählte. Zweifelte ich nicht schon selbst am Wahrheitsgehalt dieses Erlebnisses? Mein Gefühl sagte mir, dass ich am Anfang einer spannenden Suche stand. Ich konnte alles ignorieren, das Erlebte verdrängen. Oder der Sache auf den Grund gehen und Nachforschungen darüber anstellen, was es mit diesem Überfall damals auf sich hatte, warum dieses Ereignis ausgerechnet mir zuteilwurde.

Mir war noch nicht klar, wie ich mich entscheiden würde. Wo sollte ich ansetzen? Wo meine Suche beginnen? Mein Unterbewusstsein nahm mir diese Entscheidung ab. Wohin konnte man sich wenden, wenn man Fragen zu längst vergangenen Geschehnissen hatte? Tief in mir wusste ich die Antwort und begann, das Angelgerät zu verstauen. Ich setzte mich in den Pilotensitz des Gleiters und programmierte mein Ziel, das Landesmuseum Schleswig in Haithabu. Entspannt lehnte ich mich zurück, während das Summen der Feldgeneratoren lauter wurde und das Fahrzeug an Höhe gewann. Wenn jemand meine Fragen beantworten könnte, dann würde ich denjenigen mit Sicherheit dort finden, an dem alten Handelsplatz der Nordmänner. Der Gleiter schwenkte herum und ging auf Kurs.

Die Möwe

Der Bug schnitt durch die Wellen, das Wasser schäumte am Bootsrumpf entlang, und kleine Wirbel zogen perlende Luftblasen in die Tiefe. Die Yacht machte gute Fahrt, denn wider Erwarten war die See ruhig. Mit ein wenig Glück würde die Wetterlage bis nach Dänemark stabil bleiben. Zwar hatte Jensen vor dem Auslaufen im Seefunk die Starkwind-Warnung gehört, doch bislang war von einer Wetteränderung nichts zu spüren. Er vertraute darauf, dass die Schlechtwetterfront wie üblich erst gegen Mittag auftreten würde. Bis dahin sollten Boot und Kapitän bereits ihr Ziel erreicht haben. Der Mann am Ruder schaute prüfend in den Himmel, doch es war keine Wolke zu sehen. Nur eine Möwe kreiste über dem Boot und schrie ihren Morgengruß der aufgehenden Sonne entgegen.

Jensen schaltete die Selbststeueranlage ein, das Boot würde den gewählten Kurs von allein halten. Er begann sich auf dem kleinen Kocher einen Kaffee zu bereiten, denn noch befanden sie sich außerhalb der stark befahrenen Schifffahrtslinie, wo das Wasser kabbeliger war und er seine ganze Aufmerksamkeit dem Seeschiffsverkehr widmen musste. Jensens Gedanken schweiften ab, als er das heiße Wasser in den Kaffeefilter goss. Früher hatten seine Frau Gertrud und er sich alle anfallenden Arbeiten auf dem Schiff geteilt. Sie hatte sich um sein leibliches Wohl gekümmert, während er die Sorge um Kurs und Schiff trug. Sie führten damals ein angenehmes Leben und waren bei allen seemännischen Manövern ein gut eingespieltes Team gewesen. Einer hatte sich auf den anderen verlassen können – wie in der langen Ehe, in der sie stets Seite an Seite gegangen waren. Er vermisste Gertrud.

Er griff nach einem Laib Brot, schnitt eine Scheibe ab, beschmierte sie mit Butter und legte eine dicke Scheibe Käse darauf. Dazu schenkte er sich einen Becher frischen Kaffee ein, das weckte die Lebensgeister. Sie hatten es immer so gehalten, Frühstück gab es nach dem Auslaufen. Die Reste und Krümel, die übrig blieben, bekamen die Möwen. Daran hatten die Vögel sich schnell gewöhnt und waren dem Boot stets gefolgt, bis sie ihren Anteil bekamen.

Jensens Blick stieg wieder hoch in den Himmel. Der Seevogel war nicht mehr da. Der Mann fuhr herum, als hinter ihm ein heiserer Schrei ertönte. Er sah die Möwe auf der anderen Seite neben dem Boot fliegen. Sie schaute erwartungsvoll zu ihm herüber. Lachend brach er einen Brocken von dem Brot ab und warf ihn hoch in die Luft. Der Vogel änderte seinen Kurs mit einem akrobatischen Manöver und fing den Bissen im Flug auf. Dann stieg er wieder empor, um das Schiff in größerer Höhe zu begleiten. Jensen schmunzelte, aß weiter sein Frühstück und genoss Schluck um Schluck den heißen Kaffee. Er lauschte dem Geräusch des Dieselmotors. Sein gleichmäßiges Tuckern gab ihm ein Gefühl der Sicherheit.

Der Skipper reckte sich wohlig in der Morgensonne. An Bord schien alles in Ordnung, stellte er beruhigt mit einem Blick auf die Instrumente fest. Er begann, das Geschirr zu verstauen und die Spuren des Frühstücks zu beseitigen. Immer wieder ging sein Blick prüfend über die See. Es war kein anderes Schiff in Sicht. Er war allein auf der Weite des Meeres. Seine Gedanken kehrten zurück zu Gertrud. Was gäbe er darum, wenn sie jetzt da wäre? So viele Jahre, in denen sie gemeinsam das Leben bestritten, sich geliebt und alles mit einander geplant und erlebt hatten, zu Land und auf dem Wasser. Doch das Schicksal hatte es anders gewollt. Die tückische Krankheit war schnell und unbarmherzig gekommen. Er hatte Gertrud versprechen müssen, dass er auch allein all die Fahrten machen würde, die sie zusammen in den langen Wintermonaten geplant hatten, und die sie nun nicht mehr mit ihm erleben konnte. »Ich werde bei dir sein, wo du auch bist. Ich werde dich begleiten«, hatte sie ihm gesagt. Wenn es doch nur so wäre.

Er vergaß die trüben Gedanken, als die Möwe einen grellen Schrei ertönen ließ, und richtete seinen Blick nach oben. Der Vogel flog an der Backbordseite des Schiffes. Als er ihn ausgemacht hatte, sah er im Hintergrund die dunklen Wolken am Horizont. Sie zogen beängstigend schnell von Norden her auf. Jensen schien es, als hätte der Vogel ihn darauf aufmerksam machen wollen. Ein kurzer Gedanke zuckte durch seinen Kopf, doch er erschien ihm zu absurd, um ihn zu Ende zu denken. Es war eine Möwe, weiter nichts. Er versuchte, die Idee zu vertreiben, an anderes zu denken. Doch immer wieder kam er darauf zurück.

Hatte sie ihn nicht schon während der letzten Fahrten begleitet? Saß sie nicht schon morgens auf den Dalben, wenn er aus der Koje kroch? Ließ sie sich nicht abends auf dem Dach des Steuerhauses nieder? Unsinn! Es gab zigtausende von Möwen, und an der Küste waren sie überall. Warum sollte eine einzige Möwe dauernd in seiner Nähe sein? Er verwarf den Gedanken endgültig und dachte: »Nein! Es ist eine Möwe, weiter nichts.«

Die Welle, die das Boot von der Seite her traf, ließ ihn wanken. Sie riss Jensen aus seiner Grübelei und er kehrte an das Ruder zurück. Die See hatte sich verändert. Die Sonne war verschwunden, auf der Oberfläche des Meeres tanzten kleine, steile Wellen. Als er nach hinten schaute, sah er die Flagge am Heck nach Steuerbord wehen. Das Unwetter kam schneller als erwartet. Es traf das Schiff von der Seite, schleuderte es hin und her. Etwas Weißes tauchte neben dem Schiff auf und er drehte den Kopf. Es war die Möwe, sie war direkt neben ihm. Mit einem neugierigen Blick schaute sie zu ihm herein.

Er fluchte leise, weil er sich hatte ablenken lassen. Eine Woge traf das Schiff mit voller Wucht und der Schlag hätte ihn fast vom Sitz des Rudergängers geschleudert. Er musste sich besser konzentrieren, einen Kurs finden, der ihn ein wenig spitzer zu der seitlich anrollenden See führte. So würde er das Boot leichter fahren können. Jensen schaute hinaus in das nasse Chaos, das ihn umgab. Er schaltete die Scheibenwischer auf die höchste Stufe, denn die Gischt nahm ihm die Sicht. Er sah das weiße Schemen, das von der Seite her in sein Blickfeld huschte. Der Vogel flog vor das Schiff und wanderte nach backbord aus. Genau dorthin würde er den Kurs ändern. Der Bug drehte sich schwerfällig in dem aufgewühlten Wasser, als er das Schiff auf den neuen Kurs zwang. Die Möwe blieb neben dem Ruderhaus, segelte ohne Flügelschlag mit einer Leichtigkeit im Wind, die Jensen bewunderte. Der Sturm schien ihr nichts auszumachen, eher im Gegenteil. Sie ritt elegant auf den Windböen und blieb dabei erstaunlich nahe am Schiff. Fast hätte der Skipper sie berühren können.

Der Sturm gewann immer mehr an Kraft, schüttelte das Boot und warf es von den höchsten Wellenkämmen hinab in tiefste Täler. Noch immer flog der Vogel neben dem Schiff, obwohl es für ihn ein Leichtes gewesen wäre, sich vom Sturm zum Festland tragen zu lassen. Doch er war da. Wieder hörte Jensen Gertruds Worte. »Ich werde bei dir sein, wo du auch bist. Ich werde dich begleiten«, hatte sie ihm gesagt. War es so? Mit einem heiseren Schrei stieg die Möwe plötzlich auf. Der Mann sah durch die wasserüberströmten Scheiben des Ruderhauses die gewaltige Woge auf sich zu kommen. Ihm blieb keine Zeit zu reagieren, auch verspürte er keine Angst. Im nächsten Moment war die Riesenwelle bei ihm. Sie hob das kleine Schiff beinahe in den Himmel, um es auf ihrer Rückseite in die tiefste Hölle zu stürzen. Das Meer schlug über dem Boot zusammen, fegte die Persenning weg und drang in das Schiffsinnere ein. Jensen spürte die Kälte des Wassers, dann kenterte das Boot. Der Mann fühlte nichts, als er zum Grund sank. Die kurz aufkeimende Panik wich einer unendlichen Ruhe. Er hörte das Rauschen der Wellen über sich, unterbrochen von einem Geräusch, dass die aufsteigenden Luftblasen aus dem Schiff verursachten. Sein Blick folgte ihnen bis an die Wasseroberfläche, wo ein weißes Schemen vorüber glitt. »Ich bin bei dir«, dachte er als es dunkel wurde.

Über dem Wasser heulte der Sturm weiter über das Meer, türmte meterhohe Wellen auf und setzte ihnen Schaumkronen aufs Haupt. Die Möwe kreiste eine Weile dort, wo das Boot hätte sein sollen. Es war fort. Dafür trieb etwas Helles auf der Wasseroberfläche. Die Kreise, die der Vogel flog, wurden enger, und er segelte tief hinab, fast bis auf die Wellenkämme. Ihre klagenden Schreie wurden fordernder, bis sich der andere Vogel von der Meeresoberfläche löste und mit kraftvollem Flügelschlag an Höhe gewann. Dicht nebeneinander stiegen die beiden Möwen hoch hinauf, um dann abzudrehen und sich vom Wind über das Meer davontragen zu lassen.

Abschied

Es fiel ihm unsagbar schwer Abschied zu nehmen. Doch es musste sein, es gab keinen anderen Weg. Auch Heike konnte sich gar nicht von ihm trennen. Sie standen nun schon eine ganze Zeit auf dem Kai neben seinem Schiff, das bereit zum Auslaufen war. In wenigen Augenblicken würde der Kapitän die Gangway einholen und die Leinen loswerfen lassen. Dann ging es hinaus auf See, die weite, unerbittliche Nordsee.

»Nordsee ist Mordsee«, flüsterte Heike dicht an seinem Ohr, und der leise Windhauch ihres Atems streichelte seinen Hals. Jonas spürte, wie sich seine feinen Nackenhaare wieder aufstellten und er wünschte sich, die letzte Nacht wäre nie zu Ende gegangen. Wohlige Schauer rannen seinen Rücken hinab, als er sich an die zärtlichen Umarmungen erinnerte. Sie war ihm so nah gewesen, wie noch keine zuvor.

»Es geht nicht anders«, stammelte er hilflos, und seine Stimme klang rau wie ein Reibeisen.

»Aber, wenn du nun nicht wiederkommst...«, befürchtete das Mädchen in seinen Armen. Böse Gedanken quälten Heike. Gedanken, die ihr das Schlimmste vorgaukelten, Gedanken von Stürmen und haushohen Wellen, die ihr den Liebsten nahmen. Auch sie fühlte noch die Wärme seines Körpers an ihrer Seite, seine sanften Hände, die ein wenig unbeholfen und neugierig das ihm Fremde ertasteten und ihr wohligen Genuss bereiteten. Sie kannten sich erst kurze Zeit und hatten doch schon herausgefunden, dass sie füreinander geschaffen waren.

»Ich komme wieder, ganz bestimmt«, versprach er und streichelte zärtlich ihr Gesicht, dessen feine Linien er in der Nacht mit den Fingerspitzen nachgezeichnet hatte, um niemals ihr Bildnis vergessen zu können. Selbst, wenn man ihm das Augenlicht nähme, er hatte sich jedes Fältchen, jedes Härchen und jedes Grübchen genauestens eingeprägt. Er würde sein Mädchen unter Tausenden ertasten können. »Mach dir keine Sorgen, ich…«, murmelte er ganz im Banne ihres lieblichen Gesichtes, als ihn jäh das Typhon seines Schiffes mit lautem und sattem Ton an Bord rief. Es wurde Zeit, doch Jonas konnte sich nicht entschließen, dieses zarte Geschöpf, das ihm der Himmel wohl selbst geschickt haben musste, aus seinen Armen zu lassen. Dröhnend erinnerte ihn das Nebelhorn daran, dass es in seinem Leben auch Pflichten gab, denen er nachkommen musste.

Er sah, wie sich Heikes Augen mit Tränen füllten und es zerriss ihm fast das Herz. Wie grausam konnte das Leben sein. Zwei Seelen, die sich gerade erst gefunden hatten, im nächsten Moment wieder auseinanderzureißen. Konnte es das geben? Durfte das sein? Er seufzte abgrundtief und zog das zitternde Wesen an sich. Heike schluchzte haltlos und er konnte sie gut verstehen. Doch ändern konnte er die Dinge nicht.

»Du musst jetzt ganz stark sein. Ich verspreche dir, dass ich so schnell es geht wieder bei dir sein werde«, versicherte er ihr. Doch Heike schüttelte nur den Kopf und die Tränen rannen weiter über ihr Gesicht.

»Ihr Seeleute habt doch in jedem Hafen eine andere«, schluchzte sie. »Ganz bestimmt warten da draußen Dutzende anderer Mädchen auf dich!« Jonas Gesicht erstarrte. An so etwas hatte er bisher noch nicht einmal gedacht. Und dass dieses zarte Geschöpf in seinen Armen ihm das zutraute, schmerzte ihn sehr. Er spürte einen Stich in seinem Herzen.

»Jonas! Zum Henker, wo bleibst du?«, brüllte der Kapitän von der Brücke des Schiffes herab. »An Bord mit dir, sonst soll dich der Klabautermann holen!« Jonas ließ das Mädchen los, wandte sich um und winkte nach oben, als Zeichen, dass er verstanden hatte. Ein lautes Aufschluchzen in seinem Rücken ließ ihn jedoch wieder herumfahren. Bei Neptuns Walrössern, was sollte er tun? Hin und her gerissen zwischen Gefühl und Pflicht verspürte er immer weniger Neigung, der Anweisung seines Kapitäns zu gehorchen. Das ging doch nicht, er konnte das Mädchen nicht allein auf der Pier stehen lassen. Was konnte ihm alles geschehen? Es konnte ins Wasser stürzen, entführt werden, oder gar schlimmeres. Was wäre, wenn Heike ein Mann begegnete, einer der ihr noch besser gefiel als Jonas? Sollte das Schiff doch ablegen und ohne ihn fahren. Ein Mann mehr oder weniger an Bord, was würde das schon ausmachen? Heilige Seekuh, niemandem würde das auffallen.

»Jonas! Schwing deinen Hintern an Bord, sonst lass ich dich kielholen«, donnerte es von der Brücke herab und Heikes Schluchzen verstärkte sich noch mehr. Jonas spürte, wie etwas sein Herz nahm und in einen Schraubstock spannte. Langsam schlossen sich dessen Backen und der Druck wurde übermächtig. Fast blieb es stehen und tat unendlich weh. In seinem Hals steckte ein Kloß, und er fühlte die Tränen in sich aufsteigen. Tränen des Zorns und der Ohnmacht. Der Schiffsdiesel lief bereits, Jonas vernahm das tiefe Brummen des Motors aus dem Bauch des Schiffes. Verzweiflung überkam ihn und er zog Heike noch einmal in seine Arme. Tief sog er ihren Duft ein, einen Hauch von süßer Vanille, Versprechen und Verheißung zugleich.

»Sei stark, mein Mädchen!« Die Worte wollten nicht über seine Lippen, und er stieß sie fast hervor, begleitet von heftigem Schlucken, mit dem er seine aufsteigenden Gefühle unterdrückte. Jonas fühlte sich von hinten gepackt. Fassungslos starrte er auf die beiden Matrosen, die rechts und links neben ihm standen und ihn an den Armen ergriffen.

»Jonas, der Alte tobt«, murmelte einer der beiden, dann zogen sie ihn weg. Aus den Armen des Mädchens, das ihn halten wollte und doch nicht konnte. Für einen Augenblick stand Heike da, mit ausgestreckten Armen, die langsam und mutlos nach unten sanken. Einer der Matrosen schaute über die Schulter zurück.

»Er ist ja bald wieder zurück. Die Fahrt dauert nicht lange«, versuchte er das Mädchen zu trösten, das in seinem ganzen Abschiedsschmerz einen jämmerlichen Anblick bot.

Dann stand Jonas an der Reling, die Hand zu einem letzten Gruß erhoben. Schwach und kraftlos sein Winken, voller Tränen seine Augen. Das Bild des Mädchens verschwamm im Meer des Abschiedsschmerzes. Die Leinen wurden los geworfen, das Schiff trieb von der Kaje weg und die Schraube begann sich zu drehen. Immer schneller wurde das Schiff, immer weiter entfernte es sich und immer kleiner wurde das einsam auf dem Pier stehende Mädchen. Jonas´ Hände griffen nach der Reling und einen Moment sah es aus, als wolle er sich kopfüber ins Wasser stürzen und zurück schwimmen zu der Liebe seines Lebens. Doch siegte die Vernunft. Es mochten auch die wuchtigen Schritte gewesen sein, die er hinter sich vernahm und das Unternehmen vereitelten. Jonas erkannte an ihrem festen Klang sofort, dass sein Kapitän hinter ihm stand.

»Jonas, Jonas! Was soll aus dir mal werden?«, hörte er die ruhige Stimme des Offiziers. »Junge, du führst dich auf, als führen wir einen Trampliner und wären die nächsten 5 Jahre auf See. Meinst du nicht, dass ein Mann stark genug sein sollte, die Überfahrt an Bord einer Fähre vom Festland bis zur Insel überstehen zu können? In zwei Stunden hast du deine Heike doch wieder, dann könnt ihr turteln bis das Meer gefriert. Aber in diesen zwei Stunden will ich, dass du hier deinen Mann stehst. Ist das klar?«

»Aye, aye, Kapitän!«, seufzte Jonas ergeben und wandte sich ab, um die Fahrkarten der Fahrgäste hinüber nach Langeoog zu kontrollieren.

Das Drachenschiff

Unser Motorboot hatte einen Liegeplatz am Ende der Bucht gefunden und zu Fuß gingen wir zurück zum Hafen von Schleswig. Direkt neben dem schmucken Segler unserer Freunde, die mit uns diesen Törn machten, dümpelte ein schwarzes Wikingerboot auf den Wellen der Schlei. Der geschnitzte Drachenkopf am Bug des Bootes war furchterregend und starrte mich züngelnd an. Offensichtlich war man bereit zum Ablegen, doch es war noch ein Platz auf einer Ruderbank frei. Der Schiffsführer stand am Mast und schaute suchend umher, sein Blick fiel auf mich und er formte die Hände zum Trichter.

»He! Mann! Komm an Bord, alle warten nur auf dich!«

»Du, der meint dich! Kennst du den?«, fragte mein holdes Weib, das gerade einen Fuß an Deck der BEERS gesetzt hatte.

»Nö, aber wenn er mich meint? Was soll ich tun? Meinem Kapitän muss ich gehorchen«, griente ich. Kurz entschlossen und neugierig, was alles noch weiter passieren würde, sprang ich behände an Bord des Wikingerschiffs.

»Also, tschüss denn! Wir fahren mal eben England plündern! Ich bring dir auch was Schönes mit«, rief ich meinem weiblichen Bootsmann zu und erntete lautes Gelächter von allen Seiten. Ich setzte mich auf die Bank und griff nach einem Riemen. Dann legten wir ab und mit leichtem Ruderschlag glitt das Boot hinaus auf die Schlei. Das letzte, was ich von meinem Eheweib sah, war das entsetzte Gesicht, mit dem sie hinter uns her starrte.

»Mama! Wer war der komische Mann neben dir, der da gerade auf das Wikingerschiff gesprungen ist? Kennst du den?«, fragte unsere Tochter, die während des Törns an Bord des Bootes unserer Freunde geblieben war und uns schon erwartet hatte.

»Ich fürchte nicht wirklich«, seufzte meine bessere Hälfte. Sie nahm das Sherryglas, das Wolfgang ihr zum Manöverschluck hinhielt, setzte es an die Lippen und kippte den Inhalt auf Ex in sich hinein.

»So«, murmelte sie. »Jetzt ist mir besser!«

Das Boot mit dem Drachenkopf am Bug flog nur so dahin. Längst hatten wir die Riemen eingezogen, denn der Wind hatte auf Nord gedreht und blies kräftig. Er blähte das rotweißgestreifte Segel und trieb uns vor sich her über die Schlei. Im Nu hatten wir die Kleine Breite überquert und jagten mit schäumender Bugwelle auf die Stexwiger Enge zu. Ich stand neben dem geschnitzten Drachenkopf am Bug des Schiffes und schaute hinaus auf die riesige Wasserfläche der Großen Breite.

»Luv an! Du kommst zu dicht an die Sandbänke«, rief ich dem Steuermann über die Schulter zu. Der vollbärtige Schiffsführer warf seinem Rudergänger einen Blick zu und schaute mich dann ruhig an.

»Du solltest dich auf die Leute verlassen, die von hier sind«, meinte er. »Sie wissen schon genau, was sie tun.«

Wortlos drehte ich mich um und setzte mich auf eine Bank am Mast. Ein wenig Halt würde sicher nicht schlecht sein, dachte ich mir. Im nächsten Moment schob sich der Kiel des Bootes auch schon knirschend auf eine der Untiefen, die ich zwar eigentlich nicht kennen konnte, von deren Existenz ich aber seltsamerweise trotzdem wusste. Es ruckte kräftig, und einige Männer purzelten übereinander. Allerdings reichte unsere Geschwindigkeit aus, das Boot über den Sandbuckel zu schieben und so setzten wir die Fahrt ohne nennenswertes Malheur fort. Es wäre anders ausgegangen, wenn dies ein Stein gewesen wäre. Lautes Schimpfen zeigte allerdings, dass die Mannschaft über den Fehler des Steuermanns nicht eben glücklich war, und so mancher ›Wikinger‹ fühlte eine Beule an seinem Kopf wachsen. Mein Blick traf sich mit dem des Vormanns.

»Wer bist du?«, fragte er leise und musterte mich aus zusammengekniffenen Augen.

»Nur ein Motorbootfahrer, der noch nicht einmal segeln kann und auch nicht von hier ist«, gab ich gutgelaunt zurück.

»Ulf, lass diesen Mann ans Ruder! Ich will sehen, was er kann!«, ordnete der Vormann an. Ulf trat zögernd zur Seite, um mir das Ruder zu überlassen. Man sah ihm an, dass er damit nicht einverstanden war.

»Eine Runde über die Große Breite, dann zurück nach Schleswig!«, kam die Anweisung des Bootsführers. Grinsend stand die Mannschaft vor mir auf dem Deck und beobachtete jede meiner Bewegungen. Ich packte fest zu und bewegte die Pinne probeweise hin und her, um die

Bewegungen des kräftigen Steuerruders zu prüfen. Es bedurfte einiger Muskelkraft, dem Schiff den rechten Kurs aufzuzwingen. Erstaunt bemerkte ich jedoch, dass mir dieser Schiffstyp vertrauter war, als ich befürchtet hatte. Ich fand mich gut zurecht, spürte das Schiff über das Ruder in meinem Arm und es war, als sei ich mit dem Boot eins. Obwohl es vollkommen anders getakelt war als moderne Segelyachten, so kam mir der Segelunterricht unseres Freundes jetzt gut zupass. Wir hatten die enge Fahrwasserstelle längst hinter uns gelassen, und ich brachte das Drachenschiff auf neuen Kurs. Ich ließ das Segel brassen um den Wind voll nutzen zu können, justierte die Schoten und die Skuder jagte mit fast achterlichem Wind raumschots nach Südosten. Dann wieder eine Kursänderung und hoch am Wind ging es auf das Ufer bei Weseby zu. Ich merkte schnell, dass dieser Kurs dem Schiff nicht lag und griff daher zu einem alten Wikingertrick. Ich ließ das Unterliek des Segels auf der Leeseite dicht holen und auf der Luvseite mit einer beweglichen Stange, der Spiere, ausbringen. So wurde das Segel fast auf Mittschiffslinie gehalten, was einen Kursvorteil von 20 bis 25 Grad brachte. Mit zwei Kreuzschlägen steuerte ich das Boot nach Norden, um es dann wieder mit halbem Wind zurück durch das schmale Stexwiger Fahrwasser nach Schleswig zu segeln.

Wäre ich jetzt auf der Ostsee, ich hätte nicht eher Halt gemacht, bis der Bugdrache sich in Finnland irgendwo die Nase am Ufer gestoßen hätte. Ein unbeschreibliches Gefühl von Vertrautheit, Fernweh und dem unbändigen Drang, alle Fesseln des hiesigen Lebens abzustreifen, durchdrang mich und ich sehnte mich nach der Weite des Meeres. Jener unendlichen Fläche, bei der man oft nicht weiß, wo das Wasser aufhört und der Himmel beginnt. Deren Farbe sich innerhalb von Sekunden verändern kann, je nachdem wie der Lichteinfall der Sonne ist und die kaum ein Maler auf seiner Palette mischen kann. Immer wieder klangen die Worte des Vormanns in mir: »Wer bist du?« Sie begannen, in meinem Kopf zu kreisen. Wer war ich? Wo war ich? Und …, wenn ich mir so sehr wünschte, woanders zu sein, war ich dann hier überhaupt richtig? Mir war, als wäre ich jemand, der in einer anderen Zeit gefangen war. In einer Zeit, in die er nicht gehörte. Konnte es sein, dass ein Mensch mehrere Leben durchleben durfte? Konnte es sein, dass man sich dabei an Dinge und Fähigkeiten erinnerte, die man in einem früheren Dasein besessen hatte? Mir kam es so vor, als sei ich noch nie so nah an meinem eigenen Ich gewesen, wie in diesem Augenblick.

»He, Ulf! Bislang dachten wir, außer dir gäbe es hier keinen guten Rudergänger! Da steht aber einer«, feixten die Männer an Bord, und Steuermann Ulf schien nicht sehr glücklich zu sein. Ich klopfte ihm freundschaftlich auf die Schulter.

»Mach dir nichts draus, ich bin sowieso nur auf Urlaub hier und bald wieder verschwunden. Du bleibst an Bord die Nummer eins«, tröstete ich ihn und gab ihm seinen Platz am Ruder zurück. Routiniert steuerte er das Drachenboot sicher in die Box neben der BEERS.

»Es war mir ein Vergnügen mit euch zu fahren«, sagte ich und verabschiedete mich von der Wikingercrew des

Bootes. Ein fester und harter Händedruck des Skippers zeigte mir seinen Respekt und bevor ich ging, meinte er leise: »Du wärest es wert! Du solltest ihn tragen!«

Ich hatte keine Ahnung, wovon er sprach, doch bevor ich ihn fragen konnte, wandte er sich ab und ging zum Heck des Bootes. Ich blickte ihm unschlüssig nach, dann sprang ich an Land und stieg um auf die BEERS.

Längst hatte sich der Tag geneigt, die Sonne war bereits am Horizont verschwunden und die Abenddämmerung legte sich über die Schlei und ihre geschichtsträchtigen Ufer. Lange saßen wir in der Plicht zusammen, und ich musste den staunenden Freunden und meinem grimmig dreinschauenden Goldstück erzählen, was sich zugetragen hatte.

»Wie kam es eigentlich, dass du vorhin im Wikingerlager plötzlich dänisch gesprochen hast?«, fragte mich meine Angetraute, denn als wir über den Wikingermarkt gegangen waren, hatte ich mich mit einigen Händlern augenscheinlich auf Dänisch unterhalten. Ich schaute sie nachdenklich an. Die gleiche Frage hatte ich mir auch schon gestellt, denn meine dänischen Sprachkenntnisse hatten sich bis dahin auf die gängigsten Touristenvokabeln beschränkt. Ich drehte den Kopf und schaute hinaus auf das glitzernde Wasser der Schlei.

»Wie kommt es, dass ich plötzlich Segeln kann? Noch dazu mit einem Wikingerkahn? Was meinte der Wikinger-Vormann, als er sagte, ich wäre es wert, ihn zu tragen? Welche Geheimnisse sind eigentlich noch unter der Oberfläche der Schlei verborgen? Ich wünschte, ich wüsste, was hier vor sich geht. Aber ich habe keine

Ahnung«, antwortete ich leise und nachdenklich. Dann nahm einen langen Schluck von dem Met, den Bärbel vom Wikingermarkt mitgebracht hatte.

»Ich glaube, ich kaufe dir in Haithabu doch noch einen Thorshammer«, murmelte mein Eheweib und seufzte.

Der Auftrag

Das Wasser um uns herum kochte, die Gischt schlug mir entgegen, bohrte sich wie mit Nadeln in meine Wangen und das Salzwasser brannte in den Augen. Die Wogen gingen hoch, und ich hatte Mühe, das Schlauchboot trotz seiner starken Motorisierung auf Kurs zu halten. Ich sah, wie Jean-Luc den Arm hob und in eine Richtung wies. Durch das überspritzende Wasser sah auch ich die Stelle, an der sich keine Schiffe befanden. Dort schien die Lücke zu sein, die wir brauchten, um aus diesem Hexenkessel zu entkommen. Das große Fangschiff war uns bedrohlich nahe gekommen und die kleinen Bergungseinheiten hatten uns in die Zange genommen, um uns gegen den vergleichsweise riesigen Rumpf des Walfängers zu drücken. Ich schob den Gashebel nach vorn und das Hartrumpfboot mit den großen Luftschläuchen drum herum machte einen Satz nach vorn und schoss durch den engen Spalt zwischen zwei Booten hindurch.

Die Fischer, nur zu dem einen Zweck hier, Wale zu jagen, drohten uns mit Handharpunen und Messern. In ihren grimmigen Gesichtern stand die Wut zu lesen, dass wir sie derart bedrängten und sie an ihrem Vorhaben hindern wollten. Für sie waren die Walschützer der Teufel in Person, der sie von ihrem Broterwerb abbringen wollte. Eine Horde Verrückter, die von den Meeren der

Welt gefegt werden mussten.

Ein Wasserstrahl, so dick wie ein Männerarm knallte ins Boot, drückte es aus dem Kurs und ich hatte Mühe, es abzufangen. Dann hatten wir die Schiffe passiert, im Moment war vor uns freies Wasser und wir konnten uns orientieren. Die anderen, in grellem Warnorange gehaltenen Schlauchboote der Walschützer, kämpften innerhalb der Fangflotte weit verstreut mit ähnlichen Situationen.

Einige der Walfangboote drehten plötzlich ab, beteiligten sich nicht weiter an der Jagd auf uns, sondern schienen ein lohnenderes Ziel ins Visier nehmen zu wollen. Etwas schwerfälliger manövrierten die Harpunenschiffe, doch auch sie drehten den Bug von uns weg. Was sollte das? Eben noch waren wir die Gejagten, plötzlich interessierte sich niemand mehr für uns?! Das konnte nur eins heißen: Wale!

»Vite, vite! Da `intön! Ein Walku` mit soine Kiend!«

Jean-Luc wedelte aufgeregt mit den Armen, und nun sah ich sie auch. Sofort riss ich das Boot in eine enge Kurve, denn das Tier war offensichtlich das neue Ziel der Walfänger. Wir hatten die bessere Ausgangsposition und würden den Wal eher erreichen als die Fischer. Ich ging mit dem Boot so nah wie möglich an den riesigen Koloss heran, um das Tier gegen die mit den Kanonen abgeschossenen Sprengkopfharpunen abzudecken. Sie würden es nicht wagen, mit diesen gefährlichen Waffen auf unsere Boote zu feuern.

»Merde! Sie schießön auf uns!«, schrie der Franzose im nächsten Moment, und auf seinem Gesicht zeigte sich ungläubiges Entsetzen. Die erste Harpune jagte mit zischendem Geräusch direkt über unsere Köpfe hinweg, und fast gleichzeitig hörten wir den Knall der abgefeuerten Kanone.

»Wi muss noch weite da ran!«, forderte Björn und ich nickte dem Jungen aus Aarhus zu. Ich musste höllisch aufpassen, dass ich der auftauchenden Kuh und ihrem Jungen nicht in die Bahn geriet, musste erahnen, wo sie das nächste Mal die Oberfläche durchbrechen würde, um mit ihrem Kalb zu atmen.

Jetzt befanden wir uns Seite an Seite mit dem Muttertier, ein gezielter Schuss auf den Wal war somit für die Waljäger unmöglich. Fast berührten wir die schrundige Haut des grauen Riesen, als die nächste Harpune heranzischte. Sie schlug im Boot ein und die Granate, die eigentlich im Innern eines Wals explodieren sollte, detonierte im Bug und zerfetzte die mit Luft aufgepumpten Gummiwülste. Ich sah, wie der Luftdruck Björn und den Franzosen über Bord schleuderte, spürte wie ein Ruck durch das Boot ging, als die Reste der Harpune den Kunststoffrumpf durchschlugen und in den Körper des Wals eindrangen. Die Splitter nagelten das Boot regelrecht an dem massigen Körper des Tieres fest, fesselten den Wal und seinen Beschützer aneinander.

Von einer Sekunde zur anderen umfing mich das trübe Grün des Ozeans, Nässe durchdrang meine Kleidung. Der Wal tauchte mit mir ab. Die Rettungsweste blies sich auf, zerrte an meinem Hals, wollte mich nach oben tragen, aber ich hing fest. Gefangen in den Sicherheitsgurten, die mich als Bootsführer davor bewahren sollten, dass mich die Wellen aus dem tanzenden, wild bockenden Boot schleuderten.

Ich fühlte den Druck größer werden, der Wal tauchte tief, und obwohl die Kälte des Meeres meinen Körper durchdrang, berührte sie mich kaum. Plötzlich war um mich herum Ruhe und Frieden, Stille umgab mich, und ich hörte die quietschenden und knarrenden Laute, mit denen die Walmutter zu ihrem Kind sprach. Eine feine Blutspur zog sich hinter ihr durchs Wasser, während sie zusammen mit dem Boot und mir immer tiefer tauchte. Vor meinen Augen wurde es immer dunkler, meine Lungen drohten zu bersten. Schwerfällig kämpften sich Gedanken in mein Bewusstsein, und am Rande der Ohnmacht erstarb der Walgesang. Dafür nahm ich mit plötzlich unglaublicher Klarheit die Bedeutung der Laute wahr.

»Mutter! Stirbst Du jetzt?«, hörte ich das Walkalb fragen.

»Erst stirbt der Mensch, der an mir hängt!«, flüsterte die Kuh zurück und sie drehte ihren Körper so, dass sie mich mit dem einen Auge sehen konnte. »Sie töten nicht nur uns, sie töten sich auch noch gegenseitig! Unfassbar!«

»Muss das kleine Wesen auch atmen?«, fragte das Kalb und eine kurze Erinnerung an meine eigene Kinderzeit tauchte in mir auf, in der auch ich meine Eltern mit tausend Fragen zur Verzweiflung getrieben hatte. Ich fühlte Bedauern und mit unglaublicher Gleichmut fand ich mich damit ab, dass dieses meine letzten Empfindungen sein würden. Längst hatten meine Finger den Versuch aufgegeben, die Schlösser der Gurte zu öffnen, die mich gefangen hielten.

»Er wird ertrinken, wenn ich nicht mit ihm auftauche!«, stellte die Kuh fest.

»Wenn du auftauchst, wirst du getötet!«, dachte ich.

»Wenn ich nicht auftauche, stirbst du!«, kam es von dem Wal zurück.

»Aber dein Kalb! Wird es allein überleben?«, schoss es mir durch den Kopf.

»Es ist groß und stark genug, und wenn sie mich getötet haben, werden sie es schwimmen lassen!«, tönte es in meinem Bewusstsein.

»Du darfst dich nicht opfern!«, schrien meine Gedanken. »Sonst war alles umsonst! Wir sind hier, um euch zu retten!«

»Nun rette ich dich!«, antwortete die Walkuh.

Ich spürte, wie der Druck geringer wurde, tauchte sie mit mir auf? Erneut vernahm ich das Wispern in meinem Kopf.

»Nichts geschieht umsonst! Du wirst leben, wie mein Kind! Und du wirst zu den Menschen zurückkehren! Berichte ihnen, was hier geschah, und mein Kalb wird es allen Walen erzählen! Das ist alles, was ich von dir fordere!«

Noch bevor ich antworten konnte, explodierte in meinem Kopf ein Feuerwerk, der Wal durchbrach die Wasseroberfläche, drehte sich so, dass ich für alle sichtbar über dem Meer an den Resten des Bootes hing. Ich atmete, meine schmerzenden Lungen rangen nach Luft, und hustend spie ich das Salzwasser aus meinem Körper. Ich versuchte die Augen zu öffnen. Etwas war direkt neben mir, etwas Lautes, wie Bootsmotoren. Hände packten mich, schnitten mich aus den Gurten und zogen mich in eines der Greenpeace-Boote.

»Luc? Björn?«, stieß ich hervor und vernahm eine Stimme, die beruhigend auf mich einredete.

»Sie sind in Sicherheit und kaum verletzt!«

»Rettet die Kuh!«, würgte ich heraus. Ein hohles Pfeifen näherte sich und ich hörte im selben Moment den Einschlag der Harpune und den dumpfen Knall der im Inneren des Walkörpers explodierenden Granate. Dann wurde es schwarz um mich herum und ich versank in tiefer Bewusstlosigkeit.

Hier endet meine Geschichte, denn der Rest ist nicht mehr wichtig. Ich aber löse mit dieser Erzählung ein Versprechen ein, welches ich nie gab, und an das ich mich doch gebunden fühle.

Dem Meer getrotzt

Ich kannte ihn nun bereits mein ganzes Leben lang, war ihm oft auf der Straße begegnet, wenn er auf seinen Krücken an mir vorüber hinkte. Für mich gehörte er zum Hafen wie die Segelschiffe, die hier tagein, tagaus ihre Ladung löschten oder neue Waren an Bord nahmen. Jetzt, da ich die Schule hinter mir hatte und überlegte, ob ich als Matrose auf einem der Schiffe anheuern sollte, traf ich ihn fast täglich. Ich trieb mich ständig am Hafen herum und suchte mir hier und da eine Arbeit als Tagelöhner. Bislang hatte mir noch kein Schiff so gut gefallen, dass ich auf ihm hätte Hals über Kopf anheuern wollen. Wozu auch? Die Welt und das Leben lagen vor mir. Ich konnte danach greifen, wann immer ich wollte.

Je öfter mir der Einbeinige über den Weg hinkte, umso mehr weckte er mein Interesse. Ich fragte ein wenig herum, doch schien niemand im Ort zu wissen, wer er war oder woher er kam. Nur über eines bestand bei den Menschen kein Zweifel: Er war merkwürdig. Ich erfuhr, dass er nicht von hier war, doch konnte sich auch keiner mehr an den Tag erinnern, an dem er zum ersten Mal über das holperige Pflaster der Hafenstraße gehinkt war. Mir schien es, als habe er Angst davor das Gleichgewicht zu verlieren, denn er klemmte die beiden einfachen Holzkrücken mit ihren Querholmen fest in seine Achselhöhlen. Das war nicht verwunderlich, denn an Steuerbord hing aus seinem Mantel nur ein leeres Hosenbein heraus, das er in Kniehöhe hochgeschlagen und oben an der Hose angenäht hatte.

Manchmal kam es mir so vor, als seien die Gedanken des Einbeinigen bereits ein wenig aus dem Gleichgewicht geraten. Zunächst wunderte ich mich darüber, dass er frühmorgens mit dem ersten Tageslicht auf der Pier erschien und über den Kai hinweg bis zu der kleinen Landspitze humpelte, die gleichzeitig die Einfahrt zum Hafen markierte. Dort stand er den ganzen Tag, bewegungslos, gestützt auf seine hölzernen Ersatzbeine und starrte auf die See hinaus. Er sprach kaum ein Wort, hielt nur hin und wieder um ein paar Münzen den Leuten, die seinen Weg kreuzten, einen verbeulten Blechbecher entgegen. Er kam morgens und ging abends. Ich hätte gern gewusst, warum er dort vorn stand und worauf er wartete, doch auch das konnte mir niemand beantworten. Einige der Arbeiter erzählten mir, er wohne in einem kleinen Schuppen hinter einem der Häuser im Reeder-Viertel. Andere wollten ihn im Seemannsheim gesehen haben. Wieder andere berichteten, er schliefe im Armenhaus.

Noch nie hatte ich sein Gesicht gesehen. Der größte Teil verbarg sich hinter dem undurchdringlichen Dickicht eines mächtigen Bartes, den Rest verdeckte langes, wallendes Haar. Jeden Tag, den Gott werden ließ, hinkte er heran und das »Tack, Tack« seiner Krücken war unüberhörbar. Es konnte regnen oder schneien, selbst im tiefsten Winter kam er und mühte sich durch den Schnee bis zur Hafeneinfahrt. Es gab Tage, an denen der Nebel besonders dicht war. Dann hatte man Mühe, nicht ins Hafenbecken zu stürzen, weil man das Ende der Pier nicht sah. Doch früh und spät erklang sein »Tack, Tack«.

Ich merkte mit der Zeit, dass sich die Neugier der im Hafen arbeitenden Menschen in Grenzen hielt. Sie hatten ihn als unheimlich und verschroben zur Kenntnis genommen, mehr wollte man eigentlich gar nicht wissen. Verwundert stellte ich fest, dass er den Männern hier ganz egal war. Sie gestanden dem Einbeinigen ein schweres Schicksal zu, denn das Leben hatte ihm ganz offensichtlich einen heftigen Schlag versetzt. Manch einer war durch so etwas merkwürdig geworden und hatte sich von der Gesellschaft abgewandt. Warum sollte es bei ihm anders sein?

Dann geschah es. An einem Morgen belud ich zusammen mit einigen anderen Arbeitern ein Schiff, das noch mit der nächsten Flut auslaufen sollte. Es konnte sein, dass wir in der Eile ein wenig zu nachlässig waren, denn einer der Ladegurte rutschte ab und drei Fässer polterten aus der Schlaufe. Eins rollte genau auf den Einbeinigen zu, der vergeblich versuchte, sich mit seinen Krücken aus der Gefahrenzone zu bringen. Die Tonne schlug ihm die Krücken und das Bein weg. Der Mann fiel über das Fass und schlug hart auf dem Kai auf. Schnell waren wir bei ihm, halfen ihm auf und reichten ihm seine Stützen. Ich entschuldigte mich bei ihm für unsere Unachtsamkeit, doch der Alte brummte nur etwas Unverständliches in seinen Bart. Dann griff er nach seinen Krücken, drehte sich um und hinkte davon. Offenbar war ihm nichts geschehen, was mich sehr erleichterte.

Als der Segler ablegte, stand ich auf dem Kai und zählte meinen Lohn. Es war nicht viel, aber ich war zufrieden. Ich schaute mich um, denn der Tag war noch jung. Mein Blick streifte die Hafeneinfahrt, und ich sah etwas, das mich beunruhigte. Der Einbeinige stand nicht wie sonst auf seine Krücken gestützt da, er saß auf einem der Felsblöcke. Hatte er sich bei dem Sturz etwa doch verletzt? Ich zögerte, raffte dann allen Mut zusammen und ging den Pfad entlang, den der Alte im Laufe der Jahre ausgetreten hatte. Er schaute kurz hoch, als er mich kommen hörte.

»Sorry, ich will nicht stören«, sagte ich. »Ich habe gesehen, dass Sie hier sitzen und nicht wie sonst stehen. Haben Sie sich vielleicht doch vorhin etwas getan?«

Der Einbeinige blickte mich verwundert an. Offensichtlich geschah es nicht oft, dass sich jemand zu ihm hierher wagte und neugierige Fragen stellte. Dann schüttelte er unwirsch den Kopf und ich hörte ihn etwas knurren, das entfernte Ähnlichkeit mit einem »Verschwinde, Junge!« hatte. Er wandte sich ab, doch unterbrach er seine Bewegung und seine Hand fuhr zu seinem Knie. Aus seinem Mund kam ein scharfer Schmerzenslaut. Ich sah, dass seine Hose zerrissen war. Das Knie blutete zwar nicht, doch war es dick angeschwollen.

Ich löste mein Halstuch und stieg über die Felsblöcke hinunter zum Wasser. Ich tauchte das Tuch ein und kletterte wieder zurück. Der Einbeinige wehrte sich nicht, als ich es um sein Knie schlang.

»Es sieht nicht gut aus«, stellte ich fest. »Soll ich zum Doktor schicken?«

»Das letzte Mal, als ich einem Arzt in die Hände gefallen bin, hat es mich mein Bein gekostet«, empörte sich der Alte.

»Okay, dann lassen Sie mich ihr Knie kühlen«, verlangte ich und löste den nassen Lappen, um ihn erneut ins Wasser zu tauchen. Eine Weile wiederholte ich das schweigend. Dann sah ich ihm direkt ins Gesicht, oder zumindest zu der Stelle an seinem Bart, hinter der ich es vermutete.

»Wie ist es passiert?«, wollte ich wissen.

Ich konnte nicht sagen, welcher Teufel mich geritten hatte, ihm diese Frage zu stellen. Ich ahnte, dass ich damit einen wunden Punkt bei ihm getroffen hatte und rechnete mit einer groben Antwort. Doch der Alte blieb still sitzen und schaute mich an. Er schien zu überlegen, und seine Augen blickten freundlich. Dann begann er zu erzählen.

»Ich war wohl damals so alt wie du«, berichtete er mir. »Ich bin früh zur See gegangen. Wir waren zu viele, zuhause. Und wir hungerten. Also bin ich weg. Ich fand schnell einen Clipper, der Mais vom La Plata und Gummi vom Amazonas holte. Als wir Belém an der Mündung des Rio Guamá anliefen, erwischte uns ein Hurrikan.

Obwohl wir Lifelines über das ganze Schiff gespannt hatten, wurden zwei aus der Mannschaft weggespült, als die Seile rissen. Ich klammerte mich an den Mast, dann holte der Segler weit über und ein Beiboot riss aus der Verankerung. Es schlidderte über das Deck und erwischte mein Bein. Der Schiffsarzt hat es mir sauber amputiert, aber weg ist weg. Die See schuldet mir ein Bein, und nur darum bin ich hier.«

Meine Gedanken gerieten durcheinander. Wie sollte ich seinen letzten Satz verstehen? Was hatte seine Geschichte mit seiner Anwesenheit hier im Hafen zu tun? Ich sah die Augen des Einbeinigen lustig glitzern, und ich runzelte verärgert die Stirn. Scheinbar amüsierten ihn meine Versuche, seine Worte zu richtig zu deuten. Dann tönte leises Lachen aus seinem Bart.

»Der Kapitän ließ mich einfach in Bélem zurück. Mit der Verwundung war ich nicht in der Lage zu arbeiten. Ich überlebte irgendwie, wurde wieder gesund, soweit man meinen Zustand als gesund bezeichnen kann. Doch arbeiten konnte ich nicht mehr. Niemand wollte mich, und so schlug ich mich irgendwie durch. Ein hilfsbereiter Kapitän nahm mich mit zurück in die Heimat, doch auch hier wollte mir niemand mehr Arbeit geben. Mein Leben war verpfuscht und ich verfluchte die See, die mir alle Möglichkeiten genommen hatte. Ich schwor ihr, dass ich an jedem Tag, den Gott werden lässt, mahnend an ihrem Ufer stehen werde, bis sie mir mein Bein zurück bringt«, erklärte er.

Die Bitterkeit im Ton des Mannes ließ mich auf einen der Granitblöcke sinken. Der Mann musste verrückt sein. Dass er die See für den Verlust seines Beines verantwortlich machte, konnte ich noch hinnehmen. Doch von ihr sein Bein zurück zu verlangen, grenzte schon an geistige Verwirrung. Der Mann mit den Krücken klopfte mir väterlich auf die Schulter. So, als hätte er meine Gedanken erraten, blitzten mich seine Augen an und er sagte: »Nein, mein Junge. Ich bin nicht verrückt. Ich fordere, was mir zusteht. Die See ist mächtig, und doch, sie kann nicht etwas nehmen, ohne etwas dafür zu geben. Sie hat mir viel mehr genommen als mein Bein. Sie hat mich damals meiner Zukunft beraubt, mir die Chance genommen mir ein gutes Leben zu verdienen. Ich aber will nichts als einen Ersatz für mein Bein. Sie schuldet ihn mir.«

Er unterbrach sich, denn etwas auf dem Wasser schien seine Aufmerksamkeit zu erregen. Ich folgte seinem Blick und sah etwas in der See treiben, konnte jedoch nicht ausmachen, was es war. Der Alte hingegen wurde ganz aufgeregt und deutete mit dem Finger in die Richtung des Schwemmguts.

»Da! Dort ist es. Mein Gott, es schwimmt vorbei! Ich muss es holen!«

Mit diesen Worten wollte er aufspringen, doch er knickte mit einem Schmerzenslaut wieder ein. Ich erhob mich und drückte ihn zurück auf den Felsblock.

»Ich hole es Ihnen, was immer es auch ist!«, versprach ich und zog mir Jacke, Hose und Schuhe aus. Halb nackt stürzte ich mich ins Wasser und schwamm hinaus. Ich erreichte das, was den Alten so erregt hatte und schob es vor mir her zum Ufer. Es war schwer, aber ich schaffte es, dem Seemann das Stück Treibholz vor seinen Fuß zu legen.

»Schau, es ist ein Fragment einer Galionsfigur. Es muss das Schiff eines reichen Reeders gewesen sein, denn die Schnitzerei ist belegt mit Gold«, staunte der alte Matrose und betastete die kostbare Arbeit. Dann schaute er auf und sein Blick stach in meine Augen.

»Du musst mir helfen. Hol eine Karre oder einen Wagen und bring mich mit dem Holz zu einem Zimmermann«, verlangte er. Ich konnte ihn hier jetzt nicht einfach sitzen lassen und organisierte eine Lastkarre, auf die ich den Einbeinigen und die Galionsfigur lud. Ich kannte einen guten Zimmermann, der sich auch aufs Tischlern verstand. Bei ihm lud ich meine Fracht ab, und der alte Seemann hieß mich zu warten. Nach einer langen Weile trat er aus der der Werkstatt und ich lud ihn wieder auf das Gefährt, denn sein Gesicht war schmerzverzerrt. Ich brachte ihn zu einer kleinen, einfachen Hütte, in der er hauste und begann erneut, sein verletztes Knie zu kühlen.

Er hatte mich schließlich weggeschickt, nachdem ich dafür gesorgt hatte, dass alles, was er benötigte, in Griffweite für ihn erreichbar war. Es würde Tage dauern, bis die Schwellung zurück ging und er sich wieder auf seinen Krücken fortbewegen konnte. Für mich gab es hier nichts mehr zu tun. Am nächsten Tag ging ich an Bord eines kleinen Küstenseglers, dessen Eigner mich bat, für einen erkrankten Matrosen einzuspringen. Ich war eine Woche fort, denn wir hatten mehrere Häfen anzulaufen. Meine Gedanken kreisten stets um den einbeinigen Seemann und ich hoffte, ihn bei guter Gesundheit wiederzusehen.

Als wir in unserem Heimathafen festmachten, sprang ich ungeduldig auf die Pier und rannte dabei fast den Tischlermeister um. Der hielt mich überrascht fest.

»Bist du nicht der Kerl, der mir den verrückten Einbeinigen gebracht hat? So ein verrückter Hund! Lässt sich aus 'ner Galionsfigur ein Holzbein schnitzen und bezahlt mich für meine Arbeit mit reinem Gold. Unfassbar. He, Kleiner! Vor drei Tagen habe ich ihm sein neues Bein gebracht. War gar nicht so leicht, denn das Holz der Figur war recht hart.«

Ich fragte ihn, wie es dem Alten ginge, doch der Tischlermeister zuckte die Achseln.

»Was weiß ich? Habe den komischen Kauz seither nicht mehr gesehen.«

Mit einem unguten Gefühl machte ich mich auf den Weg. Das kleine Holzhaus lag ruhig und scheinbar verlassen da. Nichts deutete darauf hin, dass jemand zuhause war. Ich klopfte und öffnete die Tür. Sie war nicht verschlossen, darum trat ich ein. Der eigenartige Geruch ließ meinen Atem stocken, und dann sah ich den Alten. Er lag auf seinem Bett, das Gesicht war glatt rasiert, die Haare geschnitten. Ein sanftes Lächeln spielte um seine Mundwinkel, und in den Armen hielt er das neue Holzbein. Seine Augen waren geschlossen, er schien zu schlafen. Doch so war es nicht. Der alte Seemann war tot.

Hafen des Grauens

Gary Scott hatte die 70 Seemeilen von Ramsgate über den Ärmelkanal bis nach Ostende in guten fünf Stunden geschafft. Die See war ruhig und der Schiffsverkehr auf der Atlantik-Nordsee-Route mäßig. Er hatte Glück gehabt. Im Spätsommer stellte sich das Wetter in diesem Seegebiet oft anders dar, und es wäre kein Vergnügen gewesen, die Yacht bei Windstärken um die 7 Beaufort über die Nordsee zu steuern. Doch es herrschte ruhiges stabiles Hochdruckwetter, der Himmel war blau und Scott beschloss, die paar Meilen bis nach Zeebrügge in Belgien noch dranzuhängen. Es war ein langer Törn, den niemand freiwillig zu dieser Jahreszeit unternommen hätte. Zumal es eine reine Überführungsfahrt war, die er noch dazu allein unternehmen sollte. Die Yacht war über einen Händler nach Bremen in Deutschland verkauft worden. Sie ließ sich komfortabel fahren, selbst An- und Ablegemanöver waren dank der ausgefeilten Technik kein Problem. Nur Schleusenmanöver würden schwierig sein, doch hatte Scott die Route so geplant, dass er entlang der belgischen und holländischen Küste nur in offen zugänglichen Häfen Station machen würde. Das ruhige Spätsommerwetter ließ es sogar zu, dass er die Strecke entlang der Küste über die offene See wählen konnte und nicht über den Rhein oder das Ijsselmeer die langsamere Route über die Kanäle nehmen musste.

An Steuerbord lagen die niederländischen Nordsee-Inseln. Vorbei ging es an Schiermonnikoog, und Scott nahm Kurs auf Borkum. Er überquerte die Emsmündung mit dem Dollart. Hinter Wangerooge änderte er den Kurs auf die Weser-Ansteuerung, passierte die Alte Mellum und warf einen Blick in den sich weit öffnenden Jadebusen. Querab lag Wilhelmshaven, und er wich einem Supertanker aus, der sich in den Verkehr der Nordsee-Schifffahrtsstraße einfädeln musste. Scott folgte der Kursangabe des sattelitengestützten Navigationssystems, welches ihn sicher an den Untiefen des Wattenmeeres vorbei führen würde. Schließlich erreichte er Bremerhaven. Von dort aus waren es bis nach Bremen noch 32 Seemeilen, und da die Strömung der auflaufenden Flut die Yacht mit sanftem Druck den Fluss hinauf schob, ließ der Skipper die Motoren gemächlich laufen. Er würde die alte Hansestadt an der Weser bei Einbruch der Dunkelheit erreichen. Dann wäre es für eine Schleusung hinauf zum Mittellauf des Flusses zu spät, aber er hatte beschlossen, irgendwo innerhalb der Stadt anzulegen und dort zu übernachten.

Allein der Törn den Fluss hinauf war überwältigend. Bis zur Landesgrenze zwischen Niedersachsen und Bremen säumten gelbe Strände die Ufer des Flusses. Bei Brake standen die Kapitänshäuser unmittelbar am Wasser, und gegenüber lag die elf Kilometer lange Insel Harriersand. Gary Scott hatte gehört, dass sie damit nicht nur eine der größten Flussinseln Europas war, sondern dass sich auf ihr die Werkstatt eines Ehepaares befand, welches sich voll und ganz dem Schnitzen von Galionsfiguren verschrieben hatte. Ihre Arbeiten waren weit über die Grenzen Deutschlands bekannt. Es dämmerte bereits, als die Yacht die Werften im Norden der Stadt erreichte. Der Schiffsführer hatte die Wahl, hier anzulegen oder die letzten 20 Flusskilometer im Dunkeln fahren zu müssen. Ein Blick auf die Karte zeigte ihm, dass sich hier direkt neben der Fähre ein kleiner Hafen befand. Er schaute sich suchend um und fand die Anlegestelle querab, änderte den Kurs und steuerte die Yacht durch die enge Einfahrt. An einem der Stege gab es einen freien Liegeplatz und er machte dort fest. Hätte er gewusst, was ihm in dieser Nacht widerfahren sollte, Scott hätte sofort die Leinen los geworfen und wäre weiter gefahren. Doch er ahnte nichts von dem Grauen, welches sich dieser Stadt bemächtigt hatte und aus der Dunkelheit heraus auch nach ihm greifen sollte.

Der Mann aus England hatte etwas gegessen und an Bord die Leinen und Lichter kontrolliert. Zu seiner Beruhigung fand er alles in bester Ordnung und zog sich in die komfortable Eignerkajüte zurück. Wenn er schon so einen harten Törn allein machen musste, wollte er es wenigstens bequem haben. Er duschte, schaltete das TV-Gerät ein und bediente sich aus der noch mit Resten bestückten Bordbar. Scott spürte seine müden Knochen, die gegen die mangelnde Bewegung der letzten Tage protestierten und zu schmerzen anfingen. Morgen würde er die Yacht die letzten zwanzig Kilometer den Fluss hinauf steuern, die einzige Schleuse während der ganzen Fahrt passieren und sie bei dem deutschen Händler abgeben. Danach ging es per Jet zurück nach London. Scott freute sich darauf, wieder Zuhause zu sein. Eine Überführungsfahrt war nun mal kein Vergnügen, sondern harte Arbeit. Die Bettwärme tat ihm gut, entspannte und machte ihn schläfrig. Er dachte an seine Frau Claire, und mit angenehmen Gedanken schlief er ein.

Scott fuhr hoch und sein Blick fiel auf die Leuchtziffern des Weckers. Es war noch Abend. Die Nacht hatte noch nicht richtig begonnen, und eigentlich sollte es draußen stockdunkel sein. Vom Wasser her strichen die hellen Kegel aufgeblendeter Scheinwerfer über die Yacht, blaues Funkellicht zeigte an, dass etwas nicht in Ordnung war. Gleichzeitig drangen Geräusche an seine Ohren, die er in einer nächtlichen Stadt nicht erwartet hätte. Das dumpfe Grollen von Trommeln, vermischt mit dem quäkenden Ton von Trompeten war zu hören, schwoll an und wurde immer lauter.

Schnell schlüpfte er in seine Sachen und ging hinauf auf die Kommandobrücke. Im Fahrstand war es so dunkel, dass ihn niemand sehen konnte. Gebannt schaute er auf das Schauspiel, das sich ihm bot. Eine Menschenmenge strömte über den freien Platz am Hafen, und einige der unheimlichen Gestalten trugen Fackeln in den Händen. Musiker sorgten für einen Höllenlärm. Händler in historischen Trachten gab es, Matrosen und Seeleute. Mitten in der johlenden Masse kam eine Gruppe Sargträger heran. Im flackernden Licht der Fackeln sah Scott in dem offenen Sarg eine Frau liegen. Bleich, regungslos, ganz offensichtlich tot.

Einige der voran schreitenden Marktweiber hatten den entsetzten Mann auf der Schiffsbrücke entdeckt. Sie blieben stehen und zeigten mit ihren langen, krummen Fingern auf ihn. Sie machten magische Gesten und winkten, Scott solle zu ihnen kommen. Dem Engländer stockte der Atem und er versuchte, sich hinter einem Stück Schiffswand zu verbergen. Die ersten Gestalten machten sich daran, über die Absperrung hinweg zu klettern und auf den Steg hinunter zu steigen. Was wollten sie von ihm? Warum wollten sie ihn holen? Es schnürte ihm die Kehle zu, Angst stieg in dem Mann auf. Was, um alles in der Welt, ging hier vor? Zuhause in England wusste man von allerlei Unheimlichem zu erzählen, es hatte sozusagen Tradition. Aber das Meiste gehörte einer längst vergangenen Welt an, hatte nichts mehr in der heutigen Zeit zu suchen.

Eine Gestalt in wallendem, rotem Mantel und mit rotem Zylinderhut rief sie zurück, und zu Scotts Glück gehorchten die merkwürdigen Gestalten. Er schaute zur anderen Seite des Schiffes hinaus und sah das Polizeiboot, das die eigenartige Prozession mit Blaulicht begleitete. Langsam glitt es weiter aus dem Hafen hinaus zum Molenkopf, wohin sich auch der ganze unheimliche Zug wandte. »Mein Gott«, dachte Scott entsetzt, »warum greifen sie nicht ein?«

Scott war Seemann, kannte sich aus mit den Geistern des Meeres, dem fliegenden Holländer und dem Klabautermann. Aber an diese Gestalten war er nicht gewöhnt. Er hielt sich im Schatten der Kommandobrücke und starrte mit brennenden Augen nach draußen. Die Menge hatte den Molenkopf erreicht, die Stelle, an der das Hafenwasser in den Fluss mündete. Man öffnete eine Gasse für die Sargträger, die dicht an den Rand der Mole traten. Ein würdig aussehender Mann hielt eine kurze Rede, dann stürzte der Sarg mit der Toten in den Fluss. Die Strömung griff nach ihm und zog ihn fort, riss ihn hinunter in die nasse Tiefe. Aus der Menge ertönte ein dumpfer Laut der Trauer, dann wandte sie sich ab und zerstreute sich.

Scott atmete auf. Der Schweiß brannte in seinen Augen und er fuhr mit dem Ärmel darüber, um ihn, sowie auch die gesehenen Bilder fortzuwischen. Im Nu war der Platz leer, am Polizeiboot erloschen das Funkelicht und die Scheinwerfer, dann glitt es hinaus in die nächtliche Schwärze, die auf dem Fluss lag. Der Mann auf der Yacht war vollkommen aufgewühlt, seine Nerven zum Zerreißen gespannt. Was hatte er hier beobachtet? Ein unheimliches Ritual, bei dem selbst die Ordnungshüter nicht einzugreifen wagten? Scott konnte sich nicht daran erinnern, jemals davon gehört zu haben, dass die Deutschen ihre Toten so zu Grabe trugen. Andererseits, die alten Geschichten über Geheimbünde und rätselhafte Bräuche an alten Kultstätten klangen immer wieder in seinem Ohr. Was er hier gesehen hatte, passte zu dem Bild der grausamen Schlächter, die sie sein sollten. Sein Vater und auch der Großvater hatten ihm die furchtbarsten Dinge aus dem so genannten ›Dritten Reich‹ erzählt. Sie hatten den Deutschen noch nie getraut. Vielleicht würde Scott nie dahinter kommen, was hier wirklich geschehen war.

Der sonst mutige Seemann wagte sich nicht mehr zurück ins Bett und blieb auf der Brücke sitzen, bis im Osten die Sterne verblassten und es hell wurde. Erst jetzt traute er sich, in die Kombüse hinabzugehen, um einen starken Tee zu brühen. Beeindruckt von den Geschehnissen der Nacht stürzte er das heiße Gebräu hinunter, warf danach die Leinen los und fuhr das Schiff hinaus auf den Strom. Der Impuls, hier so schnell wie möglich zu verschwinden wurde übermächtig, und Scott gab ihm gerne nach. Was für eine Stadt! Was für ein Land! Fassungslos schüttelte er den Kopf und spürte den kalten Schauer des Grauens, der ihm über den Rücken lief. Das Schleusen zum Oberlauf des Flusses verlief reibungslos, und die Belegschaft des Bootshändlers empfing ihn nett und freundlich. Die Männer wunderten sich darüber, dass der Engländer es sehr eilig hatte, die nötigen Formalitäten hinter sich zu bringen, doch Scott trieb sie an. Keine Sekunde länger als nötig wollte er in diesem eigenartigen Land bleiben. Bereits am Mittag saß er in der Maschine nach London und war froh, hier wegzukommen.

Hätte er die Zeitung, die ihm die Stewardess reichen wollte, nicht abgelehnt, sondern gelesen, wäre sein Verhältnis zu den Deutschen heute wohl ein anderes. In großen Lettern stand irgendwo im Inneren des Blattes:

»Volksfest im Bremer Norden beendet – Schausteller und Vergnügungssüchtige versenkten die Puppe der Markt-Gesche anlässlich des traditionellen Begräbnis-Umzuges in der Weser«.

Der König ruft

Der Mann stand am Bug seines Schiffes und starrte hinaus auf die See. Seine Stirn war in nachdenkliche Falten gelegt, die deutlich zeigten, dass ihn sorgenvolle Gedanken quälten. Der König der Dänen hatte nach ihm, Thorvald Bengtsson, Jarl von Trelleborg, geschickt. Es mussten Dinge von weitreichender Bedeutung sein, wenn Harald Blauzahn ihn per Boten aufforderte, nach Jelling, dem Königssitz auf der jütländischen Halbinsel zu kommen. Es war nicht weiter als eine Tagesreise mit dem Schiff vom Nordende der Insel Fünen bis hinüber in den Vejlefjord. Thorvald hatte für diesen Katzensprung auf schwere Bewaffnung verzichtet. Er fühlte sich in diesen Gewässern sicher, und der schwedische Steuermann Peer, obwohl kaum älter als sein eigener Sohn Thorbjörn, kannte hier jede Untiefe und jeden Stein, die dem Langboot Thorvalds das Verderben hätten bringen können. Und doch sollte die Reise nicht ganz so gut verlaufen, wie der Burggraf von Trelleborg es erwartete.

Gedankenverloren strich der Jarl mit der Hand über den kunstvoll geschnitzten Drachenkopf seines Langbootes. Die Snaekke war ein Meisterstück dänischer Schiffsbaukunst und stammte von Torge, dem Sohn von Baltur. Er war der beste Schiffbauer der Insel und stammte wie Thorvald von Fünen. Doch wahrscheinlich war er sogar der beste von ganz Dänemark. Selbst Harald Blauzahn, König der Dänen hatte vor langer Zeit versucht, ihn als königlichen Schiffbauer auf das Festland zu holen, was der wortkarge Zimmermann jedoch abgelehnt hatte. Er war so mit seiner Heimat verbunden und seinem Jarl ergeben, dass er gestorben wäre, hätte man ihn wie einen Baum aus der heimatlichen Erde gerissen und versucht, ihn zu verpflanzen. Burgherr Thorvald hatte ihn nahe der Stadt, direkt am Lauf des kleinen Flusses Vårby Å eine Werft und eine Hütte als Lehen errichten lassen. Und nur der Fürsprache seines Lehnsherrn verdankte er es, dass König Blauzahn ihm für diese Verweigerung nicht den Kopf hatte abschlagen lassen.

Torge hatte als Dank seinem Lehensherrn dieses wundervolle Langboot gebaut, das seinesgleichen auf der West- und Ostsee suchte.

»Wie wirst du es nennen?«, hatte ihn der Schiffbauer gefragt und Thorvald hatte geantwortet: »Drachenjäger. Es wird Drachenjäger heißen. Denn es wird allen Schiffen auf dem Meer Furcht und Schrecken einjagen, egal unter welcher Flagge sie fahren.«

»So wird es sein«, stimmte Torge zu.

Leider erwiesen sich Thorvalds Gedankengänge hinsichtlich der Abschreckung von Feinden durch den Drachenkopf am Bug des Schiffes als reines Wunschdenken, denn eben dieses Schiff wurde von drei Langbooten angegriffen, als es sich aus der Mündung der Tude Å löste und Kurs auf den Belt nahm, um den kleinen Sprung hinüber zum Festland zu machen. Thorwald wollte seinen König nicht unnötig warten lassen, und genau dabei stellte sich schnell heraus, dass der kunstvoll geschnitzte Drachenkopf nicht die erhoffte, abschreckende Wirkung zeigte. Gerade hatten die Männer die Riemen aufgenommen und mühten sich, die schwere Rah am Mast hochzuziehen. Das viereckige Tuch stand noch nicht am Wind, als die Langschiffe unter vollen Segeln und mit Hilfe der Riemen um die östliche Landzunge herumflogen und direkten Kurs auf Thorvalds Snaekke nahmen. Peer, Thorvalds junger Steuermann, sah die Boote als erster heranschießen. Sein Warnruf zerschnitt die Luft und Thorvald reagierte mit unglaublicher Schnelligkeit. Auf sein Geheiß tauchten sofort zwölf Riemen wieder ins Wasser um das Schiff in Fahrt zu halten, während die anderen zwölf Männer die Rah in den Masttopp zogen und das Segel in den Wind brachten. Der leichte Ostwind griff in das rotweiße Tuch, blähte es auf, und sofort waren die Männer zurück auf ihren Bänken um die Ruderer zu unterstützen. Peer ging hoch an den Wind und das Boot machte einen Satz in Richtung offene See. Dabei erwies sich, welch hervorragende Arbeit der Schiffsbauer Torge geleistet hatte. Das Boot gewann so schnell an Fahrt, dass die Verfolger kaum reagieren konnten. Bevor sie noch die Kursänderung nachvollzogen hatten und das Segel neu getrimmt war, fielen sie immer weiter zurück. Hastig wurden die Riemen eingezogen und die Männer auf den Verfolgerbooten griffen nach ihren Langbogen. Sie sandten einen Hagel von Pfeilen hinter Thorvalds Boot her, der allerdings noch ausreichen sollte einen Mann niederzustrecken und einen weiteren zu verletzen. Bevor die Männer ihre Schilde zur Abwehr bereit hatten, steckten zwei Pfeile in Olaf Henrikssons Brust und einer in Asmunds Oberschenkel. Da Olaf nicht mehr zu helfen war, kümmerte man sich um Asmund, indem man den Schaft des Pfeils zerbrach und die Wunde abdeckte und verband.

»Was tun wir mit ihm?«, fragte Peer und schaute ohne Mitleid auf den Mann, der vor Schmerzen laut stöhnte. Er orientierte sich kurz und legte dann das Langschiff auf einen neuen Kurs, der es mit einem langen Schlag in den Vejlefjord bringen würde. Der Steuermann genoss das volle Vertrauen des Burggrafen und brauchte dessen Anweisungen auf See nicht. Er wusste genau, wie er das Schiff zu steuern hatte und Thorvald ließ ihn gewähren.

»Am Ende des Vejlefjords, dort wo der Fluss mündet und die anstrengende Ruderei gegen die Strömung beginnt, gibt es in der Siedlung eine Heilkundige. Die soll sich Asmunds schmerzhafter Verletzung annehmen und vorerst pflegen. Auf dem Rückweg vom König nehmen wir ihn wieder an Bord und bringen ihn nach Hause«, entschied Thorvald, und ein paar Männer begannen, den Verletzten bequemer zu lagern.

Thorvald ging zu seinem Waffenmeister und begegnete dessen vorwurfsvollen Blick. Er legte ihm seine schwere Hand auf die Schulter und nickte. »Es ist gut, Gunnar. Ich werde nie wieder gegen dich sprechen, wenn du mir Bewaffnung empfiehlst. Allerdings habe ich auch nicht damit gerechnet, dass uns Schiffe von Sven Gabelbart auflauern. Ich konnte ihn genau am Bug des Leitschiffes erkennen.«

Gunnar schaute düster drein. Auch er hatte die kleine und schmächtige Gestalt des Königssohnes erkannt.

Wo soll es hinführen, wenn der eigene Sohn sich gegen seinen Vater und König erhebt?«, grollte er und schaute zurück auf die See, wo von den drei Schiffen nichts mehr zu sehen war.

»Ich sage Dir, Gunnar, die friedlichen Zeiten auf dem Ostmeer sind vorbei. Unsere Schwerter und Äxte werden viel Blut zu trinken bekommen«, seufzte der Jarl und sein Gesicht lag in sorgenvollen Falten.

Die Weihnachtshummer

Jan Kiekut leuchtete mit der Laterne in den düsteren Laderaum hinunter. In dem schwachen Licht der Talgfunzel konnte er nur schemenhaft die Körbe ausmachen, die in nur einer Lage auf dem Boden des Frachtdecks standen. Zeit, eine Pütz Wasser über die Körbe zu gießen. Hein Petermann, was Jan sein Vater war, kannte da kein Pardon. Pünktlich zum Drehen der Sanduhr musste Jan runter und die Körbe mit Seewasser übergießen, damit die Hummer nicht austrockneten.

Jan kletterte die Leiter hinab und griff sich den Zuber. Aus einem Fass schöpfte er das Salzwasser und goss es über die Transportkörbe. Wie die wohl aussahen, die Hummer? Er hatte wohl gehört, dass es Krebse wären, aber die sollten so groß sein, dass er sich das gar nicht vorstellen konnte. Ob man da nicht mal …? Vielleicht war ja einer der Körbe nicht so fest verschlossen? Mal sehen. Hmm …, bei dem hier schien der Deckel locker zu sein. Jan hob ihn vorsichtig an und spähte hinein, aber in der Finsternis war einfach nix zu sehen. Also langte er kurzentschlossen in den Weidenkorb um zu ertasten, was da wohl drin sein sollte. Dem Hummer, einem Prachtexemplar von einem Krebs, gefiel das gar nicht, und er brachte seine riesigen Scheren in Stellung und packte zu. Jan Kiekut bekam Augen wie Suppenteller, sein Gesicht lief puterrot an, und dann fing er an zu schreien, als hätte der Leibhaftige selbst ihn in am Schlafittchen. Der olle Harmssen und Jans Vater stürzten in den Laderaum um zu sehen, wer da so laut seine Pein herausbrüllte. Als sie Jan sahen, der verzweifelt versuchte, seine Hand aus dem Korb zu ziehen, fingen sie an zu lachen, dass ihnen die Tränen in die Bärte liefen.

»Tja, Jan! Dat is all so, wenn man zu neugierig is!«, prustete der olle Kaptein und öffnete den Verschluss des Korbes ganz. Jetzt konnte der Vegesacker Junge zwar sein Hand herausziehen, aber als er sah, was da für ein Monster von einem Hummer an seinen Fingern hing, fing er sofort wieder an zu schreien.

»Zu Hülfäää! Der frisst mich auf! Bei lebendigem Leib!«

Bevor der Hummer in Gefahr kam, sich an Jan Kiekut den Magen zu verrenken, befreite Jans Vater beide aus ihrer misslichen Lage. Und während Jan seine arg misshandelten Finger zur Kühlung in den Wasserbottich stopfte, verfrachtete der olle Harmssen den als Weihnachtsleckerbissen vorgesehenen Kneifer wieder in seinen Korb.

Etwas später lehnte Jan an der Reling und betrachtete seine blauen Finger. Ganze Arbeit hatte das Vieh geleistet. Warum hatten es denn ausgerechnet Hummer sein müssen? Hätten sie nicht irgendwas anderes essen können. Aber nein! Die feinen Ratsherren, welche die Bremer Kaufleute zum Weihnachtsessen geladen hatten, mussten ja mal wieder protzen. Und wo gab es die bekanntermaßen besten Hummer? Natürlich nicht in Bremen oder Vegesack, nein, weit draußen in der offenen See lag eine Insel mit dem schönen Namen Heligoland. Jan hatte von den einheimischen Fischern gehört, dass das wohl »Heiliges Land« heißen sollte, denn die Insel war in früheren Zeiten eine heilige Stätte der keltischen Druiden gewesen. Es war eine kleine Insel aus rotem Felsgestein, an deren Sockel im Meer die leckeren Tiere mit den großen Scheren gefangen wurden. Eigentlich war es so, dass die Schifffahrt auf der Weser zum Winter hin eingestellt wurde, selbst die hölzernen Tonnen, mit denen man die sich windende Fahrrinne im Frühjahr markierte, wurden wegen des winterlichen Eisganges zum Spätherbst eingesammelt. Nun suchte man einen erfahrenen Skipper, der es wagen würde, trotz all dieser Widrigkeiten die Reise zur Insel durchzuführen, um die schmackhaften Krustentiere zu holen. Der Einzige, der sein Schiff noch wegen des bislang warmen Wetters klar hatte, war Hein Petermann, der Fischer aus Vegesack und Jan Kiekuts Vater. Nach zähen Verhandlungen mit dem Rat der Stadt einigte man sich auf ein gar fürstliches Salär für diesen Dienst, und Hein Petermann hatte sich mit seinem Ewer auf den gefährlichen Weg gemacht. Der Fischer, der die Weser wie die eigene Hosentasche kannte, hatte die Rinne auf dem Fluss noch problemlos finden können, aber dann, weit draußen in der Wesermündung, wo das Wasser schon salzig schmeckte und man kein Land mehr sah, hatte Kapitän Harmssen weiter geholfen. Der alte Seebär hatte die Insel mit untrüglichem Instinkt und dank guter Navigationskenntnisse gefunden, und man hatte Körbe voller Hummer im Laderaum verstaut. Die Insulaner mahnten zur Eile, denn die erfahrenen Hochseefischer spürten den nahen Wetterwechsel.

Und dann war es passiert! Man mochte wohl auf halbem Weg zwischen Insel und Festland sein, als der Wind einschlief und dichter Nebel über die glatte Meeresoberfläche heranzog. Man brauchte keine Angst zu haben, in der dicken Suppe mit einem anderen Schiff zusammenzustoßen, denn zu dieser Jahreszeit fuhren keine Schiffe mehr. Stunde um Stunde verging, und es rührte sich kein Lüftchen. Die Segel hingen schlaff herunter und das lustige Plätschern, mit dem der Segler noch vor Kurzem durch die Wellen gepflügt war, war auch verstummt. Dann wurde es kalt, und man spürte, dass Frost und Schnee nicht mehr weit waren. Kapitän Harmssen hatte sich seine warme Jacke angezogen und starrte angestrengt in den dichten Nebel.

»Käpt'n! Nur noch zwei Faden!«, rief der Mann mit dem Tiefenlot vom Bug des Schiffes her. Mit eintönigem »Plumps!« tauchte das Lotgewicht immer wieder in die trüben Fluten und jedes Mal wurde die Zahl, die der Lotse rief, geringer.

»Damminomol!«, durchfuhr es den alten Seebären Harmssen. Wo mochte man wohl jetzt sein? Wenn man Glück hatte, irgendwo in der Wesermündung, vielleicht aber auch schon irgendwo bei den Inseln. Die abnehmende Wassertiefe sprach dafür, dass man sich bereits im Wattenmeer befand, dann würde es schlimm. Wenn sie irgendwo aufliefen, würde sie zwar die bald auflaufende Flut wieder freikommen lassen, aber bei der schlechten

Sicht bestand die Gefahr, dass sie nur noch höher auf die Wattrücken trieben.

Leise und zuerst fast unmerklich begann es zu schneien. Jan Kiekut war es mittlerweile ziemlich mulmig in der Magengegend, aber tapfer kletterte er wieder in den Laderaum, um die Hummer zu begießen. Er spürte, dass etwas nicht in Ordnung war, auch wenn die Alten oben an Deck nicht darüber sprachen. Scheinbar hatte man sich verirrt. Morgen war Weihnachten, ob sie bis dahin zu Hause waren?

Ein leises Poltern ließ ihn herumfahren. Im spärlichen Licht der Laterne sah er eine Gestalt, die viel kleiner war als er selbst. Sie hockte auf einem der Hummerkörbe, schaute Jan Kiekut an und spielte mit einem kleinen Hammer.

»Du siehst aus, als hättest du Angst«, stellte das Männchen fest. Jan schüttelte energisch den Kopf.

»Angst? Ich und Angst? Ich weiß nicht einmal, was das ist!«, behauptete er und versuchte sein Zittern zu verbergen. Zu gut erinnerte er sich an die Geschichten von Onkel Fiete. Er war sicher, dass vor ihm im Laderaum des Schiffes der Klabautermann saß.

»Nicht *der* Klabautermann, sondern nur einer«, sagte das Männchen ruhig, als könne es Gedanken lesen. »Es gibt viele von uns, auf beinahe allen Schiffen wohnt einer meiner Brüder. Man sagt: Wenn wir sichtbar werden und uns der Mannschaft zeigen, wird das Schiff sicher untergehen!«

Jan bekam große Augen. Sollte das heißen, dass der Ewer seines Vaters es nicht mehr bis nach Hause schaffen würde? Das konnte nicht sein.

»Klabautermann«, bat er leise. »Hilf uns, bring uns nach Vegesack!«

»Ich überlege«, murmelte das Männchen. »Ich könnte es tun, aber warum sollte ich?«

»Oh! Du willst mit mir handeln?«, fragte Jan. »Ich habe nichts, was ich dir geben könnte!«

Der Klabautermann zuckte die Achseln und meinte: »Dann ist es beschlossen.«

»Warte! Vielleicht ist etwas Hübsches in den Körben, das du gebrauchen könntest.«

»Möglich! Ich frage mich schon die ganze Zeit, was ihr da drin versteckt habt«, meinte das Männchen und schaukelte mit seinem Korb hin und her.

»Ich öffne einen und du schaust hinein«, schlug Jan vor und machte sich an dem Verschluss zu schaffen. Er hob den Deckel an und der Klabautermann beugte sich über die Öffnung. »Es ist zu dunkel«, beschwerte er sich, aber Jan lachte.

»Du musst dich tiefer runterbeugen, dann kannst du die ganze Kostbarkeit sehen«, lockte er.

»Kostbarkeit? Wo?«, fragte der Kobold und beugte sich so tief hinein, dass es nur noch eines kleinen Stoßes bedurfte, um ihn ganz in den Korb zu befördern. Flink deckte Jan den Deckel auf die Öffnung und setzte sich drauf.

Offensichtlich hatte der kleine Kerl im Korb jetzt den Hummer gefunden, möglicherweise war es auch anders herum, jedenfalls erhob sich ein fürchterliches Geschrei.

»Zu Hülfäää! Der frisst mich auf! Bei lebendigem Leib!«, schrie der Schiffsgeist und Jan lachte.

»Das Gefühl kenne ich gut! Ging mir ganz genauso«, bestätigte er und bemühte sich, auf dem heftig schaukelnden Korb nicht den Halt zu verlieren.

»Lass mich hier raus, du Betrüger«, heulte der Klabautermann wütend.

»Betrüger?«, antwortete Jan. »Schau genau nach, es ist tatsächlich eine Kostbarkeit in diesem Korb! Und du brauchst mir nur zu sagen, ob sie dir so wertvoll ist, dass du uns in unseren Hafen zurückbringst!«

Jetzt hatte das Männlein im Korb begriffen: Die Kostbarkeit, von der die Rede war, war sein eigenes Leben.

»Einverstanden, ich bin einverstanden! Nur hol mich hier endlich raus«, jammerte der Winzling, der alle Hände voll zu tun hatte, sich den Hummer vom Leibe zu halten.

»Erst, wenn wir wohlbehalten im Vegesacker Hafen sind. Solange wirst du deinen Stubengenossen ertragen müssen«, gab Jan zurück. Einem Klabautermann trauen? Jan schüttelte entschieden den Kopf. Niemals!

Draußen wurde der Schneefall stärker und die Dunkelheit brach herein. Hein Petermann hatte gerade beschlossen, vor Anker zu gehen und günstigeres Wetter abzuwarten, als Jan aus dem Laderaum kletterte und über das Deck zum Steuermann sauste.

»Da lang!«, rief er und wedelte aufgeregt mit seinem blauen Zeigefinger in eine bestimmte Richtung. »Ich kenne den Kurs! Der Klabautermann …«

Kapitän Harmssen und Hein Petermann schüttelten gereizt den Kopf.

»Jan, für deine Spökenkiekerei haben wir gerade keine Zeit! Wenn wir jetzt weiterfahren, kommen wir in die Dunkelheit. Das ist zu gefährlich. Wir müssen hier ankern!«

Jan schluckte. Ach so, nur er konnte das kleine helle Licht sehen, welches weit vor dem Bug des Schiffes leuchtete und den Weg wies! »Vertraut mir!«, bat er, schubste den Steuermann beiseite und übernahm selbst das Ruder.

Es war eigenartig: Mit traumwandlerischer Sicherheit lotste ihn das Licht durch die Priele an den Sandbänken des Wattenmeeres vorbei in tieferes Wasser, und merkwürdigerweise folgte der Wind jeder Kursänderung des Schiffes, als würde es von unsichtbarer Hand geschoben. In Dunkelheit und Schneefall glitt der Segler durch das Wasser der Außenweser. Bald konnte man schemenhaft die Ufer des Flusses erkennen und den Rauch riechen, der aus den Kaminen der Fischerhütten aufstieg.

Jan ließ den Ewer von dem leichten, achterlichen Wind und der Flut den Fluss hinauftreiben. Stur hielt er sich an das Leuchtfeuer des Schiffsgeistes, das ihn sicher durch die Nacht führte, und das außer ihm niemand sehen konnte. Im Morgengrauen passierten sie die letzte Flussbiegung – voraus lag der heimatliche Hafen. Die Männer an Bord strichen schweigend die Segel und belegten die Leinen nach dem Anlegen an der Kaimauer.

»Und du hast die ganze Zeit über das Lichtzeichen des Klabautermanns vor dem Bug gesehen?«, fragte Harmssen ungläubig, und als Jan stolz nickte, erklang aus dem Laderaum ein lautes Poltern und Hämmern und das dünne

Stimmchen des Schiffsgeistes, der so laut er konnte rief: »Bei Rasmus und Neptun! Befreit mich endlich von diesen lebenden Kneifzangen! Von Bord mit dem Viehzeug, und ich verspreche, immer gut auf dieses Schiff aufzupassen!«

Diesmal konnte es die ganze Besatzung hören.

Von jenem Tag an galt Jan Kiekut als mit den Göttern des Meeres im Bunde, und sein Ruf, einem Klabautermann begegnet zu sein, eilte ihm voraus in alle Welt. Selbst altgediente Kapitäne und Seeleute erwiesen dem Jungen vom Vegesacker Utkiek ihre Achtung, indem sie den Hafen von Vegesack anliefen, um ihm die Hand zu schütteln. So wurde der kleine Ort durch Jan Kiekut in der ganzen Welt berühmt – und noch heute ist der Vegesacker Junge eine nicht mehr wegzudenkende Persönlichkeit in Bremen.

Haithabu

Der Wind hatte über Nacht auf West gedreht und war weiter abgeflaut. Ein strahlend blauer Himmel versprach an diesem Morgen einen schönen Tag, und die Sonne brachte die Luft auf sommerliche Temperaturen. Vergessen waren die kalten, stürmischen Tage, die hinter uns lagen. Jetzt war Urlaub! Ich machte mich auf den Weg zur nächsten Tankstelle, denn dort gab es Brötchen und Zeitungen. Zum Bäcker war es viel zu weit, und die »Bleifrei-Brötchen« waren auch nicht schlecht.

»Muas ham mir heute pfor?«, quetschte unsere Tochter zwischen Brötchen und Mettwurst hervor und erntete einen vorwurfsvollen Blick. Was war das nur für ein Benehmen? Mit vollem Mund zu sprechen? Das war nicht fein. Und wer das hörte, der musste ja glauben, ihre Eltern seien Barbaren.

»Na, bei den Wikingern sind wir ja schon. Und ich glaube die waren nicht so sehr weit von der Barbarei entfernt, oder?«, krähte der Nachwuchs fröhlich aber unverschämt. Ich deutete auf ihr Brötchen.

»Schieb lieber schnell noch was nach, man versteht dich nämlich schon wieder. Und ob das so gut für dich ist, wage ich zu bezweifeln«, riet ich ihr. »Um auf deine Frage zurückzukommen: Ich will rüber nach Haithabu! Wer kommt mit?«

»Oh, nee, nich? Museum! Ich habe Ferien und will nix hören von Bildung und Lernen«, maulte Claudi.

»Dann sperren wir dich ganz barbarisch im Lokus ein, damit du allein keine Dummheiten machst. Wir fahren jedenfalls rüber«, unterstützte mich mein geliebtes Weib und Claudi schnappte nach Luft.

»Das kriegt ihr fertig! Aber ohne mich! Lieber komme ich mit«, prustete sie empört.

»Na, also! Warum nicht gleich so?«, meinte ich zufrieden und trank meine Kaffeetasse leer. Alles im Leben hing einfach nur davon ab, die überzeugenderen Argumente zu haben.

Pünktlich legte die »MS Johanna«, ein betagtes offenes Fährboot, in Schleswig ab und »brauste« mit uns über die Schlei zum Anleger des Wikingermuseums in Haithabu. Der Oldtimer brauchte immerhin »nur« knappe 15 Minuten für die Strecke, und es war spannend, den Kapitän der Fähre bei seiner Arbeit zu beobachten. Souverän saß er auf dem Steuermannsstuhl im Bug des Bootes, seine Kapitänsmütze keck seitlich am Kopf, und erklärte den Leuten sein Schiff.

»Und so bitte ich Sie, nunmehr die Hände, mit denen Sie draußen die Fische streicheln wollten, wieder ins Boot zu nehmen. Es sind beim Anlegen schon einige davon abhandengekommen, und es würde Sie daran hindern, mir als Kapitän, Steuermann und Alleinunterhalter den nötigen Applaus zu spenden«, beendete er seinen Vortrag und setzte zum Anlegemanöver an. Tatsächlich erreichte er mit diesen Worten zweierlei. Die Leute lachten und spendeten ihm begeistert Applaus, und damit war die Gefahr, dass man sich die Finger zwischen Schiff und Bootssteg klemmte, nahezu abgewendet. Es knallte und krachte gewaltig, als er beim Anlegemanöver mit Schmackes vom Vorwärts- in den Rückwärtsgang schaltete und mit Vollgas bremste. Der Dieselmotor qualmte grauenvoll bei diesem Lastwechsel, und Töchterchen Claudia war etwas blass geworden und hustete empört, als sich die dunkle Abgaswolke verzogen hatte.

»Und ich dachte immer, unser Schiff sei ein Stinker«, röchelte sie.

»Waaas? Bist du von allen guten Geistern verlassen? Meine DODI ein Stinker?«, fauchte ich und tappte mit rollenden Augen und zum Würgen bereiten Händen auf sie zu. »Warte, Tochter! Gleich hast du Grund zum Röcheln!«

Sie nahm es zurück. Sofort und auf der Stelle. Und sie schwor, dass die Abgase, die aus DODIs Auspuff quollen, im Höchstfall nach Lavendel und Vergissmeinnicht dufteten. Gut, unter diesen Umständen konnte man großzügig sein und ihr das Fehlverhalten als einmalige Entgleisung durchgehen lassen.

Unter dem fröhlichen Gelächter der Mitreisenden stiegen wir aus und wandten uns dem Fußweg zu, der laut Beschilderung zum Wikingermuseum führen sollte. Ein kleiner Fußmarsch, und wir standen vor dem unspektakulären Eingang zum Reich des längst Vergangenen. Irgendwie war ich enttäuscht über die Nüchternheit der Museumsgebäude. Sie waren zwar den Langhäusern der Wikinger nachempfunden, aber durch die neuartigen Baustoffe wirkten sie eher kühl und unwirklich. Wir schritten durch die Kassenabsperrung und im nächsten Moment war ich gefangen von der Atmosphäre und den mich umgebenden Museumsstücken. Schon die ersten Ausstellungsstücke ließen mich geistig abschweifen in jene Zeit, die schon eine halbe Ewigkeit nicht mehr existierte, und die mir doch so vertraut schien, dass ich manchmal an meinem Verstand zweifelte.

Ich wanderte von einem Exponat zum anderen, und mir war, als kenne ich die hier ausgestellten Gegenstände persönlich, hätte sie einst in meinem Besitz gehabt. Ich war mit ihrem Umgang vertraut und brauchte die Erläuterungen an den Vitrinen nicht zu lesen. In einer der Hallen waren die Restauratoren am Werk. Sie versuchten, ein vor den Resten der Stadt Hedeby, im Wasser des Hedebyer Noors gefundenes Wikingerschiff nachzubauen. Der Rumpf war zu zwei Dritteln fertig, aber man hatte den fertigen Teil des Bootes bereits so ausgestattet, wie es damals wohl tatsächlich ausgesehen hatte. In einem weiteren Raum stand etwas, das mich in großes Staunen versetzte. In der Halle befand sich eine Sammlung von Runensteinen, unter denen sich einer befand, von dem ich genau wusste, dass er nicht aus Haithabu stammen konnte. Man hatte ihn zwischen zwei Grabhügeln in der Umgebung des Ortes Busdorf, nicht weit von Hedeby, gefunden und hier ausgestellt. Ich berührte den Stein, strich vorsichtig über die eingeschlagenen Runen.

»Was steht da drauf?«, fragte mein Nachwuchs neugierig.

»Moment! Sag ich dir gleich«, murmelte ich und fuhr mit den Fingerkuppen über die Schriftzeichen.

»Tu doch nicht so, als ob du das lesen könntest«, stichelte die Frau, die sich per amtlich beeidetem Versprechen an mich gebunden hatte.

»Das hier heißt ›Skarthi‹, das hier ›König‹. Also, da steht: ›König Sven setzte diesen Stein für Skarthi, seinen Gefolgsmann, der nach Westen gefahren war, aber nun bei Hedeby fiel.‹«

Triumphierend sah ich meine beiden Meerjungfrauen an.

»Was heißt ›nach Westen‹? Und was ist Hedeby?«, fragte der Nachwuchs mit großen Augen.

»Ich könnte mir vorstellen, dass Skarthi im Auftrag des Königs Sven Gabelbart nach England fuhr. Es ist bekannt, dass er mit seinem Vater, König Harald Blauzahn, um den Thron stritt. Sven wollte sich in England Verbündete suchen und Truppen erbitten, mit deren Hilfe er seinen Vater stürzen wollte. Soweit ich weiß, war Skarthi ein Seher und ein Skalde, also so etwas wie ein Hellseher und Geschichtenerzähler. Hedeby heißt übersetzt Heideort. Das ist die alte Schreibweise für Haithabu.«

Sind Sie schon mal angeschaut worden, als wären Sie das achte Weltwunder? Ich genoss diesen Blick meiner beiden Seejungfrauen, der Bewunderung und Unglauben gleichermaßen ausdrückte.

»Ich muss unbedingt noch die anderen Steine anschauen«, verkündete ich und sah das entsetzte Gesicht meiner Tochter. »Wenn euch langweilig ist, geht doch raus ins Café und trinkt was. Ich komme dann dorthin«, schlug ich nicht ganz uneigennützig vor. Ich wollte in

Ruhe meinen Gedanken nachhängen und dabei vielleicht mehr über mein unheimliches neues Wissen herausfinden. Das würde umso besser gehen, je weiter meine beiden Störfaktoren von mir entfernt waren. Die beiden waren einverstanden und marschierten davon in Richtung Ausgang.

Allein machte ich mich auf, den Spuren meiner Ahnen zu folgen. Hatte man mir nicht als Kind einmal erzählt, dass unsere Ahnen aus der Gegend um Stettin in Vorpommern stammen sollten? Wäre das so, bestünde die Möglichkeit, dass wir mit den Wikingern in Berührung gekommen waren. Dann waren die Gefühle, die ich für diese alten Raufbolde und ihre Zeit hegte, also doch vielleicht Gen-bedingt und keinesfalls so abwegig?

Gedankenverloren stand ich an einem der großen Fenster, die zu der großen Wiese gewandt, einen weiten Blick über den Abhang zum Noor gewährten. An dieser Hügelflanke hatte früher die Stadt Haithabu, das Handelszentrum der Wikinger gestanden. Hatte ich dort ebenfalls gewohnt? War ich einer der etwa 1500 Einwohner zählenden Bevölkerung? Oder war ich nur zum Abschluss von Handelsgeschäften hier gewesen?

Was war ich? Händler, Krieger, Bauer? Vielleicht gar ein Schiffszimmermann? Ein Jarl, also ein Graf? Meine Augen hatten einen bestimmten Punkt am Hang gefunden, den sie nicht mehr loslassen wollten. Ich wäre gern hinuntergelaufen, um zu sehen, was es dort gab. Aber auch von hier aus konnte ich erkennen, dass außer dem satten Grün der Wiese dort nichts mehr war. Vielleicht befand sich noch etwas unter den Soden, aber möglicherweise war es auch gut, dass, egal was es einmal dort gegeben hatte, eine Menge Gras darüber gewachsen war.

Ich wanderte durch die Räume des Museums, jeder Schritt auf vertrautem Terrain. Langsam führte mich der Rundgang zurück zum Eingangsbereich, wo ich meine beiden Matrosen außerhalb des Kassenbereiches vor einem Stand mit Schmuck stehen sah. Langsam schlenderte ich zu ihnen hinüber, schaute neugierig auf die Silber- und Bronzefibeln, die Anstecknadeln und Ringe, an denen sie als echte Frauen natürlich nicht vorübergehen konnten.

»Du wärest es wert! Du solltest ihn tragen«, klangen die Worte erneut in mir auf und dann sah ich ihn: Thors Hammer!

Wie ein Blitz traf es mich, als ich die Bronzeabgüsse eines Schmuckanhängers sah, der die Form eines Ankers besaß, und doch etwas ganz anderes war. Ich wankte, streckte meine zitternde Hand aus und berührte eines der Schmuckstücke. Es fühlte sich kalt an, anders als ich es erwartet hatte. Tränen rannen über mein Gesicht, ich spürte es nicht. Ich spürte es auch nicht, als vertraute Hände mich am Arm griffen und aus dem Haus zogen. Mein Bestmann bugsierte mich mit kräftigen Knüffen an den erstaunt dreinblickenden Leuten vorbei zu einer etwas abseits stehenden Bank.

»Was hat Papa?«, fragte Claudia leise und in ihrer Stimme klang Sorge auf.

»Keine Ahnung! Als er den Kettenanhänger sah, wurde er ganz blass, fing an zu zittern und dann kamen ihm die Tränen.«

»Weißt du was, Mama? Ich glaube beinahe, Papa ist wirklich ein Wikinger! Jedenfalls werde ich keine Späße mehr darüber machen! Das Ganze ist mir irgendwie unheimlich«, flüsterte unser Leichtmatrose und rollte vielsagend mit den Augen.

Ich hatte ebenso wenig wie meine weibliche Mannschaft eine Erklärung für diesen Gefühlsausbruch. Ich wusste nur eines: Der Mann auf dem Drachenboot hatte recht. Allerdings würde ich niemals zu einer Replik aus Bronze greifen, und auch der Hinweis meiner Schatzmeisterin, den Anhänger gäbe es auch in Silber, ließ mich nur den Kopf schütteln. Ich war sicher, dass das Original aus Gold gewesen war und genau so einen wollte ich haben.

»Wir werden auf dem Markt suchen. Ich meine, dort einen Goldschmied gesehen zu haben«, verkündete ich und machte mich auf den Weg zurück zur Bootsanlegestelle. Was ich jetzt brauchte, war eine »Eilige Johanna«, die mich schleunigst wieder hinüber zum Schleswiger Ufer bringen würde. Ich hatte es derart eilig, dass mein weiblicher Anhang Mühe hatte, mir zu folgen.

»Papa und Schmuck! Das wäre ja mal ganz was Neues«, bemerkte unser Ableger ganz richtig. Den einzigen Schmuck, den ich mir gönnte, war eine Uhr, deren Stoppuhrfunktion ich allerdings beruflich benötigte. Sonst fand man an mir weder Ring noch Kette. Wahrhafte Schönheit braucht kein schmückendes Beiwerk. Aber hier, in diesem einen ganz besonders speziellen Fall, war ich gewillt, eine Ausnahme zu machen. Hätte ich geahnt, was uns auf der Suche nach diesem Schmuckstück noch bevorstand, wäre ich weniger zuversichtlich gewesen. Doch das sind Geschichten, die ein anderes Buch füllen.

Ein Bombenjob

Der Kutter lief mit langsamer Fahrt durch die Ostsee. Das Meer war ruhig, im Osten ging gerade die Sonne auf. Kapitän Mönsen starrte wie gebannt auf das Echolot, das ihm nicht nur Auskunft über die Wassertiefe gab, sondern ihm auch wunderbare Bilder über das Leben am Meeresgrund auf den Bildschirm lieferte. Und was er sah, gefiel ihm. Er stand auf und beugte sich weit aus der Ruderbrücke des Kutters hinaus.

»Das sieht gut aus!«, brüllte er den beiden Matrosen zu, die schon in voller Montur auf dem Deck standen. »Das wird ein Superhol! Macht euch auf eine Menge Arbeit gefasst!«

»Und auf eine Menge Geld!«, freute sich Hans Hansen, und sein Freund Knut Bartels grinste ihn an.

»Kannste gut gebrauchen, nich? So 'ne Hochzeit kostet ja 'ne Stange, oder?«

»Das sach man! Wenn ich das eher gewusst hätte, was man für seine lebenslängliche Gefangenschaft auch noch für Kohle auf den Tisch legen muss …«, gab Hansen zurück. Beide Männer lachten.

In Kürze würden sie keine Gelegenheit mehr zum Lachen haben. Wenn das Netz an Bord kam und sie bis zu den Knien im Fisch stehen würden, war es aus mit den Späßen. Dann musste konzentriert gearbeitet werden. Die Männer schätzten ihren Kapitän. Er war einer der wenigen, die den Fisch über Meilen riechen konnten. Egal bei welchem Wetter der Kutter unterwegs war, ihr Käpten wusste, wo er das Netz auszusetzen hatte. Nur ein paar Stunden schleppten sie es über den Meeresgrund, um es dann prall gefüllt mit den Schätzen der See wieder einzuholen. Mönsen war Garant für ein gutes Einkommen, denn die beiden Matrosen waren am Fang beteiligt. Je praller das Netz, umso praller ihr Geldbeutel. Und Hansen hatte in der letzten Zeit so gut verdient, dass er seine Heike nun endlich heiraten konnte. Dafür verspürte er die doppelte Freude an seiner Arbeit.

Sie war nicht sehr groß, vielleicht etwas vollschlank. Und sie hatte alle Zeit der Welt. Es war ihr egal, wo sie war, auch spielte es keine Rolle, ob die Strömung sie ein Stück weiter mitnahm, die Wellen sie hin und her rollten. Sie lag da, auf dem sandigen Grund der Ostsee, und um sie herum herrschte trübes Dämmerlicht. Gelegentlich stieß etwas gegen ihren stählernen Leib, meistens waren es Fische, die neugierig prüften, ob sie essbar sei. Das lange Warten machte ihr nichts aus. Sie wusste nicht, wie oft es schon dunkel und wieder hell geworden war. Und sie spürte auch nicht, dass ihr Körper nicht mehr blank war. Muscheln und kleine Polypen hatten sich auf ihr festgesetzt, das Salzwasser kleine Krater in ihre Hülle gefressen.

Irgendwann, als das Meer von einem gewaltigen Sturm wie mit riesigen Kellen umgerührt wurde, hatten die Wellen sie in eine sehr flache Gegend gespült. Dort war sie in einem Winter eingefroren. Eis hatte ihren Körper umschlossen, doch sie hatte die Kälte nicht gespürt. Dann war sie wieder in tieferes Wasser gerollt. Erstaunlich, dass sie nicht einfach daliegen und warten konnte. Die Strömungen des Meeres ließen ihr keine

Ruhe und bewegten sie mal hier, mal dort hin. Gleichmütig ertrug sie alles, was die Umwelt mit ihr machte. Sie hatte eine Aufgabe und würde sie erfüllen. Irgendwann. Irgendwo. Sie hatte es nicht eilig und sie wusste nicht, ob Stunden, Tage oder Monate, ja vielleicht sogar Jahre vergangen waren, seit sie hier war.

Anhand der Schwingungen, die ihren stählernen Körper trafen, spürte sie die Töne, die im Meer vorhanden waren. Es war nicht absolut still hier unten. Die kleinen Boote, die sich schnell und rasant über sie hinweg bewegten, machten helle Töne. Ihre Schrauben liefen so schnell, dass es ein zischendes Geräusch gab. Und dann waren da noch die lauten, stampfenden Geräusche der großen Frachter und Fähren draußen in der Fahrrinne. Sie waren weit weg und doch so deutlich wahrzunehmen. Auf einmal war da ein anderes Geräusch, ein langsames Dröhnen und Stampfen, vermischt mit einem verhaltenen Mahlen. Ein Scharren, das langsam lauter wurde. Ein Knirschen, als würde etwas über den Grund gezogen und mal über Stein und Fels, mal über Sand und Kies gleiten.

Sie war nicht aufgeregt. Sie hatte ihre Arbeit zu tun. Ganz nüchtern, ohne Gedanken, ohne Gefühl. Eine wichtige Arbeit, denn sonst würde sie nicht existieren. Die Schwingungen wurden stärker, sie spürte, wie das Geräusch immer näher kam. Sie kannte weder Freude noch Trauer. Sie ließ es einfach geschehen. Ein Schatten glitt über sie hinweg, dann traf mit großer Wucht das zentnerschwere Scherbrett des Grundschleppnetzes auf ihren Zünder.

Ich bin ein wenig spät ...

Langsam schob sich der stählerne Berg vorwärts, drängte unzählige Tonnen von Wasser zur Seite und erzeugte dabei einen starken Sog. Die kleinen Boote und Yachten in dem Hafen an der Unterelbe zerrten an ihren Festmachern, doch davon bekam Gunnar nichts mit. Er lag in seiner Koje und schlief. Was sollte er auch anderes tun? Es war seine Freiwache, und bis nach Rendsburg im Nord-Ostsee-Kanal waren andere für das Wohl und Wehe des Frachters zuständig. Erst dort musste er seine Schicht beginnen und das Schiff zusammen mit dem Kanal-Lotsen die letzten Meilen bis nach Kiel bringen.

Gunnar Runulfson stöhnte im Schlaf. Schweißperlen bedeckten sein Gesicht, obwohl die norddeutschen Nächte alles andere als tropisch waren. Unter den geschlossenen Lidern rollten die Augäpfel und ließen erahnen, dass machtvolle Träume den Schlaf des Mannes nicht sehr erholsam gestalteten. Seit geraumer Zeit quälten sie ihn in seinen Nächten, ließen ihn schlaftrunken hochfahren und erschöpft wieder in die Kissen sinken. Sie kamen immer wieder, zuerst vereinzelt, dann immer öfter und nun mit einer zwingenden Regelmäßigkeit, dass der gepeinigte Mann inzwischen versuchte, sie mithilfe von Schlafmitteln fernzuhalten. Bis nach Brunsbüttel hielten die nächtlichen Bilder den Ersten Offizier in ihrer Gewalt, und als sich das Schiff aus dem Schleusenbecken in das freie Kanalwasser schob, schlug er die Augen auf. Erschöpft erhob er sich und stellte sich in die kleine Duschkabine, ließ das Wasser der Brause über seinen verschwitzten Körper laufen und versuchte, wieder einen klaren Kopf zu bekommen. Während der Kapitän und der Lotse den Frachter durch den nächtlichen Kanal steuerten, ging Gunnar in die Messe, wo der philippinische Smutje stets kleine Imbisse vorhielt und Unmengen von Kaffee auf die durstige Mannschaft warteten. Der ›Erste‹ goss sich einen riesigen Becher des dampfenden Gebräus ein und verzog angewidert das Gesicht, als sich der erste Schluck die trockene Kehle hinunter quälte. Er war sicher, dass es niemanden auf der ganzen Welt gab, der schlechteren Kaffee kochte, als der Smut auf diesem Dampfer. Doch das Koffein tat seine belebende Wirkung, und allmählich fand Gunnar sich wieder im richtigen Leben zurecht.

»Moin, Meyer Eins«, grüßte er den Lotsen, der sich nur kurz umwandte. Dann hatte der den Ersten Offizier erkannt und nickte in seine Richtung.

»Moin, Runulfson«, erwiderte er knapp und widmete sich wieder dem Radar und der Kursanzeige. Die Männer auf der Brücke hatten damit aufgehört, sich die Zahl der gemeinsamen Fahrten durch den Kanal zu merken. Man kannte sich. Gunnar trat neben seinen Kapitän an die Kontrollen und verschaffte sich einen raschen Überblick. Er fand alles im grünen Bereich, kein Lämpchen signalisierte eine Störung auf dem Schiff. Aus den Lautsprechern der Funkanlage quäkte der Revierfunk den neuesten Lagebericht.

»Du hättest noch anderthalb Stunden Zeit«, meinte der Kapitän mit leisem Vorwurf. Er warf seinem Ersten Offizier einen kurzen Blick zu.

»Er war wieder da, der Traum!?«, stellte er fest und Gunnar brauchte nicht mal mehr zu nicken. Schweigend standen sie nebeneinander und hielten das enge Fahrwasser fest in ihrem Blick.

»Vielleicht solltest du der Sache mal auf den Grund gehen. Hast Du keinen Anhaltspunkt, wo dieses Haus stehen könnte?«

Der Erste schüttelte langsam den Kopf. Sein Blick blieb starr auf den Bug des Frachters gerichtet. Nein, er hätte nicht sagen können, wo auf dieser Welt das Haus stand, welches er immer wieder in seinen Träumen sah. Mittlerweile hätte er von der wundervollen, hügeligen Landschaft ein Bild malen können, so genau hatte er sie vor Augen, doch wo sie war? Er wusste es nicht. Die Hügel schwangen sich in ihrem saftigen Grün gemächlich vom Wasser her zum Landesinneren auf, kleine Buschgruppen und Wäldchen beherrschten die Gegend. Ein schmaler, unscheinbarer Weg führte aus dem Schilf den Hang hinauf, und jedes Mal ging er ihn in seinem Traum. Er erreichte den Kamm des Hügels und schaute vor sich hinab in eine Senke, die vom Wasser aus nicht zu sehen war. In ihrer Mitte befand sich der Hof, nicht sehr groß, aber mit einem festen Haus, einem Stall und zwei Schuppen. Eine Frau stand vor dem Haus, beschattete ihre Augen mit einer Hand und spähte zu ihm den Hügel hinauf. Kinder spielten laut lachend mit einem bellenden Hund auf dem Hof. Dann hörte er sich stets denselben Namen rufen.

»Sigrun!«, klang seine Stimme über die Wiesen. Laut und immer wieder. Die Frau trat weiter auf den Hof hinaus und drehte sich suchend um.

»Runulf!«, vernahm er ihre Stimme. Und plötzlich stand er dicht vor ihr, sah ihr langes blondes Haar, das tiefe Blau ihrer Augen.

»Komm herein, das Essen steht auf dem Tisch«, hörte er sie sagen und sah, wie sie die Hand nach ihm ausstreckte. Er wollte dann stets zu ihr gehen, doch seine Beine trugen ihn nicht bis zu ihr. Stattdessen begann das Haus kleiner zu werden, und ganz offensichtlich entfernte er sich wieder von dem Gehöft. Dann verschwand es hinter der Hügelkuppe und es blieben nur die Stimmen, die einander riefen. Und ein Gefühl, das so stark war wie keines, das er kannte. Stets endete der Traum damit, dass Gunnar auf ein Schiff stieg und davonsegelte. Den allerletzten Eindruck, den die nächtliche Illusion bei ihm hinterließ, war das Aufblitzen einer Axt direkt vor seinem Gesicht.

Inzwischen kannte nicht nur die Mannschaft Gunnars eigenartigen Traum. Und scheinbar beeindruckte er auch andere Menschen. Menschen, die eigentlich mit beiden Beinen im Leben standen, sich aber auch so ihre Gedanken machten. Die Stimme des Lotsen ließ Gunnars Gedanken wieder auf die Brücke des Frachters zurückkehren.

»Sag mal, Runulfson, das Schiff auf dem du immer wegfährst, ist doch kein Frachter, oder?«

»Weiß nicht. Habe ich noch nie drauf geachtet.«

»Solltest du wohl mal tun. Vielleicht kommst du über den Schiffstyp weiter«, mutmaßte der Lotse. »Modern oder altertümlich?«, forschte er schon weiter, ohne seinen Blick vom Radar zu lassen.

»Öh, nö. Alt würde ich sagen. Ein altes Segelschiff …, natürlich. Das ist es. Es hat ein gestreiftes Rahsegel und Ruder. Und ein …, verdammt, Meyer Eins, es könnte ein Wikingerschiff, ein Drachenboot gewesen sein!«

Gunnar war plötzlich ganz aufgeregt. Der Lotse hatte ihn zu einem ersten, wirklich brauchbaren Hinweis geführt. Sollte er diesem folgen? Wohin würde er ihn führen?

»Rendsburg! Wachwechsel! Wird's gehen, Gunnar?«, drang die Stimme des Kapitäns in seine Gedanken. Der Erste Offizier schluckte. Dann nickte er.

»Jawohl, Herr Kapitän! Alles klar. Ich übernehme.«

Trotz des Wachwechsels blieb der ›Alte‹ auf der Brücke, unterhielt sich leise mit dem Lotsen und machte einige Eintragungen in das Logbuch. Zwei Stunden später glitt der Frachter mit wenig Fahrt in die Schleuse in Kiel-Holtenau, dem letzten Tor vor der Ostsee. Das Manöver verlangte die ganze Aufmerksamkeit der Brückenbesatzung, und das Seeschiff lief zentimetergenau in die Schleusenkammer ein. Helfende Hände auf dem Schleusenkai übernahmen die Festmacher und belegten sie auf den Stahlpollern. Als das Schiff die Kammer hinter sich ließ, wandte es seinen Kurs nach Südwesten, wo bereits ein Liegeplatz im Kieler Hafen vorbereitet war. Die Schlepper und Festmacher arbeiteten auch hier Hand in Hand und bald lag der Frachter sicher vertäut an der Kaje.

Gunnar hatte nicht viel in seinen Seesack zu packen. Er war weder verheiratet, noch hatte er eine Familie. Nur seine kleine, leere Wohnung wartete irgendwo in der schleswig-holsteinischen Landeshauptstadt auf ihn. Schon oft hatte er damit geliebäugelt, den Job einfach an den Nagel zu hängen, etwas ganz anderes zu machen und an Land zu bleiben. Doch bisher hatte sich der Landurlaub stets als zu lang erwiesen, die Sehnsucht nach dem Meer, den Kameraden der Schiffsbesatzungen und der Weite der Ozeane hatte ihn jedes Mal wieder zur Annahme einer Heuer bewegt. Hier an Land hatte er nichts, war nichts und wusste nichts mit sich anzufangen. Seine Abende waren öde, leer und grau, gelegentlich spazierte er die Förde entlang, trank irgendwo ein Bier und ging zurück in seine kleine Wohnung. Auch an diesem Abend stand er am Nordufer der Förde und sah die Sonne über der Stadt untergehen. Nur wenige Schritte noch bis zum ›Fördeblick‹, der ehemaligen Wartehalle für die Lotsen. Hier treffen sich die Mitglieder des bekannten Gesangsvereins Knurrhahn der Lotsenbrüderschaft Kiel zu ihren Übungsabenden. Dass gerade jetzt wieder ein solcher anstand, wusste Gunnar nicht, und er schaute etwas verdattert auf, als sich eine Hand auf seine Schulter legte.

»Na, Runulfson. Was führt dich her? Willst du mitsingen?«, fragte Meyer Eins leutselig. Doch ganz offensichtlich wusste er es besser. Er griff in die Tasche und beförderte ein kleines Schlüsselbund zutage, das er dem Schiffsoffizier hinhielt.

»Hier, meine ›Seeschwalbe‹. Der Segler ist ein Hubschwerter, also auch für flache Gewässer geeignet. Du wirst doch wohl segeln können, oder?«, fragte er besorgt und unterbrach sich selbst, um dem Mann neben sich einen prüfenden Blick zuzuwerfen. Er atmete sichtbar erleichtert auf, als Gunnar nickte. »Gut, sie liegt in Wik im Yachthafen, der Hafenmeister weiß Bescheid. Segel einfach die Küste hoch nach Norden. Der Rest findet sich. Melde dich, wenn du wieder da bist.«

Er drückte Gunnar die Schlüssel in die Hand, ein kurzer, fester Händedruck besiegelte das Abkommen und sagte mehr als tausend Worte.

»Ich geh jetzt singen, und du gehst jetzt segeln. Mast- und Schotbruch, Junge«, verabschiedete sich Meyer Eins.

Die ›Seeschwalbe‹ war ein altes Holzschiff, jedoch wunderbar restauriert und in allerbestem Zustand. Das Segeln auf diesem schnellen Boot würde ein tolles Erlebnis sein. Als Kieler Junge hatte Gunnar auf der Förde das Segeln gelernt, und war darüber zu seinem Beruf bei der Seeschifffahrt gekommen. Auch jetzt fand er sich gut zurecht. Falle und Schoten waren ihm vertraut, und routiniert schlug er die Segel an. Beim Ablegen benötigte er nicht einmal den Motor, er schob einfach den Segler aus der Box, holte die gehissten, in der leichten Brise killenden Segel dicht und brachte das Boot an den Wind. Er passierte die Schleuse des Nord-Ostsee-Kanals, umfuhr Friedrichsort, den Leuchtturm, der die schmalste Stelle der Förde kennzeichnete und nahm Kurs auf die Außenförde. Am Leuchtturm Bülk vorbei ging es über den Stollergrund nach Norden. Gunnar steuerte das Boot über die Eckernförder Bucht, segelte vorbei an den Hochhäusern von Damp und stand schließlich vor der Entscheidung, entweder in die Schlei einzulaufen, um in Maasholm zu übernachten, oder noch den Sprung hinauf in die Flensburger Förde zu machen. Der Wind hatte merklich abgeflaut, und Gunnar entschied sich für die erste Variante. Er barg die Segel und startete die Maschine. Das Durchfahren des engen Seegatts, das die Schlei mit der Ostsee verband, war unter Segel zu gefährlich, denn es ging oft eine harte Strömung durch die Enge. Kaum im Fahrwasser des eiszeitlichen Fjordes fand er an Steuerbord den kleinen Fischerort, der ihm für diese Nacht Quartier bot.

Es war wider Erwarten eine sehr ruhige Nacht, wenn man davon absah, dass der Wind auf Ost drehte und bis auf Sturmstärke zunahm. Doch Gunnars Schlaf war zum ersten Mal seit geraumer Zeit tief und traumlos. Er fühlte sich erholt und frisch, als er morgens aus der Koje stieg. Etwas später pfiff der Wasserkessel ein munteres Liedchen, und Gunnar brühte sich den mitgebrachten Kaffee auf. Er war hungrig und bereitete sich ein ausgiebiges Frühstück zu. An eine Weiterfahrt war nicht zu denken, denn Rasmus hatte seine Windrösser angeschirrt und ließ sie über die See rasen. Der Oststurm hatte vor dem Seegatt eine so hohe Welle aufgebaut, dass der Versuch einer Passage lebensgefährlich war. Gunnar und die ›Seeschwalbe‹ saßen im Hafen von Maasholm fest. Der Seemann vertrieb sich die Zeit damit, darüber nachzudenken, was er von der Schlei wusste. Eigentlich nichts, denn als junger Heißsporn hatten sie das Altherrengewässer stets links liegen lassen. Schlei, da war nichts los, da konnte man nicht segeln, denn entweder war sie zu eng oder zu flach. Dazwischen gab es nicht viel. An ihrem einen Ende lag die Ostsee, an ihrem anderen Ende Schleswig, die alte Domstadt. Und es gab da früher mal einen großen und mächtigen Wikingerhandelsplatz namens Haithabu, dessen Ausgrabungsstätte heute zum Landesmuseum gehörte.

Als seine Gedanken hier angekommen waren, geriet er ins Grübeln. Hatte Meyer Eins nicht gesagt, der Rest würde sich finden? Der Sturm hinderte ihn zwar an der Weiterfahrt nach Norden, ließ ihm jedoch die Möglichkeit, weiter in die Schlei hineinzufahren. Hatte er nicht auch schon von den sanften Hügeln an den Schleiufern gehört? Passte das alles nicht zu seinen Träumen von dem Segelschiff mit den weit hochgezogenen Steven? Fügten sich erste Teile des Puzzles zusammen? Gunnar Runulfson sprang so erregt auf, dass er sich den Kopf an der Decke der niedrigen Kajüte stieß. Hastig packte er die Reste seines Frühstücks zusammen und verstaute alles. Im Handumdrehen hatte er das Schiff seeklar und diesmal verließ er unter Motor den Hafen, wandte sich nach Westen, wo sich der Fjord ins Landesinnere verlor. Im Kartenschapp hatte er eine Seekarte der Schlei gefunden und nahm Kurs auf Kappeln, wo er von der Straßenbrücke gestoppt wurde. Zur angegebenen Zeit öffnete der Brückenmeister die Durchfahrt und Gunnar drückte den Gashebel weit nach vorn. Es konnte ihm plötzlich nicht mehr schnell genug gehen. Doch noch lag eine lange Strecke vor ihm, noch war ungewiss, ob er hier überhaupt richtig war.

»Der Rest wird sich finden«, klangen des Lotsen Worte in ihm auf. Gunnar verspürte eine tiefe Dankbarkeit, denn plötzlich wurde ihm klar, dass Meyer Eins ihm nicht nur oftmals den Weg durch den Kanal gewiesen hatte. Dieser Tausendsassa von einem Schiffslotsen peilte ihm gerade den rechten Kurs durch sein Leben. Gunnar wurde plötzlich ganz ruhig. Alles würde so kommen, wie es in irgendeinem weisen Buch geschrieben stand. Heute oder morgen? Es würde geschehen. Er war auf einem Weg, der ihn zu einem noch unbekannten Ziel führen würde. Er brauchte nicht zu laufen, er musste nur weiter auf diesem Weg gehen. Zeit spielte plötzlich keine Rolle mehr für den Seemann. Die »Seeschwalbe« passierte die Arnisser Enge und der Sturm flaute allmählich ab. Gunnar setzte eine Sturmfock und stoppte den Motor. Er lauschte dem Gesang des Windes in den Wanten, dem Rauschen der Wellen am Bug. Geräusche, die er schon lange nicht mehr wahrgenommen hatte.

Stunde um Stunde verging, und er genoss die Fahrt über den ihm bislang unbekannten Meeresarm. Die Eisenbahnbrücke bei Lindaunis hielt ihn nur kurz auf, dann hatte er auch hier freie Fahrt. Die Schlei dehnte sich an Steuerbord in das Gunnebyer Noor aus, doch er ließ es liegen, dort war nicht sein Ziel. Etwas weiter wurde der Fjord immer enger, die Landschaft fing an, der zu gleichen, die Gunnar in seinen Träumen gesehen hatte. Doch die »Seeschwalbe« nahm keine Notiz davon und segelte einfach weiter. Gunnars Blicke flogen von Backbord nach Steuerbord, suchten über den Bug voraus Übereinstimmungen mit seinen Traumbildern. Doch selbst noch beim Passieren der Missunder Enge fand er nicht das, was er suchte. Unter Motor verließ er den Schleiabschnitt, in dem die hohen Ufer so eng standen wie nirgends. Gerade wollte er seinen Kurs ändern, denn die Fahrrinne führte nach Südwesten, als er feststellen musste, dass ihm das Ruder nicht gehorchte. Das Schiff wurde weiter nach Norden getrieben, und Gunnar stoppte vorsichtshalber die Maschine. Das Wasser wurde immer flacher, das sanft ansteigende Ufer kam immer näher. So sehr er auch an der Pinne riss, sie bewegte sich keinen Zentimeter. Der Wind trieb ihn immer weiter auf den Strand zu, dann gab es einen Ruck und das Boot saß fest.

Gunnar überlegte. Er konnte ins Wasser steigen und versuchen, das Ruder wieder klar zu bekommen. Er konnte auch das Schwert des Bootes anheben, dann würde er noch weiter ans Ufer treiben. An das flache Ufer, welches sanft zu den Hügeln hin anstieg …!

Gunnar stürzte in die Kajüte und fing an, mit der kleinen Winde das Schwertblatt empor zu kurbeln. Die ›Seeschwalbe‹ kam frei und trieb weiter auf den schmalen Strand zu, bis der Wind den Bootsrumpf knirschend auf seinen Sand schob. Gunnar Runulfson zwang sich dazu, ruhiger zu atmen. Er schaute sich um und wusste, dass er angekommen war. Alles war so, wie es sich ihm in seinen Träumen gezeigt hatte. Es gab kleine Unterschiede, nicht von Bedeutung. Der Seemann legte die Anker so aus, dass auch vorbeifahrende Schiffe mit ihrem Schwell der ›Seeschwalbe‹ nichts anhaben konnten. Dann ging er an Land. Eine eigenartige Schwäche überkam ihn, als er Fuß vor Fuß setzte und den winzigen, kaum erkennbaren Pfad betrat, der ins Landesinnere führte.

Mit traumwandlerischer Sicherheit fand er den Weg auch noch dort, wo er sich im Gelände verlor, und immer weiter stieg er den Hügel empor, bis er auf seiner Kuppe stand. Weit ging sein Blick über die Mulde, in der viele Häuser standen. Sein Blick fiel auf eines, das sich von den anderen unterschied. Es stand etwas abseits, man sah, dass die Kate sehr alt war. Alt, aber nicht unbewohnt. Auf dem Hof vor dem Haus kläffte ein Hund, und eine Frau trat aus der Tür, beugte sich zu dem Tier herunter, um mit ihm zu spielen. Ihr Blick streifte die Umgebung und abrupt erhob sie sich zu ganzer Größe. Unbeweglich stand sie in der Sonne, die ihr Haar golden leuchten ließ. Unverwandt blickten ihre Augen zu dem Mann auf dem Hügel empor.

Gunnar wurde die Luft knapp. Sollte er sie rufen? Sigrun, war das ihr Name? Er hatte nicht die Kraft, ihn über seine Lippen zu bringen. Langsam setzte er sich in Bewegung, ging über die Wiesen den Hang hinab zu dem Haus. Jetzt hatte der Hund ihn entdeckt und mit einem klagenden Winseln kam er, mit dem Schwanz wedelnd, auf Gunnar zugelaufen. Er gehorchte nicht dem scharfen Befehl der Frau, ignorierte ihn und sprang freudig bellend an Gunnar empor. Es war wie eine Begrüßung nach langer Zeit. Gunnar streichelte und tätschelte das Tier, dann schob er es zur Seite und ging an ihm vorbei auf die Frau zu. Sie standen sich gegenüber, schwiegen und schauten sich an. Mit einer anmutigen Bewegung warf sie Ihre blonde Haarpracht zur Seite und Gunnar schaute in tiefblaue Augen.

»Runulf?«, fragte sie leise und so etwas wie Hoffnung schwang in ihrer Stimme mit.

»Gunnar, Sohn von Runulf«, erwiderte der Mann mit fester Stimme. »Sigrun?«, fragte er dann. Sie schüttelte den Kopf.

»Aldis, Sigrunsdottir«, sprach sie mit ebenso fester Stimme. Sie blickten sich lange an, dann breitete er die Arme aus. Es war eine etwas hilflose Geste.

»Ich glaube, ich bin ein wenig spät«, sagte er leise, wie zu seiner Entschuldigung. Aldis streckte eine Hand nach ihm aus.

»Das macht nichts. Komm herein, das Essen steht auf dem Tisch.«

Gunnar verhielt einen Moment, erwartete, dass nun alles so ablaufen würde, wie in seinem Traum. Doch nichts geschah. Er ergriff Aldis' Hand und ließ sich von ihr in die Kate ziehen. Gunnars Traum kehrte niemals wieder.

Weihnachten unter Palmen

Das hatte Paps sich wieder fein ausgedacht. Eine große Überraschung sollte es zu Weihnachten geben, und Mami, Chrissie und ich freuten uns schon insgeheim auf den Flug nach Hause. Weihnachten im Schnee, bei klirrender Kälte, Frost und einem leuchtenden Weihnachtsbaum in der warmen Stube, das war es, was wir uns unter einer großen Überraschung vorstellten.

Seit drei Jahren segelten wir nun schon auf den Weltmeeren umher, und Paps fand es einfach toll. Warmes, glasklares Wasser, winzige Inseln mit Palmen und weißen Stränden, Nahrung aus dem Meer, unabhängig sein und segeln, wohin man will. Das war Paps' Vorstellung von einem schönen Leben. Und seine Vorstellung von einer großen Weihnachtsüberraschung war demzufolge auch gar nicht so sehr weit davon entfernt: Heiligabend auf der Weihnachtsinsel, na, wenn das keine freudige Überraschung war.

So hatte er von Jarvis Island aus den Kurs direkt auf Kiritimati gesetzt, einem Atoll im Zentralpazifik, das der britische Seefahrer und Weltumsegler James Cook am 25. Dezember 1777 entdeckt und deshalb Weihnachtsinsel genannt haben soll. Paps war ein guter Seemann und war die rund 500 km in einem Stück gesegelt.

Wir hatten mit der ›Esmeralda‹ über Nacht in der ›Bucht der fliegenden Fische‹ an der Nordseite der Insel geankert, um am Morgen in den kleinen Hafen einzulaufen. Die Stimmung an Bord war nicht gut, denn Chrissie hatte in ihrem ganzen Leben noch nie Schnee oder einen Weihnachtsbaum gesehen. Sie kannte das alles nur aus unseren Erzählungen und zog daher eine Schnute. Mom war ebenfalls sauer und redete nicht mit Paps, und ich war so sehr mit meiner Flaschenpost beschäftigt, dass ich es nicht mitbekam, als unser Kapitän das Segelboot verließ.

»Chrissie will endlich Schnee sehen!«, bettelte meine kleine Schwester und Mami nahm sie in den Arm und strich ihr liebevoll über die langen blonden Haare.

»Ich auch, mein Schatz!«, seufzte sie. »Ich auch!«

Ich besah verstohlen mein Werk und war zufrieden. Wenn es einen Weihnachtsmann gab, dann würde dieser Brief, den ich in einer Flasche abschicken wollte, den Weg zum Nordpol finden. Ich hoffte nur, dass er nicht auch so lange für den Weg benötigen würde, wie unser Segelschiff. Ich steckte das Papier mit meinem Wunschzettel, auf dem ich unser Segelboot gemalt hatte, in die Flasche. Auf dem Boot hatte ich am Heck einen grünen Tannenbaum gemalt, denn ich konnte mich noch schwach daran erinnern, wie so einer aussah. Über unserem Boot hatte ich eine dicke Wolke gezeichnet, aus der es große weiße Flocken schneite. Das war ein Bild, das man gar nicht missverstehen konnte. Der Weihnachtsmann musste wissen, was ich mir wünschte.

Ich steckte den Korken auf die Flasche und warf meinen ›Briefumschlag‹ ins Meer. Gedankenverloren schaute ich zu, wie die Strömung ihn davontrug. Nach einiger Zeit verlor ich die auf den Wellen tanzende Flasche aus den Augen und wandte mich wieder Mom und Chrissie zu.

»Ob der Weihnachtsmann diese Insel überhaupt kennt? Vielleicht hat er sie nicht einmal auf seinem Weltatlas?«, fragte ich Mami besorgt, aber die schüttelte lachend den Kopf.

»Macht euch keine Sorgen!«, versprach sie. »Der Weihnachtsmann kennt jeden kleinen Flecken auf der Erde und jeden Winkel, in dem sich ein paar so kleine und süße Mäuse wie ihr verstecken. Er wird uns auch hier finden und euch die Geschenke bringen.«

Ach ja, Geschenke. Das größte Geschenk, das er mir machen könnte, wäre, dass wir wieder nach Hause fahren. Ob die Kinder aus der Nachbarschaft wohl inzwischen zur Schule gehen mussten? Papa und Mom bemühten sich zwar, mir Lesen, Schreiben und Rechnen beizubringen, aber so ganz allein ohne andere Kinder war es einfach langweilig. Ich würde so gern in die Schule gehen. Dann hätte ich meinen Wunschzettel auch schreiben können, anstatt ihn zu malen.

Nach einer ganzen Weile kam Paps gutgelaunt wieder an Bord. Er hatte frische Ananas dabei und leckeres Fladenbrot. Und er zwinkerte geheimnisvoll mit einem Auge.

»Ihr ratet nicht, wen ich getroffen habe!«, verkündete er dann. »Und morgen am Heiligen Abend wird er nur für euch ein kleines Wunder vollbringen.«

»Den Weihnachtsmann?«, fragte Chrissie ehrfürchtig und machte ganz große Augen. Mom und ich guckten wohl etwas skeptisch, aber Paps nickte nur wortlos.

Wie verbringt man die Zeit bis zum Eintreffen eines kleinen Wunders? Ich hatte keine Ahnung, aber irgendwie verrann der Tag ganz von selbst. Chrissie und ich tauchten um die Wette, und ich schaffte es, ein paar Muscheln von der Kaimauer zu lösen. Mami würde sie kochen und heute Abend zum Weihnachtsessen servieren.

Die Sonne versank im Westen im Meer, und die kurze Abenddämmerung brach herein, als an der Hafenmole ein dunkelhäutiger Mann erschien, sich suchend umschaute und dann auf unser Boot zu kam. Papa wurde ganz unruhig und sprang an Land. Aufgeregt lief er dem Mann entgegen. Die beiden sprachen englisch mit einander, aber das hatte ich inzwischen gelernt und konnte darum gut verstehen, um was es ging.

»Was ist los, Mann?«, fragte Papa ihn. »Sie sollten mit ihrem Helikopter schon lange in der Luft sein, um über unserer ›Esmeralda‹ den Kunstschnee abzuwerfen, den ich per Luftfracht habe anliefern lassen!«

Der fremde Mann schien sehr traurig zu sein, und er breitete hilflos die Arme aus.

»Es tut mir sehr leid, Käpten! Aber der Hubschrauber will nicht anspringen. Ich kann den Fehler nicht finden und werde morgen den ganzen Motor auseinander nehmen müssen. Es tut mir wirklich leid! Ich hätte den Auftrag gerne für Sie und Ihre Familie erledigt«, antwortete der Pilot leise. Er schaute zu uns herüber. »Ich bin sicher, Ihre beiden kleinen Mädchen hätten sich sehr über diese

Überraschung gefreut! Hier haben Sie ihr Geld zurück. Fröhliche Weihnachten, Mann!« Er drückte meinem Vater den vereinbarten Lohn für den Flug in die Hand, den der schon im Voraus hatte zahlen müssen und wandte sich zum Gehen.

Im selben Moment gingen die wenigen Hafenlaternen aus, und es wurde stockdunkel. Ein eiskalter Windhauch brauste vom Meer heran und ließ uns frösteln. Von ferne drang ein helles Klingen durch die Nacht und im leisen Heulen des Windes wurde es lauter und lauter und dann vernahmen wir ein dröhnendes Lachen.

»Schlittenglocken!«, murmelte Mami. »Das sind doch Schlittenglocken!«

Und dann setzte ein Schneetreiben ein, wie ich es noch nie gesehen hatte. Ganz dicht wirbelten die kalten weißen Flocken aus der Dunkelheit heran, setzten sich überall nieder und legten einen hellen Glanz auf die gute alte »Esmeralda« und den Hafenkai, wo Paps und der Pilot mit offenem Mund standen und das unerwartete Naturschauspiel verfolgten.

»Uiii!«, staunte Chrissie und versuchte, so wie ich es ihr erzählt hatte, die Schneeflocken mit dem Mund aufzufangen. Auf Mamis Haar bildete sich eine kleine weiße Mütze aus Schnee, und sie lachte und formte einen kleinen Schneeball, den sie Paps zuwarf. Der Ball traf ihn mitten ins Gesicht.

»Hoho!«, tönte ein lautes Lachen vom Himmel. »Fröhliche Weihnachten, Esmeralda und gute Heimkehr!«

Und dann wurde das Läuten der Schlittenglocken immer leiser, bevor es schließlich in der Ferne verklang.

Am Heck des Schiffes, dort wo sonst die Nationalflagge im Flaggenstock steckt, wurde es hell und ein kleiner bunt geschmückter Weihnachtsbaum erschien. In seinen Zweigen verteilt brannten flackernd einige Talglichter und verbreiteten in der schneehellen Umgebung einen Glanz, dass ich geblendet die Augen schloss. Versonnen standen wir vor dem leuchtenden Weihnachtsbaum am Schiffsheck und betrachteten das Flackern der Kerzen. Dann hörte der kalte Wind auf zu blasen, es schneite auch nicht mehr, und die vertraute Wärme der tropischen Nächte kehrte zurück.

»Wenn wir Kurs auf Panama nehmen und dann immer Nordost halten, müssten wir zum nächsten Weihnachtsfest zu Hause sein«, murmelte Paps und wir alle fanden, dass er ein guter Kapitän war.

Setz dich ...

Am Ufer der Ostsee stand eine Bank, und wenn der schmale Pfad nicht genau an ihr vorbeigeführt hätte, sie wäre mir nicht aufgefallen. Meine Blicke hingen an den Wellen, die an den Strand rauschten und suchten den Horizont nach Schiffen ab. Ich war fast an der Bank vorüber, als ich eine Stimme vernahm.
»Bist du in Eile? Dann setz dich.«
Erstaunt schaute ich mich um, aber niemand war zu sehen, der das hätte sagen können. Und doch, die Stimme hatte so eindringlich geklungen, also setzte ich mich auf die Bank, lehnte mich zurück und schaute aufs Meer. Hatte ich vorher zwar die Wellen gesehen, so vernahm ich jetzt auch ihre Melodie, das leise Zischen mit dem sie im Sand ausliefen, hörte den Gesang des Windes, der mir sein Lied von Ferne und Weite sang und das heisere Lachen der Möwen. Ich sah, wie sie sich in die Lüfte über dem Meer schwangen, um mit den Wolken über den endlosen Himmel zu ziehen, und ich wusste, dass die Bank mir den richtigen Tipp gegeben hatte.

Moin allen, die in Eile sind. Setzt euch!

Im Leben geht manches Ding daneben. Wer kennt das nicht? 12 Autoren der Lagerfeuer-Runde haben für ihre Leser aus ihrem Erfahrungsschatz 35 Geschichten aufgeschrieben.

Sehr amüsant sind die Geschichten von der verlorenen Mutter, und wer hat schon ein Monster als Tochter? Wie kann ein Staubsauger an einer Scheidung schuld sein, und wer würde nicht gerne seinen Lebensabend auf einem Kreuzfahrtschiff verbringen? Was denkt sich ein Mondkind und wie lang können 90 Sekunden wirklich sein? Was ist so anziehend an einer griechischen Insel, und wie kapital sind die Kapitalen beim Big-Game-Fishing tatsächlich?

Taschenbuch, bookunit, 192 Seiten
ISBN: 978-3-7467-3070-7 – 10,00 Euro

Unheimliche Begegnungen kennt jeder Seemann, aber Skipper Claus und seine weibliche DODI-Crew lernen im Urlaub das Grauen kennen. Ein blutrünstiger Pirat trachtet einem Bootsfreund nach dem Leben. Dem Skipper und seinen Freunden bleibt nur die Flucht. Der allergrößte Schock wartet jedoch geduldig zuhause auf die heimkehrenden Urlauber.

Mit leichter Hand und lockerer Feder erzählt Autor Claus Beese von den amüsanten und abenteuerlichen Begebenheiten eines Sommertörns von der Aller bis hin zu Hollands Kanälen, und manches könnte handfestes Seemannsgarn sein.

Taschenbuch, bookunit, 300 Seiten, 11 Illustrationen, ISBN: 978-3-7467-0554-5 – 12,00 Euro

Zahlreiche Gedichte stammen aus der Feder von Claus Beese, dem Bremer Autor vieler Bücher und Gedichtbände. In diesem neuen Band hat er 89 seiner Verse und Gedichte zusammengefasst, ein vergleichsweise kleiner Teil seiner dichterischen Ambitionen. Lassen Sie sich entführen an den Lyriksee, auf dem das Boot des Autors treibt, während er sich inspirieren lässt vom Dunst auf dem Wasser, der Natur und ihren Geistern, Elfen und Fabelwesen, dem weiten Himmel darüber und den alltäglichen Kleinigkeiten des Lebens, die so großartig sind.

Taschenbuch, Elvea, 96 Seiten
ISBN: 978-3-7485-4978-9 – 10,00 Euro

Motorbootskipper Claus und seine Freunde sind zu einem Segeltörn auf der Ostsee unterwegs. Das kann nicht gutgehen. Auch ohne seine eigenwillige Damencrew schafft er es, sich den Unmut von Windgott Rasmus und dem Klabautermann zuzuziehen. Stürmische See, fatale Unglücksfälle an Bord, Wasserhexen und bravourös gemeisterte Segelmanöver auf Ostsee und Schlei bieten Stoff für die amüsanten Geschichten. – Eine Neuauflage des beliebten Segelabenteuers.

Taschenbuch, mit vielen Illustrationen, 192 Seiten
ISBN 978-3-7450-0745-9, Euro 9,99